OS GRITOS DA INDEPENDÊNCIA

ROMANCE HISTÓRICO 1822 — 2022

CB056768

CELSO ORCESI

OS GRITOS DA INDEPENDÊNCIA

ROMANCE HISTÓRICO 1822 — 2022

Editora Labrador

Copyright © 2022 de Carlos Celso Orcesi da Costa
Todos os direitos desta edição reservados à Editora Labrador.

Coordenação editorial
Pamela Oliveira

Assistência Editorial
Leticia Oliveira

Projeto gráfico, capa e diagramação
Amanda Chagas

Preparação de texto
Laila Guilherme

Revisão
Carla Sacrato

Imagens da capa
Independência ou Morte (1888),
de Pedro Américo;
A proclamação da Independência
(1844), de François-René Moreaux

Imagens de miolo
Luiz Augusto Bicalho Khel

Dados Internacionais de Catalogação na Publicação (CIP)
Jéssica de Oliveira Molinari - CRB-8/9852

Costa, Carlos Celso Orcesi da
  Os gritos da independência : romance histórico 1822- 2022 / Carlos Celso Orcesi da Costa. — São Paulo : Labrador, 2022.
  288 p.

  ISBN 978-65-5625-255-1

  1. Ficção brasileira 2. Brasil – Independência – Ficção 3. Ficção histórica I. Título

22-2961   CDD B869.3

Índices para catálogo sistemático:
1. Ficção brasileira

EDITORA
Labrador

Editora Labrador
Diretor editorial: Daniel Pinsky
Rua Dr. José Elias, 520 – Alto da Lapa
05083-030 – São Paulo – SP
+55 (11) 3641-7446
contato@editoralabrador.com.br
www.editoralabrador.com.br
facebook.com/editoralabrador
instagram.com/editoralabrador

A reprodução de qualquer parte desta obra é ilegal e configura uma apropriação indevida dos direitos intelectuais e patrimoniais do autor. A editora não é responsável pelo conteúdo deste livro.
Esta é uma obra de ficção. Qualquer semelhança com nomes, pessoas, fatos ou situações da vida real será mera coincidência.

Para Mary, sempre.

O Brasil deve muito a uma família, da maior integridade e grandes realizações, que deu muito mais do que recebeu e, mesmo assim, foi punida com o mais longo exílio político de nossa História (1889-1920).

Na pessoa do amigo Príncipe Dom Joãozinho — o D. João VII — dedico este romance a todos os ramos da família Orléans e Bragança.

SUMÁRIO

Prefácio 11

Capítulo 1º — Morro da Penha 13

1 – Príncipe Regente 14
2 – Campos Dele 16
3 – Belchior Padre 18
4 – Revolução Liberal Vintista 20
5 – Gertrudes Lacerda Jordão 21
6 – Belchior Jornalista 24
7 – Vintismo no Rio de Janeiro 26
8 – Faiança de Viana do Castelo 30
9 – Dois Manifestos de Independência 34
10 – Belchior Historiador 36
11 – Viagem pelo Vale do Paraíba 39

Capítulo 2º — Chegada à Cidade 43

1 – Augusta Hospedagem 44
2 – O Vintismo e a Reação do Fico 47
3 – Palácio dos Quatro Cantos 51
4 – Depois do Fico a Viagem a Minas Gerais 58
5 – Reformas nos Quatro Cantos 60
6 – Serviço à Paulista 62
7 – De Minas, a Ordem que Causou a Bernarda 65
8 – Pedra da Penha 69
9 – Domingo, 25 de Agosto: Chegada à Cidade 70

Capítulo 3º — A Primeira Eleição Brasileira ……… 75

1 – Hospedagem e *Te-Deum* ……… 76
2 – Catedral da Sé ……… 79
3 – Conversas Sociais ……… 81
4 – Segunda-feira, 26 de Agosto: Reunião de Trabalho ……… 85
5 – Actas do Governo Provisório sobre a Bernarda ……… 88
6 – Terça-feira, 27 de Agosto: Reunião Eleitoral nos Quatro Cantos ……… 90
7 – Beija-Mão ……… 94
8 – Domitila de Castro Canto e Mello ……… 97
9 – Quarta-feira, 28 de Agosto de 1822: Cabalando Votos ……… 102
10 – Portucalensis Rex e a Primeira Independência ……… 104

Capítulo 4º — Saraus dos Quatro Cantos ……… 107

1 – Somos Todos Incas ……… 108
2 – Casa de Aviz e a Segunda Independência ……… 110
3 – Gigantes do Mar ……… 112
4 – Civilização Paulista ……… 115
5 – Do Auge à Decadência ……… 118
6 – Domínio Espanhol e a Aventura Bandeirante ……… 120
7 – Casa de Bragança e a Terceira Independência ……… 123
8 – Alferes Manoel Jordão II ……… 125
9 – Reis Absolutos e Freiráticos ……… 127
10 – Mateus, Lorena e a Civilização Portuguesa ……… 131
11 – Maria I e João VI ……… 137
12 – Revolução Francesa ……… 138
13 – Era Napoleônica ……… 142

14 – Corte Portuguesa ao Brasil _____ 147

15 – A Revolução Liberal do Porto _____ 149

Capítulo 5º — Devassa da Bernarda _____ 151

1 – Quinta-feira, 29 de Agosto: Contagem de Votos _____ 152

2 – Casa Para Namoro e Breve Encontro _____ 154

3 – Sexta-Feira, 30 de Agosto: "Sossego Público" _____ 156

4 – Chalaça e Domitila _____ 158

5 – Conversas Políticas _____ 159

6 – A Primeira Noite _____ 162

7 – Sábado, 31 de Agosto de 1822: Insubordinação e Contraditório _ 164

8 – Febre de Domitila _____ 166

9 – Domingo, 1º de Setembro: Tourada no Arouche _____ 168

10 – Resumo da História: Três Independências e Uma Submissão __ 169

11 – Segunda-Feira, 2 de Setembro: A Versão Bernardista _____ 174

12 – Devassa da Bernarda _____ 178

13 – Terça-Feira, 3 de Setembro: Liderança e Sigilo _____ 180

14 – Maria Benedita _____ 181

Capítulo 6º — Em Direção à Liberdade _____ 185

1 – Quarta-Feira, 4 de Setembro: Conclusão e Confissão _____ 186

2 – Reunião no Salão Nobre _____ 189

3 – Único Jantar no Horário _____ 192

4 – Nomeação do Bispo _____ 194

5 – Quinta-Feira, 5 de Setembro de 1822: Amor Absoluto _____ 197

6 – Viagem a Santos _____ 198

7 – Sexta-Feira, 6 de Setembro de 1822: As Fortalezas Fora de Santos __ 204
8 – A Véspera do Sete de Setembro _____ 205

Capítulo 7º — O Grito dos Moinhos _____ 209

1 – Sábado, 7 de Setembro: Planos de Independência _____ 210
2 – Subindo a Serra do Mar _____ 215
3 – Guarda de Honra à Espera no Ypiranga _____ 220
4 – Moinho Velho _____ 223
5 – De Moinhos ao Ypiranga _____ 226

Capítulo 8º — O Grito do Ypiranga _____ 231

1 – Laços Fora _____ 232
2 – "Independência ou Morte" _____ 235
3 – Teatro de São Paulo e Tocata do Hino _____ 240
4 – Confraria da Independência _____ 243
5 – Os Vinhos da Última Ceia _____ 247

Capítulo 9º — Os Quatro Gritos da Independência _____ 253

1 – Domingo, 8 de Setembro: Coringa e Fado _____ 254
2 – Pátio do Colégio _____ 259
3 – Últimas Reuniões _____ 263
4 – Depois do Fim, o Recomeço: Anistia _____ 267
5 – A Última Noite _____ 272
6 – Depois do Fim, o Recomeço: Eleições Gerais e Constituição _____ 275
7 – A Quinzena Mágica _____ 283

PREFÁCIO

O romance histórico *Os Gritos da Independência* reproduz a viagem de D. Pedro I a São Paulo entre 25 de agosto e 9 de setembro de 1822, ao fim da qual D. Pedro proclamou a Independência do Brasil em São Paulo. Acolhido por Gertrudes e Manoel Rodrigues Jordão, o mais rico brasileiro, no "Palácio dos Quatro Cantos", os registros dão conta da "magnífica hospedagem". Embora sem perder o caráter de ficção, o livro se baseou em profunda pesquisa, deitando luz sobre a história de Portugal e do Brasil, os antecedentes da Revolução Vintista do Porto, sobre a "bernarda" de Francisco Ignacio em São Paulo, economia e política, chegando a conclusões inéditas.

E se a Independência não foi proclamada no Ipiranga?[1] E se, ao contrário do que os historiadores repetem, foram vários gritos, dois deles em São Paulo? E se a Independência estivesse premeditada para acontecer na Pauliceia? Com quem contava o Regente quando iniciou a devassa contra os revoltosos que desafiavam sua autoridade? Quem estava a seu lado dez dias antes e no momento dos gritos? Sobre o que conversariam os principais na calada da noite, após a ceia, entre vinhos, conhaques e charutos, sobre a ameaça de invasão portuguesa, os riscos da rebeldia paulista e da primeira eleição majoritária para governador da História do Brasil?

Divirtam-se com o agradável passeio pelos costumes do início do século XIX. Saibam como começou o tórrido romance com Domitila, a futura Marquesa de Santos, entre outras aventuras de nosso primeiro imperador. Enfim, apesar de a maioria dos fatos serem conhecidos,

---

[1] Ao longo do texto, optou-se por usar as duas grafias da palavra, Ipiranga e Ypiranga, a depender do contexto. (Nota do Autor)

prepare-se o leitor para enormes surpresas. O romance histórico — em boa parte baseado nos *Relatórios da Independência* do Padre Belchior Pinheiro de Oliveira, confessor do Príncipe (também pura ficção) — está destinado a **revolucionar a historiografia nacional**. Assim aconteceu a Independência...

CAPÍTULO 1º

Morro da Penha

1   Príncipe Regente

Do alto do Morro da Penha, Pedro avistou as telhas vãs e chaminés de São Paulo fumegando o final dos jantares, por volta das cinco horas do luminoso sábado de inverno, 24 de agosto de 1822, a penúltima etapa da marcha de 650 km desde o Rio de Janeiro, onze jornadas, quase dez léguas ou 66 km por dia. A viagem começou na quarta-feira, 14 de agosto, quando a comitiva de sete pessoas pousou na Fazenda Santa Cruz, antigo seminário jesuíta. Luís de Saldanha da Gama Melo Guedes de Brito como secretário, Francisco Gomes da Silva, o *Chalaça*, amigo e recadista, Alferes Francisco de Castro Canto e Melo, imediato militar, e os criados João Carvalho e João Carlota. Na Venda Grande se juntaram o Padre Belchior, o Coronel Joaquim Aranha Barreto de Camargo e seus dois filhos, Joaquim e José. No final da tarde negou-se a receber o governador paulista João Carlos Oeynhausen, que descia em sentido contrário, reiterando que se apresentasse à Corte.

— Ninguém o aconselhou, Dom Pedro é puro instinto — explicou o amigo Chalaça. — Deixa alguns assustados — diz, pousando o olhar no secretário da viagem, Saldanha da Gama, que havia sugerido solução conciliatória.

Não, antes de suavizar era preciso assustar; se queres a paz, amedrontes com a guerra. Quase aos 24 anos vinha restabelecer a autoridade e quebrar a resistência dos que o desafiavam, desde que substituiu D. João VI em abril de 1821, quando o pai foi obrigado a voltar a Portugal pela Revolução Liberal do Porto. Do mesmo modo que em abril, nas Minas Gerais, enfrentaria de peito aberto a bernarda do Coronel Francisco Ignacio. Se necessário, cairia lutando.

— Bernarda de merda, estão querendo me testar! — Os erros vêm da infância: a Revolução Francesa começou com a recusa de reforma tributária pelos *Estados Gerais*. Como o voto era por castas, nobreza e clero somaram dois votos contra um do povo, o Terceiro Estado. A revolta terminou com Luís XVI guilhotinado, a República e o Regime do Terror. Pedro vinha disposto a cortar o mal pela raiz.

Agora desfrutava o prazer de viver, para trás as dores do mundo, decisões urgentes, liberdades constitucionais. Viera ponteando a comitiva, se atrevendo nos atoleiros mais íngremes e passagens mais rentes, sentindo na face o risco frio das manhãs do vale que o sol mal dava conta de esquentar. Uma chuva fora de época caiu em Bananal, no sopé da Serra da Bocaina, transpirando húmus de mato e ervas. Campo e suor de cavalos, folhas secas e homens imbuídos do mesmo propósito. Compensava existir! Pedro a ditar o ritmo do trote, de repente o galope em formação para lembrar que não vinham a passeio. Raramente alguém o ultrapassava, talvez para evacuar, sinalizando não estar perdido, ou para descobrir alguma passagem rasa do Paraíba. Apesar da vazante, a correnteza arrastou um dos irmãos Godoy Moreira, que conseguiu alcançar a margem 500 metros depois. O jovem transferiu medo ao animal que refugou na travessia. A comitiva atacou galope atirando cordas que afundavam, até que um soldado conseguiu decepar uma vara comprida de bambu, ajudando Miguel a alcançar a margem com o cavalo de olhos esbugalhados por medo de morrer.

O chefe evitou censurar o alferes pelo descontrole, preferindo elogiá-lo pela frieza no arrastão, o bastante para o jovem se cobrir de orgulho recontando para a tropa a luta contra a correnteza. Estórias engrandecidas, todos lá para preencher o livro da vida, experimentar amores e perigos. Num ponto ninguém o superava: a consciência do futuro, não só como chefe... como homem. Falassem à vontade, sabia das bolívias de Simon Bolívar e da importância de manter o Brasil unido. E ao final de cada dia o prestígio de desfilar pelas vilas engalanadas do Paraíba, Pedro à frente da tropa pronta a defender grandes causas, os lavradores crispados livrando-se das enxadas, os cães investindo contra as patas dos cavalos e as crianças pensando que era dia de festa. Diante da gente crédula cumprindo papel secundário na vida, Pedro esporeava o animal que espirrava suor e pateava de lado, triscando a terra para aplauso dos desdentados nas janelas. Cuidaria deles quando reinasse. Todos sentiam o momento, os fortes estufando o peito, as jovens corando como se estivessem nuas, as mulheres se compondo à cata dalguma beleza, os servis ainda mais rasteiros e os mais grados tentando se apresentar diferentes da mesmice dos rostos encavilhados. De repente o pobre palco abandonado se erguia das horas iguais, os homens rudes pensando que não estavam esquecidos, abrindo bocas banguelas para ninguém menos do que o filho do Rei de Portugal: "O Príncipe Regente"!

2   Campos Dele

No final de junho, o Brigadeiro Manoel Rodrigues Jordão juntava amigos e escravos de serviço para excursionar à Fazenda Natal, subindo a Serra da Mantiqueira pelo caminho de Pindamonhangaba aberto pelo bandeirante Gaspar Vaz da Cunha, o Oyaguara, na direção das minas de ouro de Itajiba. Manoel comunicou à esposa: "questões de divisas, assuntos a resolver"; um tal de Antonio Modesto invadira a fazenda ao norte, na divisa com Minas Gerais. Pretexto, dona Gertrudes sabia que o marido gostava de subir a *serra que chora* no inverno, sentir o ar gelado da Mantiqueira a 1.650 metros de altura. Mais tarde ela ouviria as estórias: temperaturas abaixo de zero e o vento noroeste entrando pelas frestas das toscas cabanas tiradas de centenárias araucárias. Gertrudes sabia bem como enfrentavam o frio. Embora Jordão tivesse comprado a Fazenda Bonsucesso, de 4 mil alqueires, por 10 mil contos de réis (27/12/1817), mudou o nome para Fazenda Natal.[2] Porém os raros habitantes do vale gelado insistiam em chamá-la de Campos do Jordão. O apelido popular lhe inflava o ego, *campos de mim Jordão*.

Sentia-se vivo no clima seco do "lugar mais frio do Brasil". E para incentivar os amigos, subiam munidos de sete mulas com cobertores, mantimentos e *stock* de aguardente e vinho. O capataz e os poucos residentes da herdade providenciavam lenha, bois, porcos e cabritos em paga da honraria de habitarem na encruzilhada velha mais tarde chamada de Jaguaribe. Depois de montarem e caminharem, abrindo trilhas ao Pico do Itapeva ao sul e à Pedra do Bahú a oeste, repunham a energia no fogo de chão, respeitando o ciclo do dia. Em 1820 nevou em Capivari, e o amigo Marcos Guerra — estimulado pelo álcool — verteu lágrimas ao relembrar da infância em Rovigo, na Itália.

Dez ou doze companheiros comungando confidências e pensamentos. Na descida ainda desfrutariam do agasalho de braços mornos de garotas novas, na zona de Taubaté situada na fazenda de Vitório Arzão. Havia quem não participasse da farra, por ascendência moral, a pretexto de reuniões políticas de última hora. Outros deixavam o escrúpulo de lado, sob o pretexto de que os solteiros precisavam de companhia. O companheiro Arzão, que também tinha criação e lavoura, conhecia a discrição de Jordão, que entretanto recebia Dalva, uma garota marrom que começou na vida em 1820, aos dezessete, louquinha para reviver as incomparáveis sensações da primeira vez. Manoel Jordão existia feliz, na condição de "o mais rico brasileiro".

---

[2] Frederico de Barros Brotero — *A Família Jordão*, ed. particular 1948, com brilhante e valiosa pesquisa histórica sobre os costumes de dois séculos, XVIII e XIX.

3   Belchior Padre

Como era costume, meu pai deu-me nome igual, sem acréscimo de filho ou neto: Belchior Pinheiro de Oliveira. Nasci nas ladeiras de Diamantina em dezembro de 1775, solto com os irmãos entre a cavalhada e a lavoura. Ele e minha mãe de belo nome, Floriana, são portugueses de Amarante e Braga, e como tantos vieram ao Brasil atrás dos diamantes de Diamantina, eternos para poucos. Gostava da colheita no sentido transcendente de perceber o cio da terra e a repetição dos ciclos. Talvez daí a vocação ao sacerdócio; além da ascensão social que representava, já que, ao contrário do que muitos pensam, era difícil ingressar no seminário. A diocese só selecionava os mais estudiosos e vocacionados. Mais tarde fui escolhido para estudar em Coimbra, entre 1806 e 1809 peregrinei por Santiago de Compostela e voltei ao Brasil em 1811. A Europa vivia sob a paz de Tilsit, imposta por Napoleão ao czar Alexandre I da Rússia, depois da batalha de Friedland, dando início ao Bloqueio Continental de produtos ingleses, que além do mais temiam a invasão da ilha por Bonaparte.

Depois de fundar um jornal, tornar-me confidente do Príncipe e acompanhá-lo pelos campos da Independência, fui por ele exilado na Europa em 1823, junto com os Andrada. De volta em 1829 andei por aí até ser designado vigário colado de Pitangui e Serra, em Minas. Vida itinerante!

— Posso me gabar de pensamento eclético. Deus e ciência não se excluem.

Eu sabia que os cientistas do futuro encontrariam explicação para quase tudo. No seminário estudei os *Principia* e a gravidade do genial Isaac Newton, o "método da primeira à última razão". Ao descobrir a "terceira lei da dinâmica", de que os movimentos celestes não são regulares em função da recíproca atração dos corpos, implicando reajustes das trajetórias, Newton desvendou um pouco mais sobre o poder divino. Quando representei o Brasil nas chamadas "Cortes de Lisboa" de 1821 — a Constituição Portuguesa —, comprei um telescópio para mais tarde utilizar no campo. Nas noites claras, por cima das estrelas, as manchas *desaparecem* porque conseguimos ver as infinitas constelações. E quanto espaço haverá a explorar quando os telescópios ficarem dez ou até mil vezes mais potentes?

— Então olhem bem, enquanto a maioria de meus colegas gasta energia para *adequar* a ciência às escrituras, vou no sentido contrário: não vejo contradição entre religião e ciência. Charles Darwin só revelou o engano de quem lê a Bíblia ao pé da letra. A palavra dos evangelistas baseava-se no conhecimento da época. A meu ver o paraíso é apenas uma metáfora para a criação do mundo. O mais é fanatismo.

Afora a missa, minhas orações vêm com as frestas de luz pela manhã, o cio da terra, a fome e a sede... simples assim. A revelação definitiva aconteceu em 1805, quando vi cair neve pela primeira vez em Saint-Jean-Pied-de-Port. "Os flocos se abriam iguais, com requintado desenho em forma de estrela." Quem desenhou aquela perfeição? Ao contrário da chuva caótica, os flocos de neve caíam em gotas de variados desenhos, mas sempre com seis ramos. Impressionante! Se a gota é maior ou menor, por que não quatro ou oito ramos? Por que os cristais sempre se abrem com seis prismas?

— Ali naquele momento íntimo, sob a nevasca no caminho leste de Compostela, a perfeição do cristal foi a prova definitiva da existência de Deus.

4 Revolução Liberal Vintista

Pedro dispensou o Chalaça e o Tenente Canto e Mello, subindo pela trilha até o topo do monte. Ao longe a cidade se oferecia no planalto cercado de várzeas. Distinguiu no meio o casarão de estilo português e igreja com torre única, que deduziu ser o *Pateo do Collegio* dos jesuítas, banidos pelo Marquês de Pombal. À esquerda, o imponente Convento do Carmo. À direita, no extremo norte, outra igreja que imaginou ser a de São Bento, e bem à frente do platô o curvilíneo Rio Tamanduateí. Sete voltas, diziam, de longe pareciam mais. No alto do monte estava a Igrejinha da Penha, nome genérico para identificar monastérios e igrejas construídos em inacessíveis penhascos ou *penhas*, costume que remontava à Idade Média, para salvar a alma e merecer admiração aqui na Terra. Lembrou da viagem à capela de Penha de França, no outeiro do Monte Crasto, quando menino. Quanto mais difícil a obra, maior a oportunidade de salvação. A igreja era simplória, com duas águas e o altar de madeira com a imagem da Virgem, nada que se comparasse ao esplendor das igrejas de Sabará e Vila Rica, que acabara de conhecer entre 23 de março e 30 de abril de 1822, trinta e sete dias. Lá como cá não foi a passeio, e sim sufocar revoltas nas duas principais províncias fora do Rio de Janeiro: Minas em abril e São Paulo, agora em agosto.

Dois anos antes, em agosto de 1820, eclodiu a Revolução Liberal do Porto, apelidada de vintista, obviamente por causa do ano. Os vintistas exigiam a volta de D. João VI a Portugal, o fim do absolutismo e o regime constitucional. A Revolução Francesa chegava a Portugal, e por tabela ao Brasil, trinta anos depois. Em 1821, ainda no Rio, D. João VI foi obrigado pela tropa a jurar duas vezes: primeiramente as *bases* da futura Constituição Portuguesa e depois a Constituição Espanhola, enquanto se elaborava a própria. O maior de todos os generais fora derrotado em Waterloo em junho de 1815, mas passados seis anos el-rei ainda governava do Brasil, magoando sua gente. Apesar de a vinda da Corte ter sido uma fuga, D. João VI podia se gabar de ter "enganado Napoleão", posar de vencedor, passando à História como um dos grandes reis lusitanos. Mas, apesar dos apelos de muitos, João era um indeciso crônico e desperdiçou o poder. Quando finalmente obedeceu ao Vintismo, desembarcando em Lisboa em julho de 1821, não passava de um fantoche. Por sorte a Revolução Liberal não ousou dar o passo maior na direção da República, como na França em 1789, nem lhe atravessou a guilhotina pelo pescoço.

Se a Corte Vintista começou moderadamente, logo descambou para a prepotência. Quando o Grão-Pará (1/1/1821) e a Bahia (10/2/1821) declararam apoio à revolução, surgiu a oportunidade de extinguir o governo central do Rio de Janeiro. *Divide et impera.* A divisão causou medo aos comerciantes, inclusive portugueses, por temerem que a Corte proibisse em seguida a liberdade de comércio. Um povo que experimenta a liberdade não aceita mais a escravidão. Ainda havia um fio de esperança; em setembro de 1820 foram convocados deputados de todo o Reino para elaborar a nova Constituição.

5 Gertrudes Lacerda Jordão

Quando o Tenente Félix Freire se identificou no portão do palacete, o boleeiro Aparício mandou um escravo chamar o mordomo Fernandes, que o conduziu ao andar superior e o acomodou com deferência no *escriptório* do brigadeiro, na realidade uma biblioteca. Então chamou a sinhá, que protegeu os braços com um xale e o levou ao salão de visitas. Freire, recém-chegado do Rio, trazia carta timbrada do Paço Imperial: "Sua Alteza Real ficará honrada em aceitar o convite dos senhores brigadeiro Manoel e senhora Gertrudes Jordão de se hospedar no Palácio dos Quatro Cantos". Convite? Dever ou prazer? O tenente seguiu explicando sobre a urgente viagem do Regente a São Paulo, entre agosto e o início de setembro.

— A Real Secretaria dos Negócios do Reino disporá de todo o auxillio que Vossa Ilustríssima Pessoa e seu marido vierem a requerer ao ditto portador, ficando o Regente penhorado e agradecido pela hospitalidade paulistana.

O simpático Tenente Freire sabia do efeito que tais comunicados produziam nos destinatários. Repetia com madame Jordão o protocolo da recente viagem do Príncipe a Minas Gerais e, agora mesmo, a escolha das fazendas em que a comitiva pernoitaria no trajeto para São Paulo. Explicou o cerimonial, esclarecendo que a maior parte do grupo ficaria hospedada no casarão de Antonio da Silva Prado, na Rua Nova de São José.

— Perfeitamente — interferiu Gertrudes —, porém devo estar segura de que o Príncipe Regente ficará hospedado em nossa casa.

— Nenhuma dúvida a respeito, madame. Sua Alteza e os oficiais mais graduados poderão se hospedar nos Quatro Cantos.

— Devemos conversar mais calmamente. Desde já necessito saber sobre os hábitos e costumes do Príncipe. — Félix sorriu e escolheu o melhor modo de responder.

— Dom Pedro é uma pessoa fascinante... a senhora gostará dele. Todavia não tem hábito fixo. Imagine o potro mais fogoso do picadeiro, galopando, corcoveando e recusando montaria. S. Alteza não tem horário para jantar ou cear, mas, ainda que durma à meia-noite, desperta com a luz do dia.

Então seguiram visitando os cômodos do casarão, pedindo licença para transformar o salão de visitas políticas, no térreo, ao lado do escritório de serviço cheio de armários com escrituras, plantas e processos, em quartos de dormir.

— Aqui talvez haja espaço para quinze camas.

— Terei que conversar com o brigadeiro, porém desde logo lhe garanto a aprovação.

— Aprendemos muito; a comitiva foi engrossando a cada dia e em Vila Rica tivemos que improvisar para hospedar tanta gente.

Difícil descrever a mistura de surpresa, alegria e preocupação que tomou conta de Gertrudes Jordão ao receber a notícia. Não tivera com quem partilhar as boas-novas. Casada em 1820, sua primeira filha, Anna Eufrosina, nascera em 1822. Ao ficar sozinha à noite, esparramada na cama do casal, gritou de excitação. Apesar do pouco tempo que lhe davam, nem nos melhores sonhos, nada poderia superar o evento magno. Gertrudes Galvão de Oliveira e Lacerda, nome de solteira, tinha consciência da responsabilidade de hospedar ninguém menos do que o Regente do Brasil, depois da volta de D. João VI, em 1821. Para piorar lhe deram pouco tempo: dez semanas.

Mas como? A vila não oferecia mão de obra à altura, e para piorar faltava tempo para contratar criados na Capital. Pensou em convidar o sério administrador da Irmandade do Carmo, ou o elegante mordomo dos Camargo, negro impecável descendente de Nepemba Angiga do Congo. Mas concluiu ter mais intimidade com seus próprios criados, além da sutileza — não era ingênua — de não repartir os louros das vitórias. "O fracasso será só meu e os triunfos, coletivos." Seu jovem mordomo, Aurelio Fernandes, noutras recepções a cientistas e dignitários comportou-se bem sob pressão. Desta vez precisaria de um *concierge* ou um secretário.

Gertrudes se surpreendeu como rapidamente a notícia se espalhou pela vila. "As paredes têm ouvidos", relembrou o conselho da mãe Caetana, mucamas indo e vindo, portas e janelas semiabertas. "Que diabo... em pleno século XIX não há mais privacidade." Sobre os rumores, deu de ombros por vaidade. E mais: a Cidade — como o povo chamava a vila de São Paulo — de doze mil pessoas e mais doze mil na área rural fervilharia de providências urgentes, e, para falar a verdade, desta vez os mexericos lhe inflavam o ego.

6   Belchior Jornalista

Enquanto o homem atropela o semelhante por ambição, Deus prevalece até nas imperfeições. "Pensem nos paus-brasil e araucárias dizimados; o homem bota fogo para usar só um pedaço; vem Deus e reconstrói através dos pássaros; dez, cem *angustifólio* formando capões e florestas na disputa da luz". Não há pinheiro mais belo que a araucária, que os índios chamavam *curi*. E *tiba* muito, quantidade, daí Curitiba significando lugar de muito pinheiro, cujos troncos se abrem majestosamente em forma de taça. Mas o homem prefere o pinheiro-do-norte, mais fácil de talhar, esquecido que o pinhão alimenta a cadeia animal.

— Percebem como a natureza se impõe? As pessoas sempre apanham do pé as maiores jabuticabas e laranjas, as mais vistosas, jogando fora o caroço que dará origem a árvores mais fortes. Ou seja, Deus pela constância do resultado.

Até os terremotos e a violência humana, pensando na cadeia natural, são também correção das imperfeições. O que seria da vida sem o inevitável da morte, da saúde sem a doença? Quando a cadela recusa uma cria frágil, concentra força nas demais. Quando o manacá fecha a passagem da seiva para um galho seco, outros florescem. Daí que, até na morte, em Deus há vida. Como negar sua presença na ranhura da madeira, nos volteios do fogo e no raciocínio das crianças? Como explicar desespero, esperança, amor? E mesmo o sexo, que a maioria não consegue dominar, a começar por Pedro de Alcântara. O pior nas religiões é o dogma, a fé cega aos desvios financeiros e à pedofilia, como se a Igreja estivesse em risco. O sigilo a serviço do mal. Nada foi pior historicamente do que a Inquisição condenar Galileu, negando a ciência. Hoje os jovens se sentem no direito de desprezar a religião por causa dos Torquemadas e radicais de tantos séculos.

Por duvidar do simples, fui chamado de esquerdista no seminário, expressão que começou depois da Revolução Francesa de 1789, na

Assembleia Nacional — quando os jacobinos sentavam à esquerda e os girondinos à direita —, que, aliás, faz 63 anos agora em 1852, quando escrevo este relatório. "Apóstata da fé", gozavam os colegas. Vá lá, talvez seja apostasia, mas não consigo acreditar em céu, inferno e purgatório, meros simbolismos. Na verdade, a ciência explica a engrenagem, mas não a origem. Isso que a maioria de meus pares traduz como crença ou fé para mim é razão. Daqui a cem anos teremos explicações científicas cada vez mais elaboradas, e cada explicação abrirá espaço para novas dúvidas. Meu resumo: "Quanto mais a ciência explica, mais próxima de Deus fica".

Começando a falar de História, também é ciência racional, que não condiz com emoção e ideologia. Não se trata de afastar a emoção, mas dominá-la, como explicou Montaigne. Acredito no livre-arbítrio, até porque, sem essa base, de nada valeria o esforço e não haveria mérito nas conquistas. A vida só tem sentido com o livre-arbítrio e a liberdade de pensamento. Querem bom exemplo? Apenas nós humanos produzimos arte, que nada mais é do que a exaltação do instante, através da técnica do artista. Quando nossos ancestrais desenharam bisões nas cavernas do Paleolítico, quiseram exprimir a emoção da caçada, a vitória e o medo. A boa pergunta é: para quem? Para seus filhos ali nas cavernas? Não, pretendiam mais, passar a expressão da pintura, que as futuras gerações compreendessem o sentimento: "sabemos caçar", ou "cuidado com os desafios", ou ainda "nós dominamos os bisões, vocês também podem". Daí que arte é comunicação e preocupação com o próximo, transcende nosso mundinho secular; arte também tem dimensão divina!

Conheci o Regente em meados de 1819, em reuniões da maçonaria na casa de José Joaquim da Rocha. Com ele editava *O Constitucional*, apelidado de *jornal dos mineiros*. Chegamos a vender bastante quando defendemos a Constituição Portuguesa, e, enquanto isso não acontecia, fomos os primeiros a defender o juramento à Constituição Espanhola de Cádiz.

— A ideia frutificou e em quatro anos vivemos duas revoluções: a Constituição e a Independência. Atropelamos e fomos atropelados pelos acontecimentos.

Por sua vez, Pedro tinha a própria rede de informações. Centralizador, gostava de decidir quase tudo. Provavelmente viu em mim capacidade de autocrítica, a partir dos textos assinados n'O Constitucional. Cabeça pensante, o Príncipe nunca se deu bem com songamongas. Talvez gostasse de meu lado rebelde, das ideias que alguns do baixo clero qualificavam de subversivas. Não que fossem. Aliás, padres e militares não estão dispensados de pensar.

— Em matéria de religião, repito, alcancei minha fé pela obstinação de observar a cadeia natural. Sou cartesiano, penso, logo existo, sem dogmas goela abaixo. Sobre política, estive ao lado de D. Pedro em Minas Gerais e São Paulo. Percebem? Fui o **único** que estava ao lado do Príncipe nas duas viagens da Independência!

7 Vintismo no Rio de Janeiro

Como demorasse a eleição nas províncias, quando os deputados brasileiros chegaram ao Palácio das Necessidades, em abril de 1821, a carta estava quase pronta: liberal para Portugal e retrógrada para as colônias. Ao defenderem a unidade do Brasil, reino com Fazenda e Tribunais próprios e administração descentralizada, a resposta foi negativa: "há uma única Pátria". Teoria que a prática desmentia, já que vários decretos estimularam a fragmentação do Brasil (Grão-Pará, Maranhão e Bahia), além do provável restabelecimento do monopólio comercial pela metrópole. A respeito disso, Antonio Carlos, o mais jovem Andrada, juiz de fora, monarquista e escravista, mencionou a "alcunha de igualdade que esconde a mais descarada desigualdade. Quando me achava no

Rio, antes de embarcar às Cortes Constituintes, ninguém pensava em independência; foi mister toda a cegueira para acordar o Brasil e fazê-lo encarar a independência como antídoto à violência portuguesa".

Deslumbrado com o poder, o grupo vintista empregou a prepotência que tanto condenava no absolutismo, exigindo também o regresso de Pedro, para "viajar pela Europa a fim de instruir-se", o que equivalia a chamá-lo de *ignorante*. Faltou diplomacia; teria sido fácil convocá-lo, por exemplo, para "participar da Constituinte em nome da Casa de Bragança". Discursando em 29/9/1821, Manuel Fernandes Tomás foi explícito: "O Soberano Congresso não dá ao Príncipe opiniões, dá ordens". O humilhante discurso frustrou a hipótese de Pedro concordar. Prepotência era o pior remédio contra a pessoa do Príncipe. E não tardou a reação brasileira; as mais diversas províncias e câmaras do País enviaram ofícios exigindo a permanência do Regente. Sem sua força moral o país seria dividido e escravizado. A maçonaria carioca reuniu milhares de assinaturas, até que num dia de júbilo a população foi às ruas. José Clemente Pereira, líder maçom, propôs o texto da famosa "ficada", que o próprio Regente leu da sacada do Palácio Real no dia 9 de janeiro de 1822: "Como é para o bem de todos e felicidade geral da nação, estou pronto: diga ao povo que **fico**".

Mas nada seria tão simples, porque o ministério de portugueses, temendo contrariar Lisboa, pediu demissão coletiva. E Jorge de Avilez Zuzarte de Sousa Tavares, comandante da Divisão Auxiliadora, não aceitou a ficada, insuflando o motim de dois regimentos que saíram pelas ruas quebrando vidraças e lampiões (12/1/1822). D. Pedro foi informado da arruaça no Teatro de São João, inclusive a promessa do Coronel José Maria da Costa de "levá-lo pelas orelhas". Apenas ao final da peça saiu a galope atrás de apoio. Estrategista nato, reuniu dez mil *soldados* no Campo de Santana, armados de paus, facas e pistolas enferrujadas, na verdade jovens cariocas corajosos contra os 2.000 praças bem armados de Avilez, de prontidão no Morro do Castelo. Ao equilibrar a força Pedro evitou a batalha, e no 14 de janeiro a Divisão Auxiliadora recuou à Praia Grande de Niterói. Prevaleceu a valentia; nem sequer pelas mãos foi levado! Por sua vez Avilez não desistiu do confronto, lançando manifesto pelos "direitos do homem e de um governo representativo", queixando-se da "mão poderosa atiçando o ódio à metrópole". A *mão* reagiu com destemor: "Cheio de indignação, vi a representação que acabam de fazer-me... Que delírio é o vosso, soldados? Como é possível que ameacem verter o sangue de seus irmãos?" (1/2/1822).

Possível presa da tropa lusa, já na primeira noite de 12 de janeiro Pedro enviou ofício urgente requisitando tropas a São Paulo e Minas. Pelo correio, a cavalo, a ordem foi recebida no dia 18:

> "Acontecendo que a Tropa de Portugal pegasse em armas... e como ficasse a Cidade sem defesa; Exijo de vós que sois amigos do Brazil, Me mandeis força armada em quantidade que não desfalcando a vossa Provincia ajude esta... e Exijo com urgência".

Oeynhausen baixou Ordem do Dia: "Hontem pelas 9 horas da noite teve este Governo o inexplicável prazer de receber a Carta Regia escripta do proprio punho de Sua Alteza Real que é de 12/1/1822. Em observância fiz marchar desta Provincia tropa de 1.100 praças de 1ª e 2ª Linha, comandada pelo Coronel Lazaro José Gonçalves. E determina que a Columna ajunte a denominação de *Leaes Paulistanos*". No dia seguinte (19/1/1822), Oeynhausen anistiou os rebeldes da revolta do Chaguinhas, em Santos, Lazaro arregimentou a tropa e partiu no dia 23. Pedro retornou: "Amigo, Eu o Principe Regente... não posso deixar de patentear-vos quanto Meu Real Coração ficou penetrado de satisfacção... e de tão nobre fidelidade... digno da gloria immortal" (30/1). Os Leais Paulistanos engrossaram a Guarda Real e o Clube da Resistência (o povo que pegou em armas), e no final a Divisão Auxiliadora embarcou de volta a Portugal. Sem dúvida Pedro estava feliz com Oeynhausen, *digno de glória imortal*. Como esse quadro mudou em quatro meses?

Por coincidência, no mesmo 18 de janeiro, sem saber da revolta da Auxiliadora, chegava ao Rio a deputação paulista que vinha insistir na ficada do Regente. O Manifesto Paulista, como outros de todo o país, alertava "para o rio de sangue que vai correr pelo Brasil" se Pedro se submeter às Cortes, "além de perder a dignidade de homem e de príncipe". Chefiada pelo ex-catedrático de Mineralogia de Coimbra, José Bonifácio de Andrada e Silva, foi recebida às dez da noite, sinal da tensão que o Reino vivia. Com o ministério vago depois da demissão coletiva dos portugueses, a quem nomear? Outro mestre de Coimbra, Faria Lobato, já fora enviado a São Paulo em dezembro de 1820, para sondar o Andrada sobre "sua presença no Rio", o que aliás explica por que, não sendo exatamente jovem aos 59 anos, se dispôs a cavalgar a Santos e desembarcar no Porto de Sepetiba, entretendo boa conversa com a Princesa Leopoldina no Mosteiro de Santa Cruz, para onde enviada quando da revolta de Avilez. Ateu e monarquista, nascido em Santos e português de formação, Bonifácio tinha a percepção da *politique*, unindo estratégia e moderação à coragem do Regente. Era o homem perfeito, experiente e altivo, inclusive para contrabalançar a influência dos maçons fluminenses. Além do mais, Pedro não estava nomeando um inimigo de Portugal.

O impulsivo Regente surpreendeu no fim da reunião, comunicando a nomeação de Bonifácio como Ministro do Reino. E mais surpresa houve ao responder *não* o sábio mestre, negativa que pouco significou para o Regente. "Quais são as suas condições, senhor Andrada? De antemão as aceito todas." Bonifácio pediu conversa de homem para homem, e, embora ninguém saiba o teor da conversa, é possível imaginar. A hipótese menor seria "a firmeza da ficada, não voltar a Portugal"; e a hipótese maior seria estabelecer um "governo soberano no reino". Embora ainda unido o Brasil a Portugal, uma fresta de sol da Independência despontava no horizonte. Já passada a meia-noite (19/1/1822), Andrada saiu da sala como Ministro do Reino e logo mostrou a que veio!

Seu primeiro conselho: "A força portuguesa deveria ser expulsa o quanto antes". Apesar dos boatos de que Niterói atacaria o Rio, o impasse durava um mês. Aos 6 de fevereiro deu-se toque de rebate, motivando que muitos montassem a cavalo, inclusive Bonifácio. Ele percebeu que o general mangava à espera dos reforços que Lisboa prometera enviar; o tempo corria contra o Brasil. Como sempre ousado, aos 9 de fevereiro Pedro subiu a bordo da fragata *União*, intimando os rebelados a zarpar, ameaçando suspender o envio de mantimentos e abrir fogo. Avilez enfim partiu no dia 11, curtindo inclusive os galhos, segundo as más línguas, de sua bela Joaquina ter tido um romance com o Príncipe. A nova esquadra sob o comando de Maximiliano de Sousa chegou ao Rio dois dias depois, impedida de desembarcar. Negociou víveres e amargou vexatório retorno à terrinha. Por pouco não funcionou a estratégia lusitana.

8 Faiança de Viana do Castelo

Passada a euforia veio o medo, a nuvem de dúvidas. "Como assim, o rei do Brasil em minha casa com dois meses para executar?". Gertrudes tomou a providência urgente de despachar correio a Campos do Jordão, dando ordem para subir pelo trecho mais curto de Taubaté, apesar da pior picada. A casa fora escolhida por ser a mais confortável da Cidade, ademais da implicação política. Manoel fora preso e expulso a Santos pelos dois líderes bernardistas, o comandante Francisco Ignacio e o governador João Carlos Oeynhausen. Como o Regente viria a São Paulo — nas palavras de Freire para "restaurar a ordem" —, a escolha dos Quatro Cantos também significava um desagravo. Coisas da política, assunto dos homens. Não que estivesse alheia à violência, mas o Conselheiro João Carlos já revogara o desterro, tanto que

Manoel estava na Mantiqueira. Não era de "ficar olhando para trás". O importante seria concentrar-se na hospedagem em si, o maior acontecimento de sua vida.

Logo as peças do quebra-cabeça foram assentando, e Gertrudes desfrutou do momento, no centro das atenções, da admiração de umas à inveja de outras. Mulheres que se dedicavam à *glória* das intrigas e restrições, de aumentar pequenos erros, agora prestavam reverência. Inaugurando o chá das cinco às quartas e sextas, aliás hábito português levado à Inglaterra pela bela Catarina de Bragança em 1662, várias amigas vinham tecer sugestões, reforçar a amizade, para serem lembradas nas recepções sociais. Gertrudes plantava sabedoria, pedindo para omitir certas circunstâncias "por exigência do protocolo". As amigas aceitavam o sigilo, mas ao mesmo tempo tinham resposta para tudo, como se afinal não houvesse segredo algum.

Ah, finalmente Manoel chegou apressado no início de julho. Sempre tão seguro e soberbo, precisava abraçar o marido, demonstrar quanto era importante em sua vida, pedir apoio com jeito sutil. Sabia conduzir recepções; porém aquela ultrapassava todas as outras. Trocar ideias, ter com quem compartilhar... contou a conversa com o Tenente Freire, que nem soube dizer quanto tempo o regente ficaria hospedado:

— Talvez dez dias. — Nem podia garantir o dia da chegada. — Provavelmente na segunda quinzena de agosto.

— O tenente poderia ao menos estimar o número de componentes da comitiva?

— A julgar pela viagem a Minas Gerais, no máximo quinze pessoas. — Depois de uma pausa, o próprio Freire completou: — Não, minha senhora, devemos considerar o dobro.

— O senhor faz parecer tudo tão fácil... O dobro representa duas vezes mais quartos, mantimentos, escravos, cavalos, forração, tudo.

— Não se apoquente, senhora Jordão, porque, além de sua casa, o Conselheiro Antonio Prado também se dispôs a oferecer sua residência.

"Oferecer", pensou Gertrudes, por que não usar a palavra certa, "requisitar"? Prado é o maior comerciante de Sorocaba, cuja feira vendia mais de 50 mil muares ao ano, disputando o posto de segundo potentado com Francisco Ignacio, o chefe da bernarda, por sua vez o maior comerciante de secos paulista. Secos eram produtos duráveis, como louças de cerâmica e porcelana, talheres e roupas, ao contrário dos molhados, como peixes, carnes e alimentos. Os tropeiros, que agora nem transitavam em tropas, teriam muito a transportar a São Paulo, já que Gertrudes não passaria feio. Num país carente de hotelarias, em que os negociantes dormiam nas cozinhas dos ranchos, perto do fogão a lenha, ou em estrados nos abrigos com as selas como travesseiro, a hospedagem era dever social, especialmente às pessoas de maior grau, bispos vistoriando as dioceses, cientistas colhendo amostras, como os dois bávaros Spix e Martius, da Academia de Ciências de Munique, coronéis da Guarda Real, políticos como algumas vezes os Andrada, médicos e altos comerciantes, juízes de fora transitando entre as comarcas, sem contar forasteiros que, em geral, vinham com recomendação de algum conhecido.

Gertrudes tinha experiência, hospedando à mesa do jantar os mais grados e oferecendo alcovas térreas aos mais simplórios. No casarão a senzala dos escravos domésticos e as duas alcovas de hóspedes eram confortáveis, uma delas também depósito de mantimentos, com camas de madeira maciça e colchões de palha. Todavia agora a responsabilidade era imensa, o mais alto degrau do pódio. E não bastava a quantidade de escravos — mais de quinhentos — espalhados pelas fazendas. Gertrudes precisaria de qualidade e classe. Numa reação mecânica, mandou retirar alfaias emboloradas de arcas e baús e convocou a criadagem para comunicar o evento destinado a sacudir a calmaria paulistana. Ao jardineiro, Boaventura ordenou "jardins floridos a partir do começo de agosto" e "flores pela casa, trocadas ao primeiro sinal de desbotamento".

— Não me importa que seja inverno, quero cravos, camélias, azaléas, cravinas e begônias. E lantanas novas nos muros. Também árvores jovens de quatro palmos e meio. Retire tudo do Engenho do Morro Azul ou da Fazenda do Jaraguá e contrate os carroceiros necessários para o transporte. Sangrem e plantem logo com muito adubo. Se não florirem, que ao menos transmitam aspecto de ordem e asseio. — E como os serviçais se mantivessem quietos completou: — Entenderam? Não quero ver ninguém parado. Eu também quero fazer uma revolução.

— Ah, meu Deus, não fizera a pergunta simples: "Estaria o Tenente Félix Freire na comitiva"? Problemas e mais problemas. Deu de ombros; nunca imaginou tarefa fácil! Valia a pena porque não havia honra maior; *non plus ultra!*

Se por natureza era atenta aos detalhes, passou a exigir perfeição, perdeu a calma, naufragou num mar de dúvidas. O ápice da desilusão aconteceu num treinamento de serviço à francesa, quando duas copeiras trombaram derrubando a sopeira fumegante no chão, faiança azul e ouro de Viana do Castelo do século XVI, com motivos Ming, e mais a cambraia da mesa arruinada de água fervente. Teve gana de agarrar o pescoço da infeliz:

— Você quebrou a *minha* louça de Viana, presente da *minha* avó Georgina!

Pior do que os cacos da porcelana foi o medo de o acidente se repetir diante do real hóspede. A decisão foi devolver à lavoura a provável culpada pelo incidente, Beatriz, criada de maus bofes, em razão do gesto brusco de voltar. O clima ficou pesado entre os empregados e escravos de serviço, uns e outros sugerindo soluções como se tivessem direito de opinar. O ambiente era de total intranquilidade. Na desgovernada dimensão do sonho noturno lhe sobreveio o medo de mucamas derrubando sopeiras, vassalos zombando do mordomo impotente, que distribuía ordens sem ser obedecido, os escravos dançando *voudu* diante do olhar incrédulo da nobreza.

9 Dois Manifestos de Independência

Resolvido o levante mineiro, Pedro se preparou para o embate paulista. O processo de Independência estava em marcha. No 1º de agosto, o Regente fez publicar um Manifesto ao Povo Brasileiro, redigido por Januário Barbosa e Gonçalves Ledo, assim resumindo os ataques da Corte Vintista: "legislou sem esperar os representantes brasileiros... desmembrou as províncias e aceitou governos insubordinados. Recusou um centro de união para nos debilitar, excluiu os brasileiros dos empregos... apresentou projeto que monopolizava as riquezas e fechava os portos... e reduzia os habitantes do Brasil ao estado de colonos... acordemos... está dado o grande passo de vossa independência; já sois um povo soberano; já entrastes na sociedade das nações independentes a que tínheis direito... Do Amazonas ao Prata, não retumbe outro eco que não seja independência".

E logo mais um Manifesto às Nações Amigas, desta vez pela pena de Bonifácio: "quiseram os europeus... restabelecer o velho sistema colonial; o Brasil não devia mais ser reino... a retroceder na ordem política... como escravo de Portugal... debaixo de palavras enganosas de fraternidade um completo despotismo militar, privado o Brasil de um poder executivo, extintos os tribunais, e obrigado a ir mendigar a Portugal... Como chefe supremo do poder executivo de toda a nação, hei por bem defender a Constituição futura do Brasil... Eu os convido a continuarem com o Reino do Brasil as mesmas relações de mútuo interesse e amizade. Estarei pronto a receber os seus ministros e agentes diplomáticos e a enviar-lhes os meus" (6/8/1822). Claramente, o primeiro manifesto confirmava a Independência e o segundo, a Constituição de um país com diplomatas e representantes.

Na terça-feira, publicou decreto nomeando Leopoldina para regente: "Tendo de ausentar-me desta capital para ir visitar a Província de São Paulo... o meu conselho de Estado possa continuar as suas sessões quando preciso for, debaixo da presidência da Princesa Real, a qual fica desde já autorizada para tomar logo as medidas necessárias ao bem e salvação do Estado" (13/8/1822). E na quarta-feira, 14 de agosto, partiu de São Cristóvão para pernoitar na Fazenda Santa Cruz, antigo convento tomado aos jesuítas. Agora estava livre dos ministros e conselheiros, solitário e consciente do momento político. Só ele podia orientar o prumo do barco.

Caía a tarde quando atinou para o que o afligia: a escolha entre duas pátrias, meio português e meio brasileiro. Nasceu em Queluz, nos arredores de Lisboa (12/10/1798), passando a infância entre os palácios de Mafra, Ramalhão e Queluz, sob a tutela do dr. José Monteiro da Rocha. No auge da energia aportou no Rio, ele e Miguel com os pés para fora do tombadilho, sob o impacto das areias brancas e monumentos de granito da mais linda cidade natural da Terra (7/3/1808). Por quinze anos, dos 9 aos atuais 23, viveu entre a floresta e o mar da Guanabara, mergulhando na enseada de Botafogo em frente à casa da mãe, Carlota Joaquina. Preferia a poeira da estrada ao mofo dos livros, marcenaria, ferraria e música, domar potros xucros e conduzir de pé carroças em disparada, desenvolvendo experiência de rolar pelo solo de tanto cair.

Aos 15, trocou de montaria. A formação sexual dos príncipes era assunto de Estado, lição que aprendeu facilmente dando conta de duas ou três cortesãs por dia, jovens mucamas e raparigas dos arredores que nem podiam recusar, enfim, gente disposta a dar para o bem da Pátria. Tudo em excesso, desfrutando as facilidades de *sua* corte. O pai vacilante o afastava das decisões, a conselho de ministros débeis que propagavam o risco de ele assumir o governo. Apenas quando o povo se rebelou, com Macamboa e Duprat exigindo duas vezes o juramento da Constituição, D. João VI pediu ajuda. A história registra: não fosse o destemor de Pedro, a realeza morreria ali mesmo.

Para ele — até recentemente —, nunca houve dois países. Ainda mais que ouviu as lições da povoação normanda, depois os visigodos e árabes expulsos por D. Afonso Henriques em 1139, fundando Portugal. Sob a vela do infante D. Henrique viajou pelos "oceanos nunca dantes navegados" e sonhou impedir a louca aventura de D. Sebastião, que no auge da riqueza lusa levou 25 mil jovens para morrer na batalha de Alcácer-Quibir (1578). Em vez de disputar com Inglaterra e França o domínio do mundo, Sebastião deixou o trono vago, origem do domínio espanhol pelos três Felipes entre 1580 e 1640, fato que aliás explica a eterna rivalidade entre Brasil e Argentina.

O que então faltava? Seus apoiadores estavam decididos, a maioria dos brasileiros, os irmãos santistas Bonifácio, Martim e Antonio Carlos, Gonçalves Ledo e até Clemente Pereira nato português, no Rio de Janeiro. Sua Habsburgo Leopoldina apoiava com entusiasmo. Lembrou-se do ofício da Vila de Curitiba: "V. A. Real é nossa única esperança" (3/8/1822). As revoltas das províncias do norte misturavam alma portuguesa, insatisfação com a distância do Rio e possíveis vantagens comerciais. Por causa do vil metal, esses pseudobrasileiros aceitavam a divisão do país, o que era intolerável. A união política com Portugal era tênue fio, prestes a romper.

10 Belchior Historiador

Política, religião, faltaria algo? Ah, sim, falta o sexo, assunto que não é de meu amplo domínio. Sigilo; impede-me a Igreja de revelar confissões? Nenhum obstáculo, porque os casos de Pedro são de domínio público. Sua primeira filha foi parida por uma aprendiz de cozinha de São Cristóvão. Imaginem a lindeza circulando pela senzala, mestiça dos cabelos encaracolados e olhos aquilinos do pai com os fecundos quadris da mãe. Como seu ídolo Napoleão, estava sempre pronto a abater uma presa. Quando batia o desejo, não conhecia limites nem discriminava ambientes: nas cozinhas e senzalas havia fartura de jovens que sequer podiam negar favores: no teatro, teve filho com seu primeiro amor, a jovem Noémi Thierry, Pedro de Alcântara Brasileiro, nascido em Paris. Na Igreja, com a monja Ana Augusta; na Campanha Cisplatina, com a uruguaia María del Carmen García; no comércio, com a modista francesa Clémence Saisset. Agora mesmo em abril, na viagem a Minas, Luísa Clara de Meneses, a Luisinha, se entregou sem medo. Além dos casos famosos, cinco filhos com Domitila e outro com a irmã Maria Benedita Canto e Mello, sem contar os que nasceram pelo caminho, sem voz para reivindicar paternidade. Olhos profundos e negros, nariz largo e lábios carnudos, sobrancelhas longas e curvas, na minha estimativa a Casa de Bragança aumentou cinquenta vezes por obra dele. Portanto, não contarei qualquer segredo de confessionário!

Belchior não falava de si por se julgar importante, mas para revelar como analisou profundamente a História da Independência, pela participação, observação e estudo dos fatos acumulados. Não a visão sectária da maioria dos historiadores, adaptando os acontecimentos à sua cor política. Intervir no passado é coisa séria; o bom historiador não deve impor sua crença à narrativa. Relataria os fatos de modo imparcial, pesando prós e contras. Apesar de maçom, liberal e religioso, pretendia se libertar da camisa de força espiritual (pátria, liberdade) e fincar estacas na economia e na diplomacia.

O impulso pertence ao historiador M. J. Rocha, que em 1826 me pediu um relato sobre o Sete de Setembro, para bem da História do Brasil. Passavam quatro anos quando Rocha teve a luz de pedir igual relatório a duas outras testemunhas do Ypiranga. Faltou apenas Manoel Jordão, o anfitrião do Príncipe, único personagem que esteve mais próximo de D. Pedro naquela quinzena. Considerando que faleceu de tuberculose em 1827, provavelmente já estaria doente em 1826. Também não ouviu a jovem Domitila de Castro Canto e Mello, supondo que a Marquesa tivesse a revelar fatos eróticos e não heroicos. Porei fim às versões estapafúrdias do *ouvir dizer*. Se eu mesmo, que estive presente nas duas viagens e nos dois gritos, às vezes me pego em dúvida... o que dizer dos autores que desconhecem quase tudo, têm prazer em rebaixar a formação intelectual do Príncipe, assim como se a sua fosse prodigiosa. Não era santo; fugia das aulas de Monteiro da Rocha em Lisboa e João Rademacker no Rio. Mas leu Cervantes, Molière e Hobbes, modernos como Casanova e o Marquês de Sade, mais seriamente Locke e Rousseau e talvez Adam Smith. Captou o liberalismo de Benjamin Constant e do napolitano Caetano Filangieri, assumiu os direitos do homem, a Revolução Francesa e a democracia dos Estados Unidos. Sem contar a experiência da independência das repúblicas espanholas da América do Sul. Essa rebeldia lhe deu algo que não está nos livros: esperteza, traquejo, experiência! No bom sentido, malandragem.

"Sou constitucional", gostava de proclamar, mas não se sujeitava. Ao contrário de seu indeciso pai, tinha temperamento de liderança. E compensava alguma falta de instrução — claro, bem superior à dos comuns mortais — com o fator essencial de um homem: caráter. Preparado para ser rei, Pedro foi sempre a metamorfose entre cérebro liberal e coração absolutista.

Eu, Belchior de Oliveira, acho bom ressalvar, fui expulso à França por D. Pedro em 1823. Padres sabem perdoar, embora perdoar não signifique esquecer. Teria restado alguma mágoa? Nada, o exílio para mim é página virada. Então prometo: *serei* isento. Agora que me apresentei, faz sentido acabar com o pequeno suspense e dizer claramente a que vim. Meu trabalho será instituir, bela palavra latina de que deriva *instituição*, mistura de *instruere* ensinar, e *statuere*, como estátua, colocar de pé, estabelecer. Comentar, acrescentar, recolocar a verdade sobre a proclamação da soberania.

— É simples: agora, entre 1850 e 1853, firme e lúcido aos 70, pretendo escrever o Relatório da Independência, para deitar luz sobre o que se passou na quinzena mágica de D. Pedro em São Paulo.

11 Viagem pelo Vale do Paraíba

No segundo dia, quinta, 15 de agosto, a guarda seguiu pelo litoral até Mangaratiba, subindo a Serra do Piloto para se hospedar na Fazenda Olaria, nas cercanias de São João Marcos, na casa do Capitão Hilário, de onde seguiu com os filhos Luís e Cassiano. Na sexta, 16 de agosto, a comitiva ultrapassou a divisa fluminense, dormindo na Fazenda Três Barras em Bananal, cujo fazendeiro estava prostado com pneumonia. Milho, frutíferas, gado e extensa plantação de café. Esmerou-se d. Ana de Sá Leite a mostrar a derriça dos grãos, sacudindo a planta com uma vara, e a engenhosa rolagem do café por canaletas de tijolo, pela força d'água e gravidade. Então os grãos molhados, já separados das impurezas, folhas e galhos eram esparramados no terreiro e revirados constantemente pelos escravos para secagem uniforme. Depois de secos eram beneficiados ou ensacados e armazenados em sacos de juta de 60 quilos nas tulhas da fazenda, à espera de bom preço no mercado. O café para consumo era socado no monjolo, as conchas enchendo e se projetando à frente o dia inteiro, vertendo a água acumulada ao mesmo tempo que a estaca amassava continuadamente os grãos no pilão.

D. Ana, estreando vestido novo azul de alpaca, sorriu. Quanta honra e prestígio; valeu a pena o sacrifício pelo marido e os filhos. Explicou que descendia de Mem de Sá, terceiro-governador geral do Brasil (1558), e de seu sobrinho Estácio, fundador do Rio de Janeiro, que expulsou os franceses (1567). Morto pela infecção de uma flecha, assumiu o governo o primo Salvador Corrêa de Sá, que fundou o Engenho Camorim na Sesmaria de Jacarepaguá (1569). De lá seus descendentes subiram a serra para Vassouras e Paty do Alferes, onde se casaram com os Leite e continuaram a povoar o planalto paulista. O serviço do jantar foi cabrito à moda de Anadia, d'Avelãs do Caminho na Bairrada, que fez o regente pensar quanto havia de português nos costumes brasileiros. No início da noite soprou ventania que a comitiva foi assistir na varanda. Alguém explicou: os ventos marítimos batem na Serra da Bocaina, "bom para dormir". No quarto sem forro apareciam as telhas, aparador, cadeira e pregos na parede para pendurar a roupa, uma jarra d'água, toalha e lençóis imaculados.

No sábado, 17, quarto dia da viagem, depois do imponente "Tira o Chapéu" da Bocaina, adiantou-se do grupo e jantou lautamente... na cozinha da Fazenda Pau d'Alho do Coronel João Ferreira, seguindo para dormir na morada do Capitão-Mor Domingos da Silva em Areias. No dia seguinte partiu com novos animais e a guarda engrossada com João Ferreira e o filho Francisco. Nesse domingo, 18 de agosto, uma comitiva de quinze fidalgos se juntou ao Príncipe, entrando para despachar e dormir em Lorena, na fazenda do Capitão Ventura de Abreu. Na Casa da Câmara e Cadeia, uma Guarda de Honra de 32 praças, enviada pelo líder da bernarda Coronel Francisco Ignacio, chegou de São Paulo. O regente reuniu o conselho para deliberar.

— Não deixa de ser um gesto de paz, opinou o ministro Saldanha da Gama.

— Excelência, discordo respeitosamente, — arriscou o Tenente-Coronel Barreto de Camargo, mais tarde nomeado para governar Santos. — Gesto ingênuo? Talvez. Mas não legitimaria o Governo Paulista? Se V. Alteza aceitar a guarda, aceitará também a autoridade de quem a formou.

— Sim, expeça ordem de desaprovação da Guarda, dispensada inclusive do uso dos uniformes, visto não constar pedido de licença — sentenciou D. Pedro. E, antes que a reunião se encerrasse, sentindo-se forte, prosseguiu: — Meu Luís, expeça também urgente decreto dissolvendo o Governo Provisório.

Na segunda-feira, sexto dia da viagem, a comitiva somente cavalgou duas léguas até Guaratinguetá (19/8/1822). O povaréu saiu às ruas improvisando bandeirolas até a casa do Capitão-Mor Manoel José de Melo, onde aproveitou o jantar servido em baixela de ouro maciço para acompanhar três porcos no rolete, assados lentamente nas brasas. Uma festa; "as posses dão, Real Senhor"! E no dia seguinte Melo ainda presenteou a comitiva com ótimas cavalgaduras, que seguiram seis léguas no sétimo dia, em direção a Pindamonhangaba, antes parando na capela de Aparecida, do conhecido milagre vivido pelos filhos do Governador em 1717. Sem nada pescarem, de repente surgiu na rede a imagem de Nossa Senhora, e João Alves e Felipe Pedroso recolheram tantos peixes que o barco quase afundou. A imagem da mãe de Cristo ganhou a alcunha por ter aparecido nas águas do rio. Pedro rezou para alcançar o objetivo da viagem. Qual? Somente ele sabia. Em Pinda pousaram no casarão do Monsenhor Ignácio Marcondes Cabral, irmão do capitão-mor da vila Manuel Marcondes, de quem Pedro se tornou amigo.

No 21 de agosto, quarta-feira, São Francisco das Chagas de Taubaté saiu às ruas para saudar o Príncipe: a pura alegria, a "Barbacena paulista"! Ao cair da noite, não sem antes visitar o Convento de Santa Clara e a Igreja do Pilar, depois de oito dias de abstinência compareceu ao bordel. Providência do capitão, que retirou as marafonas das ruas e as concentrou na zona. Viva o progresso! Quinze taubateanos se juntaram à guarda no dia 22, nono dia de viagem, atravessando São José do Paraíba que o povo chamava "dos Campos", terminando as onze léguas (66,6 km) do mais longo percurso em Nossa Senhora da Conceição de Jacareí. Ansioso, não quis esperar a balsa e atravessou o Paraíba a cavalo, para delírio do povo. Do outro lado, molhado até os ossos, saiu procurando alguém para trocar a roupa. O ônus coube ao jovem Adriano Gomes Vieira, que aquiesceu constrangido, em troca merecendo a honra de integrar a Guarda. Em Jacareí D. Pedro ficou hospedado na casa do Capitão-Mor Claudio José Machado. Aos 23 de agosto, sexta, décimo dia de viagem, assistiu à missa na catedral de Sant'Ana e foi hóspede do Capitão-Mor Francisco de Mello em Mogi das Cruzes. Lá o Príncipe Regente mais uma vez se recusou a receber a comitiva de boas-vindas enviada pelo governo paulista.

 E na penúltima jornada de Mogi a Penha de França, sete léguas, a comitiva dormiu próxima à velha Igreja da Penha, com sua torre única em estilo colonial e paredes de 1,20 metro de taipa de pilão. Depois de assistir à missa resolveu caminhar. Estava pensativo, recostado num penedo, tentando repassar as decisões que vinha cumprir em São Paulo. De longe o fogo das casas se misturava ao poente rápido de inverno, fumegando o final dos jantares a aquecer os lares. Os nativos a chamavam Inhapuambuçu. "Assim de longe, que simpática vila."

CAPÍTULO 2º

Chegada à Cidade

1   Augusta Hospedagem

Gertrudes Jordão percebeu que na ânsia de procurar o ótimo, em vez de se contentar com o bom, transmitia insegurança aos serviçais. Lembrou da sutil lição da avó Georgina, de que a escrava doméstica já era a seleção do melhor da lavoura, das mais cobiçadas para casamento. Todos queriam a casa-grande. Cabia a ela espalhar confiança e envolvê-los no compromisso de se apresentarem ao rei. Como na educação dos filhos, nem sempre o castigo resolvia. Consultando os próprios medos, recordou também da avó a filosofia de Santo Agostinho, na linda sonoridade latina: *ad augusta per angusta!* Ao estado augusto pela via da angústia ou da dificuldade. A vida é dura: "Quem nunca experimentou o inferno não dá valor ao paraíso".

Portugal, terra de privilégios e dependência do Estado-mãe, jamais primou pela ideia de dever, ao contrário do *noblesse oblige*, famoso memorando de Napoleão: "Pertencer à aristocracia impõe deveres" (1808). Aliás, Bonaparte inaugurou o hábito de distribuir a *Legion D'Honneur* a cientistas, artistas, intelectuais, comerciantes e industriais. Enquanto os banqueiros financiavam a guerra, os soldados realizavam prodígios nas batalhas para merecê-la. Cá nos trópicos, D. João VI distorceu o ditado; segundo as más línguas, a Ordem da Rosa e a de Cristo podiam ser *compradas*. Quando o ministro Vilanova Portugal assinou decreto atribuindo a Manoel Jordão a "Ordem de Cristo" (6/1/1818), justificou que se fez digno "por ter concorrido com avultada soma para preencher o fundo do Banco do Brasil". Jordão, dono de 57 imensas fazendas e o maior proprietário de imóveis da Cidade, foi também o maior acionista privado do banco. E dizer que João VI raspou os fundos ao voltar à terrinha. O carioca hilário cantou na rua: "Olho vivo e pé ligeiro; vamos a bordo buscar dinheiro".

Nascido em 1781, Manoel não seguiu profissão militar. Mesmo assim recebeu o título de coronel do 1º Regimento de Infantaria de Milícias em 1812 e brigadeiro em 1819. O Estado terceirizava a segurança pública e a guerra, já que não possuía exércitos para proteger o território. E, como perdurava o medo da invasão espanhola, dependia do patriotismo e do dinheiro dos poderosos. Quando em São Paulo faltava dinheiro para pagar o soldo, Jordão e Francisco Ignacio antecipavam a remuneração dos soldados.[3]

Agora, porém, Gertrudes era protagonista. Antes reuniu Aurelio Fernandes, a cozinheira Antonieta e o marido no escritório. Precisaria de alguém para supervisionar e centralizar providências, entradas e gastos, como os *concierges* das hospedarias e fazendas. Bartolomeu Ferreira, contabilista do Engenho Morro Azul, eficiente e discreto, mereceu dobra de ordenado e chegou a São Paulo de mala e cuia. *Concierge* vem do francês *comte des cierges*, contador de velas, responsável pela iluminação dos castelos, a principal tarefa juntamente com a alimentação. Foi nomeado secretário da sinhá, recebendo encomendas de alimentos, bebidas, sementes, árvores e flores, tecidos, couros, roupas e ferragens, pagando salários e tresdobros, inclusive a encomenda de duas centenas de velas de libra pesando meio quilo e outras ainda maiores de artemísia e lavanda para fincar nos lustres do casarão, acesos todos, sem exceção, pelo escravo Jonas às cinco e meia da tarde. No andar térreo ficava o escritório de trabalho do brigadeiro, amplo o suficiente para abrigar, num dos cantos, o *gabinete do Bartolomeu*, que empilhou suas tralhas, papéis e recibos em caótica organização. O vizinho salão para conversas políticas, a "pedido" do Tenente Félix Freire, fora transformado em quarto. Com isso madame-sinhá — cuja disciplina militar misturada a incentivos de elogios e gratificações, insuflando confiança, começava

---

[3] Publicação Oficial de Documentos Interessantes — *Actas do Governo Provisório 1821/1822*, 3ª ed. Archivo do Estado de São Paulo, 1919, vol. II, p. 8.

a produzir resultados — e seu direto assessor, o mordomo Aurelio, voltaram os olhos ao treinamento do serviço à paulista.

— Talvez devêssemos começar de novo, com mais calma. Servir é como uma dança de *ballet*, firmeza e ao mesmo tempo leveza de movimentos.

A Cidade ouviu o boato de que Gertrudes recolheu várias bonecas da sobrinha Yolanda, obrigando a esquadra a desfilar com elas nas bandejas de lá para cá. Todas têm filhos e sobrinhos.

— Vamos fazer de conta que estão carregando um bebê. Não irão empurrar quem estiver na frente, abrir caminho com o corpo da criança, certo? Vocês devem proteger a bandeja. — À noite justificou ao marido: — Jamais deixariam cair um bebê; acho que o treinamento funcionou.

Manoel conduziu a ampliação da adega na face sul, no canto da Rua Direita, para reforço de mantimentos e vinhos. Comprou velhos *cognac*, tintos de Bordeaux e Rioja, brancos da Borgonha como Montrachet e Meursault, *champagnes* Ruinart, Pommery e a nova Perrier-Joüet mais seca ou bruta, que fazia sucesso em Londres. E Portos Fonseca, Sandeman, Graham's, Ferreira e Niepoort, em especial duas dúzias da safra 1815, conhecida por *Waterloo Vintage*. Foi a primeira vez que negociantes ingleses rotularam o ano da colheita, para celebrar a derrota de Napoleão. Os consumidores mundo afora buscaram aquela safra, daí o hábito de registrar o ano nos rótulos. Tudo obtido na H. Laemmert do Rio de Janeiro e transportado por mar e pelo Caminho do Lorena. A Gertrudes coube o básico, tudo que realmente importa, de mantimentos a bebidas comuns. Angústia trocada por augusta energia.

2   O Vintismo e a Reação do Fico

Além do conflito entre absolutismo e liberalismo, o Vintismo queria recuperar a hegemonia de Portugal retirando o rei da colônia. Quando os deputados de Açores, Angola, Brasil, Madeira e Moçambique chegaram com atraso a Lisboa (eleições e viagem), o modelo constitucional estava pronto: liberal e centralista para Portugal, arcaico e divisionista para as colônias. Quando várias províncias brasileiras aderiram à Revolução, a Junta deixou seguir. Resultado: o Brasil temeu virar colcha de retalhos por igual às repúblicas espanholas. Mais tarde a Junta propôs a divisão em três núcleos (Grão-Pará e norte, Bahia e nordeste e Rio, sul e oeste), mas ainda assim o país seria dividido. No Paço circulava a ideia da monarquia dual, um só rei para dois países, como Felipe II de Espanha impôs a Portugal em 1580, a Inglaterra a seus reinos da Irlanda, Escócia e Gales e, como Bonifácio e Arouche redigiram no ofício de janeiro ao pedirem a ficada, "o mesmo nos reinos da Boêmia e Hungria" em relação à Áustria. O plano do Andrada previa "cada reino com seu próprio tesouro e alternância da residência do soberano... no interior da grande nação portuguesa". Por que tudo desandou?

— O Macaco, nome insultuoso de apelidar os brasileiros, disse que sou cego. Há mais cegos em Lisboa. Esses putos não sabem da missa a metade.

Se no Rio de Janeiro a tropa tirou o rei da cama, obrigando-o a jurar as bases de uma constituição cuja redação nem começara (decreto de 24/2/1821), também em São Paulo, um ano antes da Bernarda de Francisco Ignacio, rebentou rebelião favorável à Corte Vintista (21/6/1821). No solstício de inverno — dia mais curto e noite mais longa —, data da promulgação da Constituição de Cádiz, o ajuntamento de povo e tropa reacendeu o barril de pólvora, que começou com vivas a el-rei, à Constituição e à liberdade. Os líderes — Caçadores, Milícias e Cavallaria —, incapazes de afrontar a tropa, optaram por convidar José Bonifácio para presidir a eleição no Largo de São Gonçalo. O mestre revelou sabedoria:

— Esta eleição, Senhores, só póde ser feita por acclamação; descei à praça e eu da janela vos proporei as pessoas dignas. — Como alguns gritassem que "não queriam no governo os que têm sido nossos opressores", o Andrada retrucou: — Este deve ser o dia da reconciliação, desapareçam ódios e paixões. A pátria seja nossa única mira. Se de fato confiais em mim, me encarrego de procurar a vossa felicidade, mas se pretendeis manchar a glória eu me retiro.

Na dificuldade se revela o caráter. A maioria teria assumido ou direcionado o poder, mas o Andrada propôs para presidente... o mesmo João Carlos Oeynhausen, ele como vice, Martim Francisco para a Fazenda, Lazaro Gonçalves para a Guerra, Francisco Ignacio e Manoel Jordão pelo *Commercio*, Nicolau Vergueiro e Antonio Quartim pela Agricultura. Todos tomaram posse (23/6/1821), celebrou-se *Te-Deum* na catedral e à noite o povo cantou o hino constitucional no teatro e deu vivas à Casa de Bragança, às Cortes e à Constituição. Tudo resolvido? A sabedoria? Além de não ficar bem propor a presidência para si, ao ratificar Oeynhausen o velho mestre captou a delicadeza do momento político. E, ao contrário dos acontecimentos havidos em outras províncias, o sábio optou pela união das correntes políticas.

Sua intuição logo se revelou brilhante quando o Batalhão de Caçadores de Santos se revoltou contra o pagamento de soldo menor aos brasileiros, desrespeitando recente decreto de abril de 1821. Consta que o motim vinha sendo costurado entre os Andrada e o Comandante Olyntho de Carvalho, porém dois soldados rudes (Francisco das Chagas e Cotindiba) precipitaram o levante aos 28/6/1821. Como na Bastilha, a tropa soltou os presos, saiu à rua, se apossou das armas e saqueou a cidade. Aos 6 de julho, sob o comando de Lazaro Gonçalves, os revoltosos foram presos. O inquérito castigou com pena de morte os cabeças, e os demais a trabalho forçado na construção das estradas Curitiba-Paranaguá, Mogi-São Sebastião e conserto da estrada ao Rio. Na execução de Chaguinhas... a corda rebentou. Conforme o costume, pediram a comutação da pena, que o Governo recusou. Subindo ao cadafalso o impossível aconteceria: a corda se rompeu outra vez, caindo o corpo ao chão. O povo supersticioso passou a exigir o perdão, mas Chaguinhas foi executado na terceira vez (20/9/1821). A oposição usou o episódio para atrair a insatisfação popular. Se antes da aclamação Oeynhausen e os conservadores governavam sozinhos, agora os liberais incomodavam sob a liderança dos Andrada e Manoel Jordão.

No segundo semestre de 1821 a disputa política se concentrou na partida de D. João VI. A princípio o rei decidiu enviar D. Pedro, mas Leopoldina, em avançada gravidez, também exigia viajar. El-rei vetou a viagem da nora e desta vez quem se recusou a embarcar foi Pedro.

— Ou vamos todos ou ninguém. Palmela e eu cansamos de pedir sua volta em 1816, mas Vilanova só fala o que o senhor meu pai quer ouvir.

Quando D. João VI finalmente embarcou (26/4/1821), após treze anos no Brasil e seis anos depois da derrota de Bonaparte em Waterloo, nomeou Pedro regente. Foi seu último ato político, porque, ao desembarcar em Lisboa (4/7/1821), foi confinado no Palácio da Bemposta como figura decorativa. Naquele tempo a Corte Vintista manejava por inteiro o poder. A vitória total consistiria na retirada do Príncipe do Brasil, daí a uníssona reação do Fico. A não ser ele o ímã, quem mais? José Bonifácio não seria aceito pela maçonaria fluminense. Leopoldina, embora adorada pelo povo, não teria pulso para agir sozinha. Um militar? Não era costume! E havia medo da dominação econômica; embora ainda não houvesse um *decreto* restaurando o monopólio, todos imaginavam o dia seguinte. Cá nos trópicos o medo de perder a liberdade de comércio uniu brasileiros e portugueses.

Os quatro líderes da Revolução do Porto não souberam comer a sopa pelas beiradas. Extinguiram os tribunais brasileiros, suspenderam o soldo dos desembargadores (imaginem o abalo... judicial) e restringiram o poder do Regente ao sul do país. O limite da truculência foi a convocação afrontosa de 29/9/1821; já chamado de *rapazinho* nos discursos da Câmara, foi convocado para viajar pela Europa a fim de *instruir-se*... o ignorante. Em função da ordem aqui recebida em 9/12/1821, deu-se a já mencionada reação do Fico, sob a égide do presidente do Senado, José Clemente Pereira (aliás, desembargador que ficou sem salário), recolhendo 8 mil assinaturas e mais o apoio de imenso número de municípios brasileiros que pediam a permanência do Regente em solo pátrio.

1º Relatório:
Fico e o Início do Processo de Independência

Para nós brasileiros, o *Fico* ou *Ficada* foi um dos mais decisivos movimentos políticos da Independência, por muitos equiparável aos gritos de Sete de Setembro. Deu-se aí a discordância fundamental, a decisão consciente de desobedecer à Corte Constitucional por parte de Pedro de Alcântara Francisco António João Carlos Xavier de Paula Miguel Rafael Joaquim José Gonzaga Pascoal Cipriano Serafim de Bragança e Bourbon. Daí a qualificação de *primeiro grito* ou início do processo da Independência.[4]

---

[4] Octavio Tarquinio de Sousa, *A Vida de D. Pedro I* — 2ª ed. José Olympio, vol. I. Também Eduardo Canabrava Barreiros, *Do Fico à Independência*, em *D. Pedro I e Dona Leopoldina Perante a História*, vários autores, ed. IHGPS 1972, p. 101.

Curiosamente, a sintética redação de Frei Francisco de Sampaio supunha que o Príncipe solicitaria a leitura do manifesto por alguém da Câmara, provavelmente José "Pequeno" Clemente, daí o *"diga ao povo"* que fico. Como Pedro decidiu ler o texto do alto da sacada do Paço Imperial, para a maior multidão já reunida na capital, correto seria dizer *"digo ao povo"*. Eu digo e fico! Detalhes... Importa que, de 9 de janeiro em diante, metrópole e colônia começaram a se separar.

3 Palácio dos Quatro Cantos

O Palácio dos Quatro Cantos foi construído em 1815, com 50 metros de frente para a Rua São Bento e 70 metros de fundo irregular na confluência das ruas Direita e do Tesouro, num terreno de 3.500 m², quartos espaçosos e arejados, sala de jantar, um gabinete de trabalho no térreo e o escritório ou biblioteca no andar superior, sala de visitas (pequeno salão) e salão de baile (grande salão), que Gertrudes preferia chamar de salão nobre, com 22 metros de comprimento por 20 de largura e área de 260 m², projeto neoclássico encomendado por Jordão ao arquiteto suíço Auguste Kehl. O palacete tinha 1.660 m² e mais 700 m² de instalações de serviço, com cozinhas suja e limpa, dois largos depósitos, oficinas, pomar, horta, selaria, senzala, cocheira de seges e de animais também chamadas de cavalariças, tudo voltado para dentro, como era comum, já que a via pública carecia de limpeza. O casarão era erguido de acordo com o alinhamento das ruas Direita, São Bento e Tesouro, com dois metros de recuo e jardins internos (ver p. 54-57). De formas simétricas e retas, o conjunto compacto, quase quadrado, desviava-se um pouco acompanhando a Rua do

Tesouro, dotado de janelas para luz e circulação do ar. Salvo o salão nobre na lateral da Rua Direita, com enfeites ao estilo rococó, fugia do barroco.

A frente do palacete dava para a Rua São Bento, mas a entrada era pela Rua Direita, com a movimentação diária de cavalos e seges dentro do pátio, assim chamada por ser a única rua reta e plana da Cidade, formando com a São Bento e a Rua do Tesouro os únicos quatro cantos simétricos da vila, daí o nome. As demais ruas do centrinho seguiam o relevo. Algumas ruas, como a São Bento e a Nova de São José (Líbero Badaró), também eram retas, mas não planas. Assim como as jovens usavam musselinas, algodão e cambraias em substituição aos tecidos pesados, *corsets* e anquinhas do século XVIII, com a cintura abaixo do busto e o resto da saia fluida, privilegiando leveza e conforto, o casarão dos Jordão era iluminista e sóbrio, embora destoasse da rusticidade da vila. Manoel abriu a planta do arquiteto Kehl para começar as reformas, enquanto Gertrudes mandou o mordomo Aurelio Fernandes reunir os principais, senhor Reginaldo Rodrigues construtor, o concierge Bartolomeu, d. Marta costureira, o segundo mordomo Miguel Lima, a cozinheira Antonieta, Aparício boleeiro, a lavadeira Nicota, d. Silvia a engomadeira, o sapateiro Leonel, a arrumadeira Yara e o jardineiro Boaventura, além de Maria da Graça e Miquelina, as principais escravas de serviço. "Deixe de sobreaviso verdureiro, fruteiro, açougueiro e quantos mais forem necessários."

— O brigadeiro aumentará o fluxo de gêneros a partir da Fazenda do Jaraguá. E como está a afinação do pianoforte do salão? Acaso não sabem que o Regente é grande músico? Já chegou o mestre santista, falta-me o nome, para deixar tudo a contento? Por que a demora em dar andamento? — Silêncio.

Seu pessoal vinha pegando experiência a par de saber que sinhá não fazia por mal. Tinha esse jeito meio truculento de resolver. Aliás, de modo inusitado, Gertrudes colocou o pessoal sentado na sala de jantar, repetindo conselhos: "não repetiremos toalhas de mesa", o enxoval será "completamente novo com bordados P. R. de Príncipe Regente ou Real", conforme moldes já obtidos por Fernandes junto ao ourives Lessa, cavalos sempre arreados em número suficiente para atender a comitiva, limpeza dos quartos "entre oito e dez horas".

— D. Marta, não quero atropelos, a senhora providencie a contratação de três ou quatro costureiras. Alguma dúvida? — Silêncio. — O mesmo com dona Silvia, porque não faltarão roupas para lavar e engomar. — E prosseguia: — Vou explicar outra vez: se houver mofo, lavem; se houver mancha, queimem. Uma só mancha! Podemos repetir o enxoval dos cientistas para os acompanhantes principais do Príncipe se estiverem impecáveis. E todas vestidas com novos uniformes de tecido preto e barrado de renda branca de duas polegadas. E avental branco, três para cada, quero todas impecáveis. Que as costureiras trabalhem dia e noite. Perguntas?

— Sim, senhora... cavalos arreados à noite?

— Senhor Aparício, obrigada por perguntar. O senhor foi vaqueiro, cocheiro e capataz no Retiro Dois Corações e Bemfica, não é mesmo? Quantos animais estavam sob seus cuidados, centenas? Agora esqueça Itapetininga. Aqui o senhor é boleeiro com vários escravos sob suas ordens. À noite mantenha dez cavalos e mulas na cocheira, com duas selas e seges prontas para encilhar ou para receber os cavaleiros que avançarem noite adentro. Quero um escravo ao lado dos animais, acordado ou dormindo, pronto para qualquer emergência. De dia, vista seu melhor traje para conduzir o Príncipe, caso S. Alteza prefira a carruagem. É simples, assuntos de Estado não podem depender de arreios.

Virando-se para Leonel, ordenou que todos encomendassem sapatos novos. "E já vamos praticando, não quero ver mais ninguém descalço." A cozinheira Antonieta, que era de pouco falar e muito mandar, troou a voz:

— Madame, além de minhas três auxiliares preciso contratar a cozinheira Sebastiana, aquela das recepções. E mais um ajudante de mantimentos, uma escrava para limpeza e d. Isadora, a doceira, em tempo integral.

— Aurelio providenciará a contratação junto ao senhor Bartolomeu. Dona Yara, escolha novas escravas para a limpeza. Não sabemos o número exato de hóspedes, talvez quarenta, devemos nos preparar. Mais alguma pergunta? — Como todos meneassem a cabeça, Gertrudes bateu palmas e finalizou:

— O importante é que nada deve faltar, nem muito menos falhar. — E terminou o concílio de maneira incomum, já que a sinhá não costumava mostrar gratidão: — Agradeço a colaboração de todos. — Formavam agora um grupo sólido, o regime patriarcal dando piruetas constitucionais dentro de casa.

ELEVAÇÃO RUA DE SÃO BENTO
ESC: 1:250
0 1   3   5

ELEVAÇÃO RUA DIREITA
ESC: 1:250
0 1   3   5

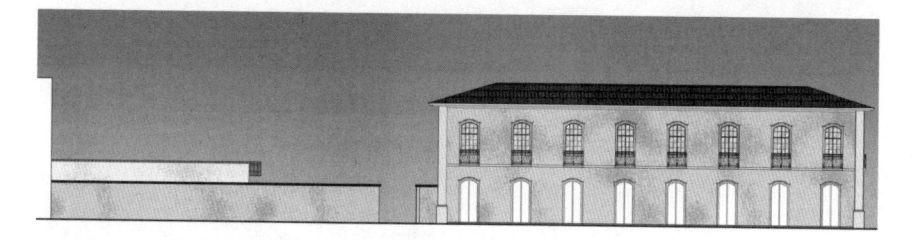

ELEVAÇÃO RUA DA QUITANDA
ESC: 1:250
0 1   3   5

Plantas do Casarão dos Quatro Cantos recriadas pelo amigo, arquiteto e historiador Luiz Augusto Bicalho Kehl – homenageado como Auguste Kehl no enredo, uma vez que não conseguimos descobrir o autor da planta original. Por minha encomenda, Kehl levantou a planta do espaço físico do casarão, ou seja, seus quatro cantos quase simétricos, a partir de pesquisas nos arquivos municipais de São Paulo e fotografias do grande Militão Augusto de Azevedo (entre 1880 e 1895), antes de o casarão ser demolido para a construção da primeira Mappin Sotres, na frente da atual Praça do Patriarca (antes de se mudar para a Praça Ramos de Azevedo). Com base nas fotografias de Militão, Kehl imaginou sua provável arquitetura, com total liberdade de criação.

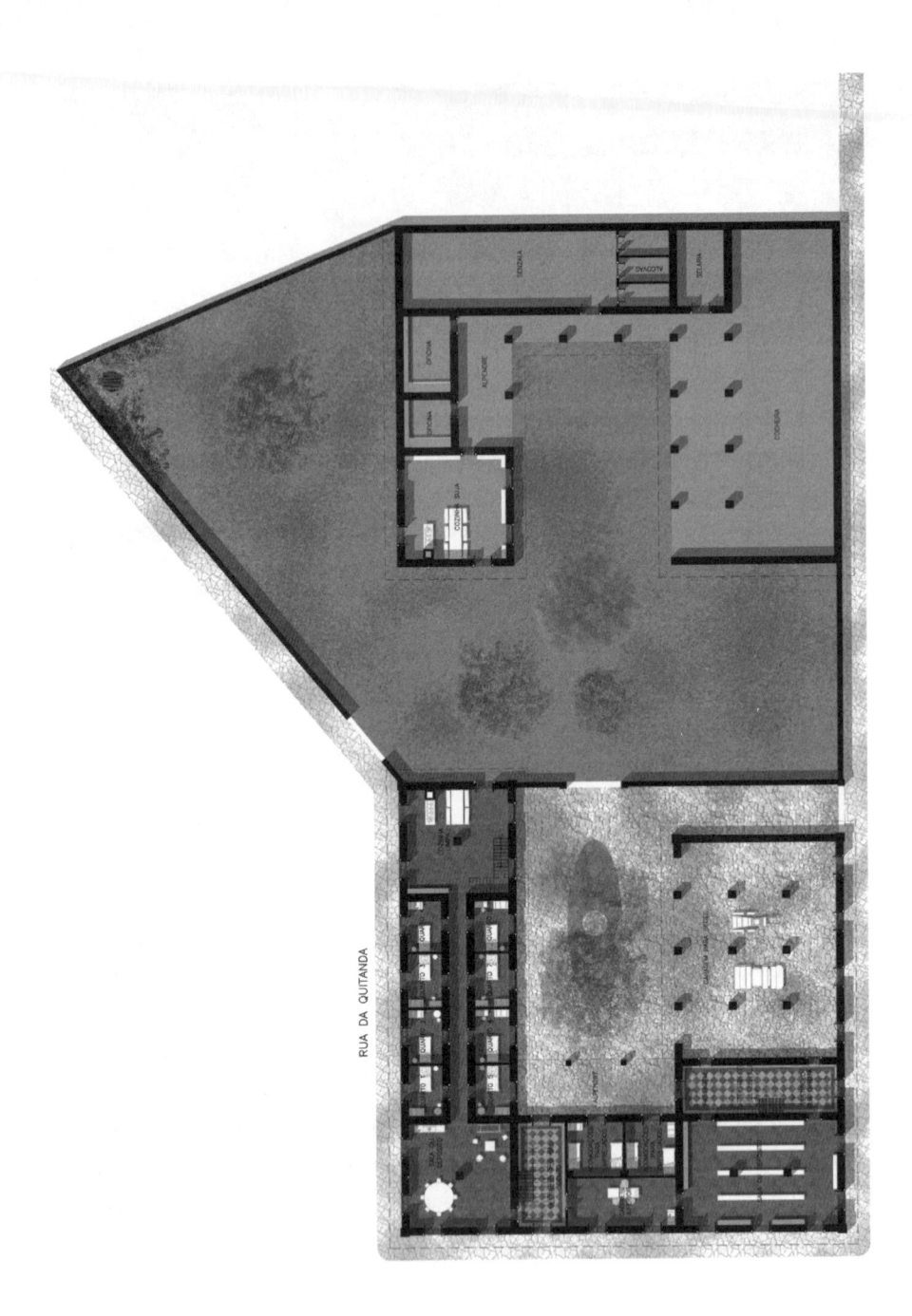

PAVIMENTO TÉRREO
ESC: 1:250

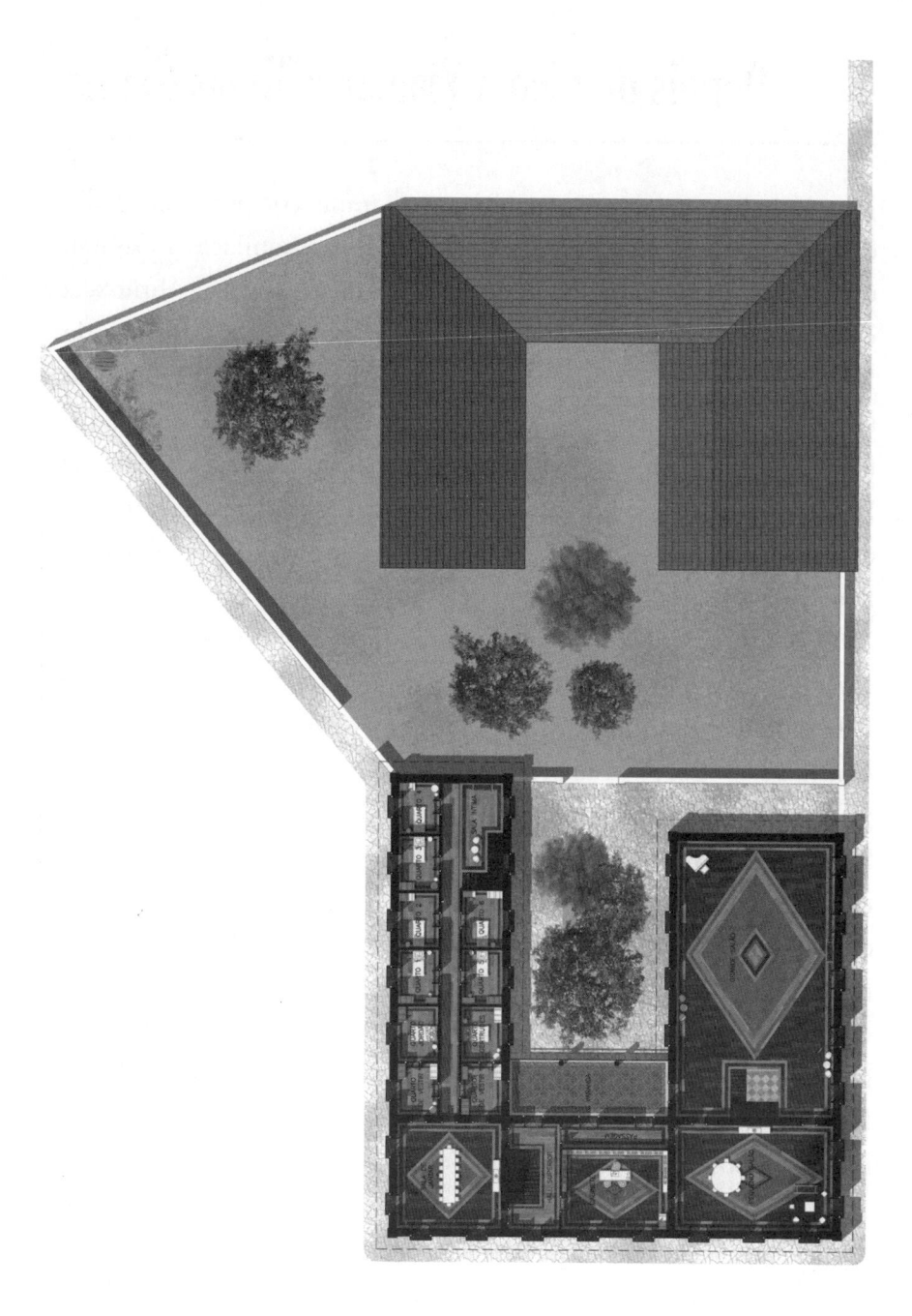

PRIMEIRO PAVIMENTO
ESC: 1:250

4 Depois do Fico a Viagem a Minas Gerais

Depois do Fico os fatos se precipitaram. O ministério português pediu demissão, poucos dias antes da chegada de José Bonifácio à Capital, trazendo o documento oficial do apoio paulista ao Fico. Abriu-se a oportunidade: de janeiro em diante o *patriarca* seria o Ministro do Reino. A Junta Provisional enviou nova esquadra com 1.200 praças (13/2/1822), que por pouco não se juntou à Auxiliadora. Se Maximiliano de Sousa se unisse a Avilez, atacariam a Capital. Graças à visão de Bonifácio e à ação de Pedro, as duas armadas, ameaçadas de bombardeio e embargo de alimentos, aceitaram víveres desde que voltassem. Resolvida a guerra, Pedro tratou de cuidar da paz.

O Brasil inteiro vinha sendo sacudido por rebeliões. Minas Gerais com o Tenente-Coronel Pinto Peixoto, Pará, Maranhão, Pernambuco e Bahia aderiram às ordens de Lisboa. Se perdesse o núcleo das *Provincias Colligadas* — Rio, São Paulo, Minas, Mato Grosso, Rio Grande e a Cisplatina —, o Brasil corria o risco de se despedaçar, como aconteceu com San Martín e a independência da Argentina (9/7/1816). Simon Bolívar também não evitou a divisão de Bolívia, Peru, a pequena Veneza e a terra de Colombo em 1819. Três dias depois da expulsão de Maximiliano, o regente montou com três oficiais, três soldados, o Padre Belchior e dois criados (26/3/1822). Subiu a serra e dormiu na fazenda do Padre Correia, gostando tanto do clima que comprou enorme área onde o filho Pedro II fundaria Petrópolis. Depois de três jornadas entrou em Minas por Matias Barbosa, chantando a cruz de caniço, que era fincar com as mãos uma cruz de bambus, semelhante a pequenas canas ou caniços, a modo de boa sorte.

No 1º de abril, entrou em Barbacena sob delírio; no 3 de abril, passou pelos arcos de triunfo de São João del-Rei e, por fim, a apoteose em Mariana. Não houve quem ficasse em casa, as vilas engalanadas de colchas, enfeites e fogos de artifício. Clima de nativismo e independência. As notícias da triunfal recepção neutralizaram o motim, enquanto Pedro engrossava a comitiva com os regimentos de Rio das Mortes e Sabará, ordenando a "prisão dos marotos e seus sequazes". À porta de Vila Rica, famosa pelo ouro preto incrustado no minério de ferro, notificou os revoltosos para que "declarassem se reconhecem ou não S. A. R. como Regente Constitucional". Todos vieram entregar a espada, inclusive Pinto Peixoto se ajoelhando e obtendo trégua da prisão (9/4/1822). Juntos entraram por Vila Rica em apoteose. Prendeu o Juiz de Fora Cassiano Matos, expediu decretos e portarias, fez audiências e visitas, homenagens e festas, expediu prisões e solturas, deferiu soldos e soltou o pardo Miguel, preso sem culpa formada. Preso por ser pardo?

O corregedor de injustiças cavalgou 530 km de regresso em quatro dias e meio (21/4/1822), quase 120 km. por dia, a tempo de exibir-se na tarde de 25 de abril ao lado do próprio Peixoto, para ovação do Teatro Real de São João. Pedro superava desafios com a força de sua personalidade e o prestígio da monarquia desde 1139. Voltou-lhe à mente o sábio conselho de D. João VI, pouco antes de retornar: "Coloque sobre sua cabeça a coroa, antes que algum aventureiro o faça". Tíbio talvez, mas burro João nunca foi. Na sequência dos triunfos do Fico e de Minas, tomou várias medidas na direção da independência, como a lei do *cumpra-se*, ele a aprovar as leis lusitanas "se análogas ás circumstâncias deste Reino do Brazil" (4/5/1822), a criação do Conselho dos Procuradores eleitos nas províncias (1/6/1822), e a outorga pela maçonaria do título de "Protetor e Defensor Perpétuo do Reino Unido do Brasil". Pedro aceitou o título excluindo "Reino Unido" e, ao agradecer, declarou que "o Brasil protege a si mesmo" (13/5/1822). Para bom entendedor...

5   Reformas nos Quatro Cantos

Gertrudes e Manoel ocupavam o primeiro dos oito quartos do corredor com face para a Rua do Tesouro. Em verdade, o quarto do casal era duplo, com penteadeira e dependência de rouparia e sala de vestir. Daí a razoável dúvida: deveriam os anfitriões desocupar o quarto principal? O Tenente Félix Freire já havia retornado ao Rio. Pessoas práticas decidem; Jordão deu ordem ao mestre Reginaldo Rodrigues e à sua equipe de seis serventes:

— Quebrem as paredes; quero quartos com janelas e vista para a Rua do Tesouro. Fim das alcovas. Praticamente aumentará uma terça parte o tamanho do quarto do Príncipe Real. Abre a janela quem quiser. Desnecessárias as duas passagens, uma para criados e outra para nós. Aliás, nem uso porque gosto de gente.

Reginaldo não respondia quando o chamavam de pedreiro: *Engenheiro* Rodrigues, palavra que dizia derivar dos construtores de engenhos do Nordeste, pediu para examinar as plantas do casarão. No meio das antigas paredes das alcovas, o engenheiro reforçou a estrutura com criativo arco de meio-ponto revestido de cajarana vermelha da Serra da Mantiqueira, e entre dois janelões uma toalete com pia de mármore e torneira de rosca inglesas. Canos e torneiras não são novidade desde os romanos, mas a higiene nunca entrou em casa. A dificuldade, ao menos na zona urbana, era obter água corrente, o que foi conseguido com a instalação de ampla caixa e canos a partir da fonte da Misericórdia. Por fim mandou abrir uma escada em caracol, que descia ao térreo, por onde seguia pequena passagem de tijolos vazados em direção à casinha privativa, com fossa independente e uso exclusivo do Regente. Os escravos subiam por uma pequena escada por trás da casita até uma grossa bacia de cobre, fixa entre as vigas acima do forro e dividida ao meio. De um lado despejavam água quente, do outro, fria. O chuvisqueiro aberto por um gancho ligado a uma corrente de metal fazia descer a água na temperatura morna. Maravilhoso século XIX.

— Como assim, Senhor Brigadeiro? Impossível instalar água corrente em todos os quartos. Não é tarefa para quinze dias.

— Instale apenas no quarto de D. Pedro e no nosso. Dobre o número de serventes e, por favor, apresente ao Bartolomeu a estimativa do serviço — sentenciou Manoel, consciente de que o dinheiro resolvia a maior parte das dificuldades.

Privilégio conseguido com trabalho e visão, até vir a ser, sem alardear, o mais rico brasileiro. O mineiro radicado no Rio, João Ferreira Coutinho, Barão das Catas Altas, herdou muito ouro, como seu título revela, mas estava longe de possuir tantas herdades como Jordão, mais de 40 imóveis alugados na Capital e 57 grandes fazendas na Província de São Paulo, entre as quais a sua preferida, desde 1806, a Morro Azul, vizinha ao pouso da Limeira, adiante de Campinas, cujos 4 mil alqueires se esparramavam a norte e a sul do morro que de longe parecia azul. Em Itu possuía o Engenho Nossa Senhora do Rosário, em Itapetininga o Retiro Dois Corações e as fazendas Bemfica e Paiol, em Areias a Santo Antônio, em Piracicaba a Paraíso, em Pindamonhangaba a Fazenda Felipe, além dos Campos do Jordão e sítios para cultivo e pastagem do outro lado do Rio Anhangabaú, como o Sítio dos Lagos.

Sem contar propriedades menores, como o Sítio Paineiras do Ypiranga, perto de São Paulo para quem de Santos vinha, quase vizinho da família Canto e Mello, cuja filha Domitila foi recentemente esfaqueada pelo ex-marido. No Ypiranga Jordão mantinha bom plantel de muares, pastagens e estrebaria, cujas mulas alugava para o trajeto pela Serra do Mar, enquanto os cavalos pastavam à espera dos donos.[5] Ele autorizara o Alferes Joaquim Mariano, aposentado, a instalar uma vendinha com gêneros básicos, refrescos e boa pinga.

---

[5] Minuciosa informação do notável historiador Frederico de Barros Brotero.

6   Serviço à Paulista

Gertrudes Galvão de Oliveira e Lacerda Jordão recuperou o controle, treinando diariamente o batalhão de empregados e escravos, a começar com o embelezamento da casa pelo *engenheiro* Rodrigues, formado no Rio pelo arquiteto Grandjean de Montigny, da Missão Francesa de 1808. Limpar, pintar, quebrar paredes, ainda que a casa tivesse apenas sete anos, e o luxo dos novos canos com água corrente em três quartos. Reformou tecidos de confortáveis sofás-canapés, de acordo com a moda em Paris, encomendou móveis para a sala de visitas e cadeiras para a varanda, inclusive larga cama de casal em peroba para o real hóspede. Renovou o guarda-roupa de Antonio, o filho do brigadeiro nascido no Morro Azul, e convocou o melhor alfaiate para talhar ternos novos de acordo com a moda na França, a partir do Rei Luís XIV, cujos alfaiates desenharam roupa mais casual, feita apenas de três peças do mesmo tecido, daí terno. Mandou reluzir a prataria, cerzir toalhas com guarnição de rendas e guardanapos iguais. Asas à imaginação, quantas pessoas, talheres e pratos? Quais cardápios, copos, saleiros, pimenteiros, livros esparsos sobre temas cosmopolitas, aqui um romance de Balzac, ali uma comédia de Corneille ou uma sátira de Herculano, passando a impressão de casa acolhedora com proprietários interessados na cultura. E não eram? Elegante e casual, sem parecer ostensivo. *Less is more*, costumava lembrar o ditado inglês.

— Miguel nunca nos decepcionou. Os bávaros Spix e Martius apreciaram o serviço de vosmicê. Mostraremos como aqui tratamos bem os escravos. — Uma rusga se formou no semblante do ex-escravo Miguel, belo bantu marcial que aparentava menos que seus 45 anos, oriundo do país africano que milênios atrás encaixou no nordeste brasileiro e que os exploradores lusos nomearam Camarões em função da quantidade do crustáceo. Gertrudes percebeu:

— Perdão, *senhor* Miguel Lima, alforriado e da maior confiança em razão de relevantes serviços. Assim que Aurelio autorizar o senhor servirá o Príncipe em primeiro lugar, depois a mim e ao brigadeiro. E, após D. Pedro se servir, as criadas em número condizente com a quantidade de comensais iniciarão o serviço.

Com o mais impecável uniforme. E repetiu o treinamento com as cadeiras vazias, as criadas empunhando bandejas com travessas quentes e pratos verdadeiros, uns e outros se revezando de pé e sentados até pleno domínio do tempo, que passava justamente a impressão de ordem. Vasos nos jardins e nos quartos, fronhas e lençóis, uniformes novos para a criadagem. Sem esquecer de renovar o estoque de velas e fósforos para os lustres e os fumantes, nenhuma toalha de mesa a repetir nos jantares e ceias. Quase tudo, jarras d'água e limonada.

— Precisamos limões para fazer limonadas. O Tahiti estará maduro? E laranjas do Morro Azul. Peça ao senhor Carmelo, administrador da Fazenda Jaraguá, comparecer aqui o quanto antes para centralizarmos essas providências.

A lista de compras parecia interminável: frutas, carnes, peixe fresco da Freguesia do Ó e marítimo de Santos pelo Caminho da Calçada, bem cedo antes do sol a pino, quando a comitiva chegasse. Pratos e sopeiras, lacaios para treinar a limpeza, caviar sevruga de preferência *malossol*, com pouco sal, e patê de *foie gras*, iguarias que faziam parte da corte do Rei Sol Luís XIV e atualmente eram servidas em qualquer boa hospedaria carioca. Sim, ela sabia, não eram hábitos comuns, mas a ordem era aprofundar a qualidade dos repastos, já que quantidade nunca foi problema da mesa paulista.

— Nós paulistas não podemos passar por simplórios — repetia, exigindo "apenas o bom e o melhor. Se esses *coronéis* gostarão ou não, paciência, mas ninguém poderá dizer que faltou.

As seges deveriam brilhar, os cavalos mantidos no curral de trás ou trazidos cedo do vizinho Sítio dos Lagos no Paissandu, as mulas da

Painciras do Ypiranga. Reforçou a ração com dois cavalariços e mandou chamar dois peões, os irmãos Ribeiro, de uma das fazendas do marido em Tatuí, para lidar com os animais sob as ordens de Aparício. O couro dos arreios foi tratado pelo mestre sapateiro Leonel Pontes, que arregimentou dois ajudantes, e a tralha velha descartada. A sege de arreios dourados foi reservada ao Príncipe,[6] apesar da voz corrente de que Pedro preferia montar a ser levado em carruagem. Não importa; "a sege deverá estar encilhada e preparada, principalmente se garoando".

— Quero a berlinda disponível todas as manhãs. Que o Príncipe saiba que pode dispor dela a qualquer momento — sentenciou Gertrudes Jordão. Como bom general, treinou a tropa de cozinha e serviço: — Não olhem para o convidado, mas através dele ou à frente dele; imaginem que a cada passo possa haver um muro diante de vocês. Contornem.

Durante dois meses Gertrudes se dedicou com afinco. Se no início aconteceu a queda da sopeira de Viana e outras decepções, agora as criadas Graça e Miquelina, e mais três por elas escolhidas, se movimentavam com travessas e copos como no balé das melhores companhias. Para o serviço à brasileira, "almoços, jantares e ceias informais", Aurelio e Miguel supervisionariam a quantidade de travessas, orientando os convidados a se servirem no *buffet*. "Alguma deferência deve ser sempre informal, sem atropelo; após todos servidos, apenas Aurelio permanecerá na sala." O principal foi o serviço à francesa, em que os convidados se serviam na travessa das mãos do segundo mordomo, Miguel, e das criadas de elite, sob a batuta de Aurelio Fernandes. "Primeiro as damas, sempre do lado esquerdo."

---

[6] Frederico de Barros Brotero, op. cit., pp. 510 a 519, sobre Manoel Jordão: "levava vida faustosa... proprietário dos melhores imóveis da Capital e de mais de 400 escravos... são dezenas de empregados domésticos no Palácio dos Quatro Cantos, dois cozinheiros, uma cozinheira, cinco escravas de servir, uma engomadeira, uma costureira, um sapateiro, três carpinteiros, três pedreiros, um boleeiro apenas para cuidar de quatro seges, uma delas com arreios dourados".

— Não sei se percebem, estamos criando um protocolo paulista. A comitiva do Príncipe notará nossas qualidades e talvez releve nossos erros.

De tanto repetir as manobras todos adquiriram confiança, a ponto de o serviço à francesa parecer normal na acanhada vila de São Paulo.

7 De Minas, a Ordem que Causou a Bernarda

Pedro descobriu o Brasil na viagem a Minas Gerais. Com 600 mil habitantes, nossa maior província contaminou o Príncipe com a energia da liberdade nascida da terra, despida do nacionalismo de Locke, Rousseau e da Revolução Francesa, ampliado pela maçonaria fluminense, gente que disputava convites para os bailes da Corte e ao mesmo tempo participava de reuniões republicanas. No interior, a independência brotava do rosto da gente simples; dois países, duas realidades. Estava próximo de Vila Rica quando recebeu mensagem de José Bonifácio, queixando-se de perseguição do Partido Brasileiro em São Paulo. Disputas provincianas, antigos rancores; não seria mais prudente adiar a decisão? A seu estilo impulsivo, Pedro mandou Bonifácio convocar o governador Oeynhausen.

Como a ordem era tudo que o Patriarca queria ouvir, no dia 11 expediu o mandado que chegou a cavalo no domingo, 23 de maio. Diante da urgência, todos foram convocados. Oeynhausen saindo, o vice-governador Martim Francisco Ribeiro de Andrada assumiria o poder. Dez dias depois, outro decreto convocava o Ouvidor José da Costa Carvalho e o Coronel Francisco Ignacio "para que venham immediatamente á esta Côrte" (21/5). Golpes de caneta que desmontaram o Partido Português numa única semana.

Andradas filhos da puta! — berrou João Carlos Augusto de Oeynhausen-Gravenburg, que ostentava o nome paterno, conde do mesmo nome, diplomata e militar alemão lotado em Portugal, embora filho ilegítimo.

Quando a convocação de Oeynhausen foi lida na Câmara (antes que os dois outros ofícios chegassem, já que o correio levava dez dias), os partidários do Partido Conservador se indignaram. Francisco Ignacio insuflou a tropa, que saiu marchando na direção do Largo de São Gonçalo. Por sua vez Martim e Jordão, prontos a assumir o poder, foram tomar posto no Senado da Câmara, prometendo inquérito contra pessoas que teriam boicotado a expedição dos *leaes paulistanos* ao Rio. Águas passadas de vários meses... Sousa Queirós resolveu a contenda a seu modo: "o senhor atenta contra a ordem pública". Acudiram outros deputados, sem que a turma do *deixa-disso* demovesse Ignacio, que se impunha pelo tamanho, pelo vozeirão e pelo Collier, que, segundo alguns, sacou do coldre e apontou para o alto no meio da confusão. Martim e Jordão foram conduzidos ao quartel e *aconselhados* a seguir para Rio e Santos respectivamente, "porque não se poderia garantir sua segurança". Em bom português, foram... expulsos. A Câmara oficiou ao Regente, explicando que deixara de cumprir a ordem real para preservar a paz.

Essa foi a bernarda paulista que o Regente vinha sufocar. Bernarda não chegava a ser uma revolução porque os bernardistas se declaravam fiéis ao rei. Pedro estava consciente de que, no frigir dos ovos, as suas ordens foram ignoradas e sua autoridade posta à prova.

2º Relatório da Independência: Ingenuidade ou Provocação Paulista?

Depois da Ordem do Dia de 23 de Maio — a tal que se escusava de cumprir o mandado para preservar o "sossego público" —, a imensa maioria da Câmara e grande número de pessoas graduadas (o Bispo Abreu Pereira, militares e juízes) assinaram o ofício de 4 de junho, reiterando que "não atentavam contra o governo estabelecido por V. Alteza Real, mas unicamente se tirava desse todo uma parte infeccionada". E ao final Oeynhausen se declarava pronto a "ceder o lugar a outra junta eleita", convidando o regente a vir a São Paulo. O que bastaria a D. João VI, por D. Pedro não passava. Gritando que a desobediência era manifesta, o Regente rasgou o verbo contra o "alemão filho da mãe". Não significa que "todos os filhos têm mãe", mas que o filho sem pai conhecido é filho *só* da mãe, donde a mãe ser puta. Aliás, coincidentemente o governador era filho bastardo de um diplomata alemão. O principal é que a situação política não tinha conserto, porque várias ordens reais foram desobedecidas.

Logo que voltou de Minas, Pedro ouviu seu Ministro do Reino. Bonifácio lembrou Maquiavel: o objetivo da política é manter o poder e a estabilidade. Pedro então deliberou viajar a São Paulo. Para piorar, o Partido Português agiu com ingenuidade na expulsão de Martim e Jordão. Apesar dos eufemismos, a Ordem do Dia de 30/5/1822 dizia: "Retirando-se desta Cidade o Sr. Martim Francisco Ribeiro de Andrada, e desejando este Governo para decencia de sua pessoa que seja acompanhado, nomeia o Sr. Capitão José Fernandes, *hum cabo e dous soldados, os quaes hirão* a sua disposição até os limites da Provincia". Para qualquer neófito em política, a escolta até a fronteira do Rio seria interpretada como de fato foi: até Queluz o mando é paulista. Por ingenuidade ou deliberadamente, embora eu acredite na primeira hipótese —, como em política importa mais o resultado do que a intenção, a autoridade real foi posta em xeque.

E erraram uma segunda vez, ao atribuírem à vítima o privilégio de contar a sua versão dos fatos. Se havia uma possibilidade de suavizar a reação, mais inteligente teria sido enviar alguém de peso ao Rio, e não simples carta. Avaliaram mal a estirpe do Alcântara e do Andrada, e de fato a reação foi violenta, através do decreto de 25/6/1822: "Não me podia ser indiferente o modo illegal e faccioso com que os chamados Povo e Tropa de São Paulo... se tem ultimamente comportado... Hei por bem cassar o presente Governo e Ordenar que os Eleitores das parochias passem a nomear um Governo legitimo". Eleições! Como era de seu feitio, Pedro apostou alto, nomeando Martim Francisco para Ministro das Finanças e desmembrando do Ministério do Reino a pasta da Justiça, transferindo Caetano Pinto para a nova pasta. Dois Andrada nos postos mais altos do Reino!

Ele sabia que o grupo liberal dos Andrada disputava o poder com os conservadores receptivos a Portugal. Nesse fio, Pedro se equilibrava. Se não brilhara nos estudos, conhecia o conselho de Maquiavel aos príncipes jovens: "Principalmente um príncipe novo, aprenda a não ser bom, sendo muitas vezes obrigado, para conservar o poder, a agir contra a fé e a caridade". Vinha do berço o instinto da autoridade, além do que todos o testavam no início da regência. "Nas ações de todos os homens, importa o fim. Trate o Príncipe de vencer e conservar o poder; os meios serão louvados por todos, porque o vulgo sempre se deixa levar pelo resultado." Agiria com raiva calculada: melhor ser temido do que ser bonzinho. "Nem no fim, no meio e muito menos no começo, toleraria bernardas, filhos duma égua."

8   Pedra da Penha

Ali encostado na pedra, pôs-se a rever os acontecimentos. O momento era de se guiar pela própria razão sem se precipitar. Primeiramente impor a autoridade e depois ministrar justiça, exercendo o poder com energia e generosidade, de modo natural. Condenar se necessário; clemência em caso de dúvida. As pessoas apreciam a ordem; o pior é não ser ouvido ou julgado. Nada contra o iluminismo e os direitos civis; afinal, "sois livres, sois constitucionais", sempre ressalvada a "firme adhezão á Minha Real Pessoa".

Às 5 da tarde, à direita da pedra, o sol descia rápido entre riscos de nuvens retas. Refletiu sobre as conversas com o Ministro do Reino. Não vinha somente sufocar a rebelião, mas assegurar a unidade nacional. Bonifácio usava palavrório sofisticado: coesão, como a federação dos Estados Unidos. Impedir as bolívias de Bolívar e San Martín, o Brasil transformado em pano velho que todos puxavam para si, sob a ambição de coronéis pensando no próprio umbigo. Em Minas tudo correu bem por causa do apoio popular. Ao devolver a espada a Peixoto, simbolizou que não havia vencedores nem vencidos. Agora, mais do que vencer, tinha por meta convencer.

A noite fria lembrava os invernos gelados da infância. Pensamentos demais amolecem. Não gostava da meia-luz, do lusco-fusco e do meio-termo. Frio e fome, sim... Para variar, ficara devendo o jantar das três da tarde. Enviaria soldados à vila, disfarçados de tropeiros, a ouvir nas tabernas sobre a bernarda. Quem sabe não iria ele mesmo. Descendo ao acampamento, pediu três montarias ao imediato de ordens Canto e Melo. Sigam à Cidade o fidalgo Floriano de Sá Rios, de São João Marcos, "com sotaque carioca carregado", e o Sargento-Mor João Ferreira de Sousa, de Areias.

— E o terceiro cavaleiro? — indagou Francisco.

— Está diante de ti — riu-se o Príncipe, meneando reverência. — Providencie-me algum camisolão usado, de preferência sujo de poeira. A calça pode ficar esta. E um poncho velho de boa lã, porque a temperatura está caindo.

— Floriano seguirá dez minutos na vanguarda. Caso suspeite de algo, retorne ao nosso encontro. Do contrário nos vemos na frente da Sé. Sem efusão; somos viajantes cansados, tropeiros cariocas em direção a Sorocaba.

9 Domingo, 25 de Agosto: Chegada à Cidade

Gertrudes Jordão despertou com as primeiras luzes, pondo-se a armar o cabelo na penteadeira de cedro, cheia de gavetas e surpresas. Nada de cachos, moda vulgar que as jovens adotavam. Completou o penteado impecável com discreto enfeite floral. Seu marido montou cedo em direção da Penha. Agora parada, de pé, sentada, indo e vindo pelo terraço, um frio insistia em percorrer a espinha. Sem dúvida era o tormento da espera, o anfitrião temendo pelo sucesso da festa. Havia pensado tanto, treinado tanto que sabia somente precisar de um bom começo, sem tropeços, para injetar confiança no pessoal. O acerto nos primeiros acordes levaria a orquestra ao êxito.

Os empregados se mantinham atrás dos patrões em total silêncio, sob o olhar frontal do mordomo Fernandes, as empregadas conscientes da solenidade, próximas à escada principal no pátio interno. Seu exército a apresentar armas, todos instruídos a abaixar a cabeça, deixando o requinte das mesuras e da flexão a ela e três senhoras, suas melhores amigas, honradas com o convite. Sentia-se incomodada, nervosa e ansiosa. Felizmente era inverno, a ponto de controlar o suor. De repente o moleque Tomás, aprendiz de sapateiro, comunicara esbaforido que o Príncipe dera entrada na cidade, parando no outeiro do Carmo para saudar o povo. Repensava o *non plus ultra*, não havia honraria maior. Na chegada do real hóspede, o mundo suspenso voltaria a pousar em suas mãos.

A vida inteira lhe passou num instante, o coração subindo à boca. Casou tarde aos 35 anos, Manoel com 40, no 30 de outubro de 1820, ambos passados da idade ideal. O cupido foi o Senador Vergueiro, que sugeriu terminar com disputas em torno da posse da Fazenda Morro Azul em Limeira, entre o pai de Gertrudes, um dos três sesmeiros, e Jordão, que tinha posse desde 1806. Pelo casamento, com regime de separação total de bens inclusive "das rendas do capital", o Morro Azul passou oficialmente a Jordão. Mais tarde ele a dividiu em dois pedaços, dando à outra o nome de Santa Gertrudes, "em minha homenagem", origem da cidade do mesmo nome. "Fazenda de mim, Gertrudes, como os Campos dele, Jordão", sorriu. Além do mais, um deputado solteiro não seria bem-visto. Os aspectos financeiros eram irrelevantes, aliás, desgostava do assunto. Bom foi descobrir o sexo já aos 35 anos, às quartas e sábados e até mais: "não pensava que fosse tão bom!". Ora, se isso era hora de pensar em sexo; "o que é o pensamento navegando sem controle?".

Logo a comitiva entrou no casarão e o jovem másculo, enérgico e seguro de si — um Príncipe real — apeou do cavalo, espantou o pó da calça com o chapéu e cochichou alguma coisa ao ministro Saldanha da Gama, aparentemente um comentário sobre a beleza do casarão. No espaço do minuto o povão se aglomerou no portal da Rua Direita, uns pressionando os outros até adentrarem no pátio interno. Aparício tentou bloquear, mas de longe Manoel fez sinal no sentido de permitir a entrada. "Precisamos da força popular!" Os soldados deixavam as rédeas encostadas no chão ou entregavam os cavalos aos irmãos Ribeiro que vieram acudir. Trocavam palavras curtas, retiniam as espadas e chacoalhavam as esporas, uns e outros procurando espaço no centro do picadeiro. Até que, a seu tempo, o Príncipe falou em voz alta:

— Perfilar, quando cessou a movimentação e os soldados formaram duas linhas à frente do vestíbulo do palácio, abrindo passagem aos principais no meio.

Então Pedro ajeitou a farda e retomou o ritual. As pessoas não desconfiam, mas o protocolo tem por objetivo reforçar a autoridade. Instruída pelo Capitão Ataíde, que havia partido da Cidade há cinco dias e lhe passara a etiqueta, entre desmaiar e sobreviver, Gertrudes tomou com graça a barra do vestido e se dirigiu à frente do portão. O Príncipe se dirigiu a ela em passos retos, empalmou com modos másculos a mão da anfitriã, admirando-a por inteiro. Sorrindo e falando alto, para que todos ouvissem, escolheu as seguintes palavras:

— Minha senhora, após nossa longa jornada desde o Rio de Janeiro, me apraz encontrar nesta alegre cidade anfitriã tão jovem — e, olhando o entorno —, diante de tão magnífica morada.

Para quebrar o gelo, Pedro permaneceu segundos a mais segurando a mão da anfitriã, falando algo inaudível, talvez um galanteio sobre sua elegância, ou banal comentário sobre o tempo, fitando-a nos olhos e sorrindo os dois. Mão quente da cavalgada, ou seria a dela que estava fria? Então se voltou cavalheirescamente e devolveu a mão ao brigadeiro. O contato com Manoel lhe deu paz, embora supérflua, porque Gertrudes já dominava o frenesi do momento. Sorriu com graça e flexionou levemente os joelhos.

— Para nós, paulistas, é uma alegria receber V. Alteza... Queremos que se sinta em sua própria casa.

Falou rápido, com o coração calmo. Apresentou três amigas; Antonio, o filho natural de Manoel, nascido no Morro Azul em 1810; a primogênita, Anna Eufrosina, ainda de colo; e o Coronel Silva Prado, que hospedaria o grosso da comitiva no palacete da Rua São José. Bastou a carga inicial de adrenalina para a orquestra sinfônica fluir. Se para todos os convivas a espera da festa é alegria, para a anfitriã é pura angústia. O melhor da festa não é esperar por ela, porém a recompensa, ah, a doce alegria da recompensa...

CAPÍTULO 3º

A Primeira Eleição Brasileira

1   Hospedagem e *Te-Deum*

Pedro e Gertrudes, Saldanha da Gama, Berquó e os dois criados Carlota, Carvalho e mais o *factotum* Chalaça, que o carioca traduzia por *pau para toda obra*, o mordomo Aurelio Fernandes e o imediato Miguel Lima foram mostrar o casarão. O regente discordou da presença de dois comandantes na mesma casa:

— Apenas fica o Gama Lobo; que o segundo comandante Manoel Marcondes cuide da disciplina na casa do coronel Prado. E, de meus criados, *o João Carvalho pode ficar por lá que tem mais gente*. — E, decretando ordens de modo impaciente, virou-se: — Não viemos aqui a passeio.

A comitiva entrou pelo casarão, pendurou chapéus nos ganchos do mobiliário do vestíbulo e foi subindo ao pavimento superior, apinhando-se no terraço de ladrilhos hidráulicos de motivos verde e vermelho, lembrando as cores de Portugal. Quando D. Pedro assomou no terraço, o povo irrompeu em aplausos, sacudindo lenços e brandindo chapéus. O jovem príncipe se debruçou no peitoral e meneou reverência, para ainda maior algazarra da boa gente paulistana no pátio dos Quatro Cantos. De lá, Pedro e os dois comandantes passaram pela biblioteca do brigadeiro e se reuniram na ampla sala social, por onde Pedro caminhou até o canto das ruas Direita e São Bento. Havia ainda mais gente lá fora interessada em procurar o Papa no meio dos cardeais. Quando ô reconheceram deram vivas, Pedro sentindo-se feliz com a acolhida popular.

— Vossa Alteza sinta-se em casa — repetiu a anfitriã. — Sei das prioridades de Estado, mas se possível gostaria de conhecer os hábitos de V. Alteza; a que horas prefere o serviço de almoço, jantar e ceia. — O Príncipe pensou: "Hábitos"? Ele simplesmente não tinha horário para nada.

— Sou grato pela hospedagem. Sim, podemos coordenar os nossos diários. Talvez o meu Berquó pudesse combinar esses assuntos com a madame.

— Agora já passamos das onze e meia — falou Manoel consultando o Patek, sabendo que o almoço servido às dez "já era". Gertrudes foi direto ao ponto:

— Os serviçais estão prontos para servir a qualquer hora. Se V. Alteza aceitar a sugestão, poderíamos acompanhá-lo aos aposentos enquanto acomodamos a guarda aqui e na casa do coronel Prado.

— Aceite! Em Mogi, chegamos tarde e dormimos pouco. Ontem me emprestaram roupas usadas para visitar a Cidade. Preciso de um banho frio para afastar os maus espíritos. — E em meio às risadas sugeriu: — Logo mais tomaríamos uma fruta e na ceia teremos tempo para boa conversa, se isso for conveniente para a senhora.

A sugestão do regente tinha peso de ordem — "como V. Alteza desejar" —, pelo que a comitiva passou do escritório à sala de jantar, na esquina da São Bento e Quitanda, em direção à ala dos quartos. Não eram alcovas; havia luz. Caso o hóspede se dispusesse a abrir a janela, também havia o cheiro da Rua da Quitanda. Nada de inusual, apenas odores do novo século, cozinhas e comércio, além de dejetos que alguns bugres insistiam em jogar nas calçadas, principalmente em dias de chuva. Os cientistas Spix e Martius, antes de seguirem coletando amostras de insetos, aves e flores, hospedaram-se no quarto duplo dividido por pesado batente de cajarana vindo da Mantiqueira. O regente aprovou a amplidão e o colchão de penas de ganso, que substituía a palha das velhas fazendas, enquanto o guarda-roupa Joaquim Maria da Gama Freitas Berquó e o criado João Carlota ajeitavam a bagagem nos guarda-roupas.

O Príncipe viera a cavalo com pouco tempo para descanso e conforto, recolhendo homenagens e prestígio nas vilas paulistas. Se possível tentaria descansar um pouco no domingo. Difícil; a programação previa a celebração de *Te-Deum*, A Ti Deus, na Sé. Depois de escrever cartas e tomar um bom banho, novo Pedro surgiu reverberando botas pelo assoalho da ala social, trajando calça militar e casaca azul-marinho, também chamada de naval, de tonalidade mais escura do que a cor do mar. Nesse tempo de parlamentarismo, tinha que se apresentar elegantemente vestido à elite paulistana. Sabia do efeito que a indumentária deveria causar nos comuns.

3º Relatório da Independência: Protocolo Real

Intervenho na estória para questionar, esclarecer ou muitas vezes firmar pontos importantes que passaram despercebidos pelos historiadores. Depois de Minas Gerais, que como todos sabem é impossível alcançar por via marítima, a inteligência ministerial estabeleceu um padrão: viagens a cavalo, com hospedagem na casa do capitão-mor ou de qualquer outro fazendeiro principal, cada vila se esmerando em oferecer o melhor. Trabalho tão exemplarmente coordenado pelo Capitão Ataíde, personagem esquecido. A ideia mestra passava por concentrar a força política, reforçar o prestígio natural da monarquia na figura de D. Pedro de Alcântara.

Percebem? Mais rápido e confortável seria tomar uma nau qualquer e desembarcar em Santos, subindo pelo Caminho do Lorena, como José Bonifácio fez, em sentido contrário, pouco antes de se tornar Ministro do Reino em janeiro de 1821. Agora não, o regente não vinha a passeio, e sim *a trabalho*, como gostava de lembrar à tropa. As recepções triunfais — Barbacena e Taubaté entre as mais celebradas — faziam parte do protocolo real. Vivi todas elas e lhes garanto: era momento mágico, nossos cavalos assustados com tanto alarido, crispando a terra, prontos a reagir contra o inimigo imaginário. Em verdade, povo, gente simples que abria o melhor sorriso para venerar o regente, de partida neutralizando a bernarda ou qualquer revolta que ousasse questionar a monarquia. *Princeps inter pares*, o primeiro entre iguais, embora *princeps* também quer dizer primeiro.

2   Catedral da Sé

Na tarde fria de domingo, dona Gertrudes caminhou ao lado da comitiva, pela Rua Direita até a Igreja da Sé. À frente Pedro, debaixo de rico pálio ao lado do Bispo Diocesano D. Mateus. Bem ali o cacique Tibiriçá sugeriu a construção da primeira matriz de taipa, substituída quando São Paulo se tornou diocese em 1745, daí sua principal igreja obter o título de Catedral ou Sé, que em latim se chama *sede*. A nova sede do bispado, terminada em 1764, foi construída na parte baixa da Praça da *Sé, ao estilo barroco contido, com quatro lances de escada, torre à direita e,* no meio, ampla cornija que escondia o telhado e tentava centralizar o conjunto, com três janelões acima da porta de entrada. Porém, onde deveria ser a torre esquerda, o engenheiro grudou na parede lateral direita — sem afastamento ou preocupação estética — as dependências do mosteiro, refeitório e claustro. Também no Largo da Sé, com duas torres simétricas mais baixas, a Igreja de São Pedro parecia mostrar o modo certo de construir igrejas.

Recentemente caiada de amarelo e engalanada de mantos roxos nas sacadas, embora desequilibrada, passava por aceitável. O interior possuía belas capelas laterais próprias do barroco, abóbadas de madeira recém-pintadas, balcões superiores engradados e altar-mor mais estreito do que a nave, afunilando a visão do altar. Em geral os mais grados subiam aos balcões, mas Pedro foi instalado no cadeiral do coro, no espaço reservado ao clero, à frente do altar-mor. Os demais se espremeram nos primeiros bancos ao rés do chão, homens à esquerda e mulheres à direita, como convinha.

Com quase uma hora de atraso, o Bispo Mateus de Abreu Pereira, cercado de oito padres, deu início ao *Te-Deum*. Na origem o ofício religioso acontecia ao final da matina, ou seja, quando o sol raiava de madrugada. Com o tempo a louvação se transformou numa ação de graças, para agradecer algum evento — no caso a visita do Regente — e obter ajuda do Senhor. O *Laudate Dominus* conduzido pelo hábil professor de música André da Silva Gomes tomou conta do ambiente, tanto que ao final o Príncipe se levantou e olhou ao coro alto onde se situavam o órgão, as duas solistas e a pequena orquestra. O maestro Gomes apenas assentiu desatento com mesuras, até que os fiéis na nave deixaram de lado a liturgia e gritaram *bis*.

Laudate Dominum que na autoria de Mozart já alcançara a perfeição em andante suave, invocando a emoção exotérica do divino. Peça que não admitiria a mínima alteração, assim como o Moisés de Michelangelo e a Mona Lisa de Da Vinci. O mestre brasileiro José Mauricio Nunes Garcia substituiu a louvação moderada de Mozart pela virtuose emocional. Talvez quisesse transmitir confiança através da música, adequada ao momento político. A soprano aguda e a contralto grave, acompanhadas da orquestra de câmara com duas clarinetas, trompas e cordas, repercutiram a Sé de energia, como se o mundo fosse feito só de alegria e *música. Antes de encerrar o A Ti Deus*, D. Mateus usou o púlpito para dar as boas-vindas ao "Defensor Perpétuo do Brasil" e minimizar a bernarda. Ele que logo na primeira carta enviada a Martim Francisco Andrada foi chamado de *pião zarolho* por D. Pedro, encabeçava as 400 assinaturas do manifesto que tentava explicar a revolta.

— Houve desentendimento, houve disputas, mas não confronto. Deus em sua infinita grandeza abrigará os homens em torno do mesmo altar. E nosso Príncipe Regente reunirá as senhoras e os senhores em torno da mesa. — Foi prudente, atribuiu a Deus e a César o respectivo quinhão. E terminou ousado: — O mundo precisa de menos guerra e mais harmonia.

Depois da liturgia, S. A. Real caminhou dois quarteirões sob vivas do povo, passando sob dois arcos que simulavam pedras — Verdade e Justiça —, ricamente adornados da melhor tapeçaria e mobiliário que se conseguiu reunir, por diligência do almoxarife Antonio Maria

Quartim. Em cima dos pedestais versos escritos: "Nossos prados reverdejam; Já Ceres doura a campina; À vista do par augusto; Pedro excelso e Leopoldina". E, sem que possível distinguir conservadores e liberais, a gente comum cumprimentou D. Pedro em momentos auspiciosos. O povo parecia hipnotizado com a presença do rei, sem se mover de volta às casas, até o entardecer cair sobre as ruas tortas da Cidade. Um dia de Príncipe!

Por sua vez a guarda cansada — afinal, a marcha de doze dias a cavalo machucara o corpo — finalmente mereceria o descanso de camas e lençóis cheirosos. Como a música de Nunes Garcia que jorrava cristalina como fonte de riacho, o melhor da vida estava na recompensa das coisas simples.

3 Conversas Sociais

— Ah, quem, o Padre Nunes Garcia! Conheço-o muito bem, foi mestre da Capela Real de meu pai João VI.

Como o regente não respeitava horário, misturaram-se jantar e ceia na primeira noite dos Quatro Cantos. Manoel Jordão serviu os dois chateaux irmãos, recentemente desmembrados por causa de Napoleão: Pichon Longueville Baron e Pichon-Lalande. O Código Civil de 1804 instituiu a divisão da herança entre todos os filhos... inclusive as mulheres. "É a aplicação do princípio da igualdade da Revolução Francesa no direito de herança; antes só o filho mais velho herdava, o morgado. Subversão à estabilidade da nobreza." Quando o barão faleceu, Raoul e a irmã Marie-Laure dividiram os vinhedos. Coincidentemente ela também casou com um conde e virou condessa, daí porque a sua metade passou a se chamar Pichon Comtesse de Lalande. Os "falsos gêmeos" de Bordeaux ajudaram a desinibir a conversa noturna.

— Dizem que Garcia enfrentou preconceito na Corte. Quando Marcos Portugal chegou a convite do senhor seu pai, além dos bofes de renda, perucas e sapatões de fivela de prata, foi recebido como celebridade. Ambicioso e vaidoso, não aceitava concorrência — provocou José Arouche.

— O Conde Aguiar teria dito que o padre tinha dois graves defeitos: era brasileiro e mulato. Talvez estivesse brincando, mas através das piadas se dizem verdades — completou Jordão.

"Difícil dizer...", pensou Pedro. "Eu teria dez ou onze quando ele dominava a cena carioca; só sei que depois da chegada de Marcos, em 1811, e de Sigsmund Neukomm, em 1816, o padre ficou ofuscado e desapareceu da cena."

— Era modesto demais. Talvez se sentisse inferior; não sabia lidar com o preconceito. Dele diziam que o padre *nunca pede nada*, e sua timidez fazia com que não fosse valorizado. Na vida também é preciso cacarejar.

— Na Corte infestada de víboras, o sujeito precisa lutar para sobreviver. Os negros são tidos por espécimes raros, embora a gente saiba que para sobressair precisa o triplo de talento. Vejo que já conhecia o *Laudate Dominum*, mas como *Laudate Pueri* — sentenciou Pedro que tinha bom ouvido musical.

— Alteza, meus parabéns, bajulou o Bispo Abreu Pereira antes de adotar tom professoral. — As obras são praticamente iguais, em Ré Maior, com o mesmo compasso e instrumental, coro a duas ou quatro vozes, em Alegro Majestoso e final *sicut erat in principio* em Alegro vivo.

Dá para entender o porquê das obras siamesas. O *Laudate Pueri* foi tocado na missa de sétimo dia de algum príncipe falecido prematuramente. É provável que Marcos Portugal tenha declinado, daí o Padre Garcia ter agarrado a oportunidade. Chegou a justificar a alegria: "A morte de uma criança inocente é para ser saudada por *anjinhos chibantes* com via direta ao paraíso" etc. "Acho que foi 1814, eu teria 15 anos, imaginem essa explosão de alegria na missa fúnebre."

— Percebo, Alteza — interveio Gama Lobo. — Ninguém estava com espírito.

— Sem noção; toda essa intensidade ligada à morte? Talvez por isso a marcha foi mal digerida, o que explica ele refazer quase a mesma música no *Laudate Dominum*. Aqui sim a peça fez sentido, embora cópia de si mesma.

— Sem dúvida, o segundo *Laudate* veio seis anos depois do *Pueri*. Então Marcos e Neukomm já dominavam a cena. O austríaco era o mais querido aluno de Haydn e chegou a ser mais bem avaliado do que Beethoven.

— Diziam que Garcia se inspirava demais em Haydn — arriscou Jordão.

— Complicado — retrucou o bispo Pereira, admirador de Garcia. — Diziam que Haydn devia muito a Haendel, não é fácil estabelecer a fronteira da cópia.

— Depois de voltar a Paris, Sigsmund Neukomm se referiu ao padre como o maior *improvisador* do mundo. E, no *Les Adieux a Mes Amies à Rio de Janeiro* de 1821, lamenta que os brasileiros nunca lhe tivessem dado valor — falou o bispo Abreu Pereira, defensor incondicional do colega de clero.

Ato contínuo, em meio a Portos e Sauternes para acompanhar os charutos, D. Pedro se sentou ao piano para dedilhar o *Hino a D. João* de 1817 e sua obra mais recente, de 1821, o *Hino da Carta Constitucional*. Aplaudido, Pedro fez reverência. E, enquanto alguns se rendiam ao cansaço e ao torpor do álcool, o Príncipe ainda improvisou notas, aparentemente de uma nova composição. Passou um tempo voltado a si mesmo, como se a sala estivesse vazia. O que lhe passaria à mente? Eis ali um jovem de quase 24 anos que possuía múltiplos talentos, de carpinteiro a compositor. Vivia intensamente e onde estivesse liderava, deitava aura. Parecia tudo, menos o *rapazinho ignorante* rotulado pela Corte de Lisboa.

4º Relatório da Independência: O Fator Central da Política

Belos saraus sem hora para terminar! Já viram padre que não goste de vinho e de uma boa conversa? Depois do brinde com Porto Taylor's Ruby, Jordão fez um gesto para o serviço do Madeira Malmsey 30 Anos, como os ingleses chamam a uva Malvasia, não me recordo a vinícola. Os dois vinhos são doces porque a fermentação é interrompida pela adição de aguardente, deixando o vinho doce (açúcares ainda não fermentados) e com maior teor alcóolico, lembrando ameixa, figo e chocolate. Já o Madeira, ao contrário dos vinhos levados a repouso em adegas frias, é armazenado no sótão das vinícolas, *sim, senhores*, debaixo do telhado, passando pela *estufagem* ou cozimento pelo calor, sofrendo evaporação, donde o sabor mais oxidado e metálico a frutas secas e vegetais. Mas não intervim na história para falar de vinhos, antes de política.

Os dias seguintes foram nervosos por causa da devassa e da eleição. Entretanto é possível desde logo traçar uma linha de raciocínio, começo meio e fim, ou no popular trem de pensamento. A observação fundamental é que, por igual ao desenrolar nas Minas Gerais, a figura do regente sempre foi o fator central da política. Havia disputas provincianas, pelo comércio, pela união ou separação de Portugal, soberania dual ou completa, houve manobras desastradas como a expulsão de Martim Andrada, intrigas de parte a parte, mas todos reverenciavam a monarquia. A maçonaria republicana de Januário e Clemente tinha pouca adesão. Como se viu na saudação do *Te-Deum*, Pedro canalizava a política; era o organizador do país, a foz de todas as disputas.

Oeynhausen, Francisco Ignacio, Costa Carvalho, Jordão e os Andrada disputavam o poder na província, mas não tinham a menor possibilidade de afrontar a autoridade real. Como dito no relato anterior, sobre o cerimonial de viagens equinas, D. Pedro começou vencendo a bernarda de Francisco Ignacio no primeiro dia, quando recebido efusivamente no Vale do Paraíba. Ou ainda antes nas Minas Gerais. Somente ele detinha a *força moral* da monarquia, e não titubeava em usá-la para firmar sua autoridade.

— Ah, sim, passava das onze quando terminou a seresta. — Metade já tinha ido; a outra metade caminhou trôpega aos respectivos aposentos. Impassível, como se ainda fosse cedo, o escravo Jonas foi passando a pinça de apagar as velas.

4 Segunda-feira, 26 de Agosto: Reunião de Trabalho

Assim que amanheceu o dia de inverno, pouco antes das seis, Pedro de Alcântara trovejou as botas pelo corredor, acompanhado do Chalaça e de João Carlota, na direção da cozinha, causando certo alvoroço na criadagem desacostumada de reis. Gertrudes Galvão, jovial e aparentando menos do que seus 40 anos, fingiu não se importar, esticando a mão para o bom-dia daquele início de semana. Trajava um vestido azul-cobalto vistoso e ao mesmo tempo conveniente, elegante sem ostentação.

— Vossa Alteza fique à vontade que logo serviremos o desjejum na sala de jantar. — Ao sinal, seu pequeno exército deu início ao serviço de laranjas, mamões, mangas e peras, bolos de fubá e pão de ló, e diretamente do forno pães de trigo de libra quase fumegando e pães de mandioca. E queijos brancos e curados de Minas, mais o cremoso

Serra da Estrela, presuntos de Yorkshire, salame italiano, queques de laranja, manteiga e queijo e uma infinidade de doces, canjica e jacuba, leite, chá e sucos de caju, laranja e manga.

— Assim a senhora me acostuma mal, com tantos mimos; nem na Corte temos essa variedade.

— Minha mãe Caetana costumava dizer que o pequeno almoço é a mais importante refeição do dia — respondeu, sentando-se ao lado direito do regente, na ponta da mesa.

Em pouco tempo o casarão fervilhava de atividade, todos despertos e saudando-se entre si, aprestando providências, já que S. Alteza tinha pressa. Dia de trabalho e providências. Ao lado esquerdo tomou assento Jordão, trajando uniforme de brigadeiro, acima de coronel e abaixo de general no modelo português. Após o desjejum que Minas simplificava para *dejejum* e na terrinha se dizia *pequeno almoço*, a guarda seguiu o Príncipe que subiu a São Bento, admirou a Igreja e o Convento de São Francisco das Chagas, como no nordeste chamavam o santo de Assis, subindo ao Largo de São Gonçalo, onde se situava o Pátio Municipal, imenso casarão assobradado de 1787, com mais de 50 metros de frente. No andar superior a Câmara Municipal, e no térreo a cadeia, daí o contraste de nove janelões em cima e as pesadas grades de ferro embaixo, com balcão central, sino e a imagem do padroeiro Gonçalo Garcia. Duas águas-furtadas do telhado atribuíam imponência ao prédio.

— Foi bem aqui o local da bernarda. A tropa veio perfilhar enquanto o sino atraía a multidão. Para não dizer que foi ele, o Ignacio inventou a desculpa da *tropa e povo* a favor de Oeynhausen — cutucou Manoel Jordão, atiçando a lembrança da insurreição.

Pedro tão somente meneou a cabeça, já consciente do dever de ofício: iniciar uma *devassa*, que era como chamavam o *inquérito*. Devassar significava abrir, perguntar, apurar os fatos e responsabilidades. Logo que chegaram ao Palácio do Governo, no *Pateo do Collegio*, convocou o gabinete especial para a primeira reunião.

— Senhores, penso que nossa primeira missão é saber o que aconteceu, qual o grau de insolência da bernarda e o que está por trás dela. Aparentemente houve desobediência explícita e enfrentamos grave motim. São Paulo se aliou a Lisboa, que mantém meu pai prisioneiro.

— Vossa Alteza tem toda a razão. Precisamos combinar a estratégia a seguir — assentiu Saldanha da Gama, bajulando o Príncipe.

— Começaremos a devassa com a leitura das atas do Governo Provisório e convocaremos as primeiras testemunhas para quarta-feira.

— Amanhã a terça será longa, tomada pelo beija-mão das delegações da província. Quarta está com agenda livre, consta que teremos tourada no sítio do Marechal Arouche. E quinta-feira não será um bom dia — ponderou o Capitão-Mor Marcondes de Oliveira e Melo, que era calmo e havia preparado a agenda. — É que na quinta teremos eleições.

— Eleições? Vosmicê está brincando, amigo Marcondes? Quem terá tido a ideia doida de marcar eleições neste ambiente conturbado?

— Foram Vossa Alteza e o Ministro do Reino. Trata-se do Decreto Real de 25 de junho de 1822. A ideia não era estapafúrdia quando promulgada. Vossa Alteza cassou o governo paulista e ordenou nova eleição de governador. Serão mais de 80 eleitores representantes das paróquias.

— Que loucura... e se acaso *perdermos* a eleição? Que grande merda; ninguém previu o risco? Cancele a tourada e marque reunião na quarta bem cedo, talvez nos Quatro Cantos, quando teremos mais privacidade — ordenou, olhando para Manoel Jordão que assentiu com a cabeça. — Convoquem os principais, o próprio Arouche, Xavier, Antonio Prado, Gama Lobo e o Marcondes, o Barreto de Camargo, o Padre Belchior e mais quem o meu Jordão recomendar.

— Grato pela confiança, Alteza. Certos nomes não podem faltar, e dentre eles o principal será o Conselheiro Francisco de Paula Sousa e Mello, da vila de Itu, além dos principais de Itapetininga, Taubaté, Pinda e Santos. Partiu do Paula Sousa a resistência contra a bernarda em Itu, influenciando as demais vilas do interior. Convocaria também o Brigadeiro Tobias, que nos apoiou em Sorocaba. Posso resumir que se formou uma autêntica coligação do interior. Se é que já não estão na Cidade, todos os eleitores virão para o beija-mão de amanhã.

5 Actas do Governo Provisório sobre a Bernarda

O trabalho começou em ritmo frenético, com a leitura das *actas* de reuniões do Governo Provisório, desde aquele episódio do solstício de inverno (21/6/1821) no Largo de São Gonçalo quando a tropa convidou José Bonifácio para presidir a eleição. A partir daí o Governo passou a registrar os acontecimentos em atas. A Sessão nº 1 relatou juramentos à Constituição e ao Rei, além das comunicações ao Governo Central e às principais cidades da província (23/6/1821), como sempre realizadas no mesmo palácio de onde Pedro agora despachava.

Mais de cem sessões e um ano depois, a espoleta da bernarda foi a convocação pelo mesmo José Bonifácio (10/5/1822), agora Ministro do Reino, quando D. Pedro estava em Minas, "por ser precisa a estada nesta Côrte do Conselheiro João Carlos Augusto de Oeynhausen, para objecto de Serviço Público... passando a presidência que exerce ao seu imediato no Governo". E ao mesmo tempo "nomear para Governador das Armas o Marechal José Arouche de Toledo Rendon" (20/5) e pouco depois convocar também "o Ouvidor José da Costa Carvalho e o coronel Francisco Ignacio de Sousa Queirós" (21/5). Os documentos levavam dez dias indo e vindo a cavalo, e chegaram a São Paulo no domingo, 23 de maio. Na Sessão Extraordinária nº 116, o Governo Paulista acusava o recebimento do primeiro comunicado, deliberando "em consequencia se mandarão expedir ás Ordens precisas para a jornada de Oeynhausen" e "que Martim Francisco de Andrada vai entrar na Presidencia interina d'este Governo" (23/5/1822). Aparentemente tudo ficaria bem, e a ordem seria cumprida. Todavia no mesmo dia, às quatro da tarde, abriu-se a 117ª Sessão Extraordinária, dando conta que "Tropa e Povo se oppunhão ao cumprimento da Portaria Real... e querião fossem demitidos o Coronel Martim de Andrada da Fazenda e o Brigadeiro Manoel Jordão". A bernarda.

Quando o Paço fluminense recebeu de volta esses ofícios, respondeu de modo pesado no sentido da execução imediata das ordens reais (21/6). Mais uma vez os paulistas responderam, através de dois ofícios acompanhados de centenas de assinaturas, que assim agiram para preservar *"o socego publico da Provincia"* (24/5 e 11/6/1822). Irado, o Regente expediu o Decreto de 25 de junho: "Hei por bem cassar o presente Governo e Ordenar que os Eleitores de Parochias... passem a nomear um Governo legitimo composto de um Presidente, um Secretario e cinco Membros". Aliás foi este o decreto, com a dupla assinatura do regente e do ministro, que levou à eleição desta quinta, 29 de agosto. E outro ofício de 25 de junho, embora começando suavemente "em que me participastes as duvidas que occorreram para não cumprir as portarias", terminava exigindo que "logo, logo, deis fiel e prompta execução ás ditas Portarias". Mais uma vez o Governo Paulista se isentou, negando haver desobediência, "porque os referidos membros, sabendo da vontade do povo e tropa, derão imediata e voluntariamente a sua demissão".

— Pediram demissão? Filhos duma égua, sob a mira de pistolas?

Porque passava das onze da noite, muitos assessores piscavam os olhos. Duas horas antes foi servida sopa morna para disfarçar a fome, o que só piorou a sonolência. Fora do palácio deitava o mais absoluto silêncio, mas o batalhão não podia esmorecer. Não vieram a trabalho? Com incrível energia Pedro continuava lendo, pedindo resumos e impressões. O Padre Belchior recostou no espaldar de uma cadeira e dormiu com o queixo inferior caído. Era quase uma da madrugada quando a comitiva voltou aos Quatro Cantos e à casa Prado, estalando botas pelas ruas da Pauliceia em direção ao conforto de seus lares.

6   Terça-feira, 27 de Agosto: Reunião Eleitoral nos Quatro Cantos

Enquanto Jordão recebia os convidados, vários serviçais acompanhavam o núcleo duro do Partido Brasileiro ao salão de baile do Palácio dos Quatro Cantos. Não, não se tratava de festa matinal. Lá, no espaço segregado do movimento da casa, Dona Gertrudes espalhou 30 confortáveis cadeiras D. Maria I em marchetaria e palhinha, em duas fileiras circulares, de modo que todos pudessem ver uns aos outros. O protocolo conduzido por Francisco Gomes da Silva, que desgostava do apelido de Chalaça, previa D. Pedro numa cadeira em destaque, à direita o Ministro da Viagem Saldanha da Gama e à esquerda o anfitrião Manoel, e na frente, do outro lado do círculo, o dr. Paula Sousa, o Marechal Arouche Rendon e os principais aliados. Havia sucos, pães e bolos numa mesa larga improvisada na entrada do salão.

O objetivo da reunião não poderia ser mais simples: "Se formos derrotados na eleição, a bernarda triunfará". *Não restaria alternativa que voltar ao Rio com o rabo entre as pernas.* Ou nos impomos pela força, usando o mesmo recurso que os bernardistas empregaram? A solução militar! Nesse caso estaríamos negando a natureza da Constituição, de que o poder emana do povo. Pedro convocou o grupo para pensar livremente. "Nenhum pensamento será proibido. Cavalheiros, suas ideias são bem-vindas". Cândido Xavier foi o primeiro a defender a "opção militar", se a eleição vier a ser favorável ao partido português.

Aproveitando a abertura, Arouche Rendon começou mencionando a lei do *cumpra-se*, "quando V. Alteza promete revisar as leis portuguesas, adaptando-as às circunstâncias do Brasil" (4/5/1822), a criação do Conselho dos Procuradores das províncias (1/6/1822), e principalmente os dois últimos manifestos de 1º e 6 de agosto, "ao Povo Brasileiro" e "às Nações Amigas", ambos mencionando que "já somos um povo soberano. No último inclusive o país se compromete ao intercâmbio de embaixadores". E ao final foi explícito: "Está em marcha um projeto conduzido por V. Alteza, com o apoio da maioria do país, na direção da independência, e um resultado adverso na eleição do dia 29 interromperia essa marcha".

Porém o Capitão Marcondes de Oliveira e Melo interveio com observação acurada: "Ainda que a eventual derrota signifique perder boa parte da força moral, uma quartelada dará força aos que acusam Vossa Alteza de não ser constitucional. Corremos o risco de perder a alma do movimento brasileiro". Ao final, ponderou que "a principal característica da democracia é conviver com as posições contrárias. Portanto chancelar o resultado da eventual reeleição do Conselheiro Oeynhausen, desde que ele recuasse de sua postura beligerante, consagraria a vocação constitucional de Vossa Alteza. Não vejo o Gravenburg como inimigo do Brasil". Quem sinalizou com a mão pedindo para falar foi o Brigadeiro Manoel Jordão: "Vossa Alteza que às vezes me pede conselhos sabe que sou mais de ouvir. Todos lembram o Regime do Terror depois da Revolução Francesa? Suprimiu a liberdade para *preservar* a democracia, ou seja, a mesma desculpa de todas as ditaduras. Entretanto desta feita concordo com Xavier e Arouche, de que em nenhuma hipótese se pode devolver o poder ao elemento português. Não se trata de conviver com os opostos, principal valor da democracia. Entronizar João Carlos e os bernardistas agora seria o paradoxo máximo, o fracasso absoluto da possível marcha do país na direção da independência. Mesmo com o alto custo do descrédito".

Quando chegou sua vez, o Conselheiro Paula Sousa se levantou da cadeira. Magro e de saúde frágil, era um portento intelectual, já aos doze anos dominando latim, italiano, francês e inglês, versado em filosofia, direito, história e geografia como poucos. De tanto devorar a biblioteca paterna, sofreu de oftalmia e passou um ano em quarto escuro proibido de ler. "Estamos como Julio Cesar que atravessou o Rubicão na Emiglia Romagna. O direito romano proibia qualquer general de atravessá-lo com as tropas para preservar a estabilidade de Roma. Se V. Alteza decretou eleições livres, cumpra-se." Paula Sousa estendeu longamente o relato, citando a democracia grega e a *pax* romana para no fim resumir: "Nesse momento delicado estou com Maquiavel, sobre que V. Alteza deve conservar o poder. V. Alteza já atravessou o *Rubico* e agora é vencer ou vencer. Não penso na palavra *derrota*, com a ressalva de que precisamos trabalhar para isso. Se houver desvio de rota, a ação militar deve acontecer sem qualquer envolvimento de V. Alteza".

O Ministro Saldanha da Gama, embora cauteloso, era homem prático. A postura "agressiva" já prevalecia, e então achou conveniente focar a estratégia de ação: "Serão sete eleitos, presidente, secretário e cinco deputados. Sugiro a V. Alteza concentrar toda a energia em torno da eleição de presidente, que apontará a vitória ou a derrota. Os demais cargos têm relevância secundária". A partir daí a reunião tomou novo rumo: "Qual o nome a concorrer"? A pouco e pouco foram sendo eliminados os mais vistosos. Jordão estava na linha de frente, aliás fora expulso para Santos em maio, além da resistência por ser o mais rico brasileiro; Paula Sousa de Itu e Manuel Marcondes de Guaratinguetá polarizariam a disputa entre Capital e Interior; e por fim Arouche sofrera desgaste quando nomeado Governador das Armas.

Já passava do meio-dia quando a reunião aprumou a estratégia: a "afronta à pessoa do Regente". Não era só uma cizânia entre lados opostos: "Votar em João Carlos Oeynhausen seria escárnio contra a pessoa de D. Pedro". Se a essência da disputa consistia em prestigiar a pessoa do príncipe, então que o candidato fosse o próprio ministro especial Luís Saldanha da Gama, que sinalizaria aos quase setenta eleitores o despropósito de sufocar a alma do movimento nativista.

— Está bem. Quanto aos principais, a começar do Francisco Ignacio e seu sogro Costa Carvalho, sequer pretendo recebê-los. Quero uma lista de todos aqueles que, se vierem ao beija-mão, ouvirão um não.

— Perfeitamente, Alteza, uma estratégia de confronto.

— Exatamente, meu Marcondes. Somos cães que precisam demarcar território, e como bem disse o Doutor Paula Sousa, a única alternativa é vencer. Ainda não é hora de pacificação.

A ninguém bem informado passava despercebida a possível autonomia do Brasil. Fora aliás Paula Sousa, ao responder uma consulta sobre as propostas que os deputados deveriam levar às Cortes de Lisboa, no início de 1821, a utilizar pela primeira vez a expressão "Independência do Brasil". Eleito deputado, deixou de viajar por problemas de saúde. Aos indecisos de sempre, sobre quem Paula Sousa brincou estarem "em cima do muro", fazia sentido a proposta de união em torno do regente. Mais tarde São Paulo continuaria a porfiar as recíprocas antipatias provincianas; mas não agora. O Conselheiro Antonio Prado, consultando o relógio, lembrou que o beija-mão estava marcado para o início da tarde. E boa parte dos eleitores das províncias estava hospedada em casas que Jordão, ele, e também o influente Francisco Ignacio, ofereceram gratuitamente. Saíram todos com um discurso coerente atrás dos eleitores presentes à apresentação ao Príncipe, caminhando pela Rua Direita sob a saudação efusiva dos populares, em direção ao Pátio do Colégio, local de fundação da pequena São Paulo.

7   Beija-Mão

Todas as delegações tiveram tempo de viajar à Cidade. De Santos, Itu, Taubaté, Guaratinguetá e Campinas vieram as delegações, enchendo de cavalos a Sé e o *Pateo do Collegio*, todos em festa, vestindo fardas da velha Guarda Nacional, uns e outros pendurando comendas de tempos imemoriais em meio ao cheiro de bosta equina. A fila de vereadores puxou a corrente com belo estandarte de armas da monarquia portuguesa, o escudo desenhado por D. Afonso Henriques no chão do Alentejo, amparados por dois dragões. Cerimonial... sem esquecer que o Brasil ainda fazia parte de Portugal.

À frente do Palácio do Governo, o vereador Manuel Joaquim de Ornelas abriu discurso de saudação, chamando o Príncipe de "astro luminoso que, raiando do nosso horizonte, veio dissipar as espessas sombras que o cobriam". E mais: "Pedro afugentara de uma vez para o Averno o envesgado monstro da discórdia", o que constituía para a "Pauliceia o príncipe amável que fazia as delícias de seu povo". Envesgado? Monstro vesgo, algo ruim. D. Pedro, sentado em ampla cadeira de espaldar que figurava um trono, estendia a mão enquanto os nomes eram anunciados. Na política como na diplomacia, cada um precisava se sentir importante, conhecido. Por isso o Príncipe trocava comentários com todos, às vezes fazia alguma piada, mostrando bom humor e tentando reduzir o formalismo. Outras vezes engatava prosa, e a fila não andava.

Nem sempre D. Pedro era feliz, como ao receber o idoso capitão-mor de Itu, Vicente da Costa Taques Góes Aranha. Já com 81 anos, o capitão cavalgara mais de 16 léguas ou 110 km para ter com S. Alteza Real. Além da viagem de volta por Santana de Parnaíba, Pirapora e Cabreúva. O capitão-mor usava velho fardamento dos tempos da guarda nacional do Morgado de Mateus — quando Portugal temia a invasão espanhola pelo sul e litoral —, com camisa de babados, chapéu bicorne com os bicos voltados para cima, cabelos ornados com canudo, um rabicho ou trança de cabelos na nuca, sovela à cinta, gravata branca e o salto de dez centímetros que o fazia surgido da Corte de Versalhes. Consta que o Rei Sol Luís XIV sentia-se baixo, daí a moda masculina dos sapatões. A calça chegava até os joelhos, completada por meia preguead a com discreto pompom na altura do joelho. Era, portanto um *culotte* ao estilo da nobreza francesa, enquanto o povo usava calças compridas, os *sans-culottes* da revolução. Agora todos eram *constitucionais*. E como fazia frio, arrematando o rebuscado conjunto, D. Vicente sobrepusera casacão roxo, desbotado pelo tempo. A maioria abafou o riso.

— Vossa Mercê parece surgido do século XVII, em farda de mosquete e culote. Presumo que estejais pronto para enfrentar os mosquetões espanhóis. — Ainda rindo, embora sem malícia, Pedro foi na direção do visitante: — Tomai cuidado para não serdes confundido com a guarda Bourbon... já que as comunas de Paris fizeram picadinho dela.

O momento foi alegre para todos, menos para Goes Aranha, consciente da estirpe tradicional, o legado dos fazendeiros intitulados coronéis e capitães, que embora não sendo militares de profissão mereciam o título pelo financiamento da guerra e pela prontidão em defesa da pátria, contra o diabo espanhol. Sentindo-se desrespeitado, o capitão-mor se virou e saiu sem dizer palavra e muito menos beijar a mão do príncipe, os nervos vívidos pela afronta. Jordão cochichou qualquer coisa que Gama Lobo assentiu.

— Alteza, bem sabes que a vila de Itu se recusou a acatar as ordens do Governo Provisório, e espalhou sua reação a várias paróquias do interior.

— Tendes razão, ele não pode se sentir desprestigiado. — Pedro se arrependeu da zombaria. — É o que dá esse ditado, perde-se o amigo mas não se perde a piada. Chamou o primeiro oficial que viu, no caso o Tenente Bueno Garcia Leme, pedindo que corresse atrás de Goes Aranha, "requisitando sua volta ao palácio". Após cochichar algo no ouvido do Comandante Gama Lobo, quando D. Vicente voltou desconfiado ao recinto, Pedro lhe pediu desculpas em voz alta.

— D. Vicente, não se amofines, são pilhérias para tornar a vida mais alegre. — E, tomando a medalha das mãos de Antonio Leite Pereira da Gama Lobo, condecorou o capitão-mor de Itu com a Ordem do Cruzeiro. — Na pessoa de V. Excelência, homenageio a relevante participação da fiel Vila de Itu.

O ritual do beija-mão tinha efeito político, antiquado, mas significativo, que D. João VI costumava seguir. Para o povo era uma oportunidade de chegar perto do soberano; e para eles era modo político de reforçar o poder. Quem beijava reconhecia a autoridade, honra denegada a Francisco Ignacio de Sousa Queirós e cinco acompanhantes. O mais rico paulista, depois do Brigadeiro Jordão, possuía a melhor loja de fazendas secas de São Paulo. "Fazenda seca" são bens duráveis, utensílios domésticos, garfos, facas, parafusos, tesouras, roupas, camisas, meias e ceroulas, todo tipo de tecido como tafetá, veludo, seda, linho, cambraia da Índia, damasco de Macau e brum de Hamburgo, ou debrum, fita que se costura na borda do vestido, ferramentas, bacias, louças, anéis, navalhas e rosários. Alto, lábios finos em queixo largo, nariz equilibrado e pontudo, olhos azuis e cabelos bem aparados, vestindo impecável farda azul com três comendas, o prócer da bernarda Sousa Queirós amargou a segunda desfeita do dia, mas desta vez o Príncipe não demonstrou arrependimento.

Quando finalmente acabou o beija-mão, no fim do dia, as maçãs de D. Pedro estavam doloridas de tanto sorrir. Na discreta troca de palavras com cada um, o Regente tratava a todos como iguais, descendo do pedestal. Sempre que se apresentava um eleitor, Manoel Jordão e o popular Marechal Rendon meneavam a cabeça em direção de Francisco Gomes da Silva, que discretamente o cutucava nas costas, daí o Príncipe mais se demorar com os comentários enaltecedores: "Vossa

Senhoria viajou de tão longe, muito agradecido de comparecer a esta cerimônia tão antiquada, nestes tempos de Constituição"! Ao final da jornada viria a parte melhor do dia, a magnífica ceia de d. Gertrudes Jordão. A felicidade mais simples era voltar para casa.

8 Domitila de Castro Canto e Mello

O Chalaça veio avisar que o Tenente Canto e Melo trouxe a irmã, segundo ele "cumprindo ordens de chegar pontualmente às seis".

— Me desculpe, Alteza, trata-se do assunto pessoal de que lhe falei, as agressões... trouxe minha irmã, mas podemos adiar para outro dia.

— Ah, sim, me lembro. Estamos quase encerrando aqui, já vou recebê-la. Coloque-a na sala de despachos. E então, matou saudades da família? — Francisco Canto e Melo fizera parte dos Leais Paulistanos que, em janeiro, vieram engrossar a tropa brasileira quando do levante da Divisão Auxiliadora.

Vinte minutos depois, com ar cansado, Pedro adentrou na sala de despachos, uma escrivaninha com duas cadeiras, duas poltronas e um sofá. Deparou com moça bela e forte, mas tensa e insegura. Por sua vez, Domitila pensou em desaparecer, esquecer a loucura de pedir a interferência do regente em assunto íntimo. Ele teria mais o que fazer. Entretanto, Pedro se sentiu bem, livre das disputas políticas. "Domitila?" Pensou: "Que nome infeliz, embora lhe caia bem". Estendeu a mão à jovem de vestido amarelo-claro e acinturado, colete bordado com motivos florais, gargantilha de veludo azul com *pendantif* de marfim e a cabeça ornada de pequenas gardênias, entre tranças morenas e cabelos lisos que convidavam a afagar, em contraste com os seios firmes que se mostraram quando a jovem flexionou os joelhos na reverência.

— Seu irmão me adiantou... problemas com o casamento — disse Pedro, ao tempo em que notava terem ambos a mesma altura.

— Alteza, obrigada por me receber. Meu caso é tão pequeno, me desculpe, diante de tantos afazeres do governo.

Talvez pequeno, mas diante daquela beleza pura o ar cansado se esvaiu, ele retomando o papel de encantador de homens na política e de mulheres no galanteio. Quantos dias duros a tratar com delegações e comerciantes no Vale do Paraíba, e agora confinado nos gabinetes, conduzindo e sendo conduzido.

— Domitila, tenha-me como amigo, já que Francisco é meu companheiro de jornada. Todos os assuntos têm importância se trazem felicidade aos meus súditos. Sente-se no sofá e me conte o que se passa.

Domitila se casou aos dezesseis com o Alferes Felício Pinto de Mendonça, indo morar em Vila Rica.

— Casamento arrumado, conheci ele na véspera e descobri que tinha gênio violento, jogava e bebia. Vossa Alteza me perdoe de falar de coisas íntimas, mas chegava bêbado, me batia e me forçava. — Conseguira fugir de Minas e pedir anulação do matrimônio na Cúria de São Paulo, um dos 16 divórcios de 1819. — Acontece que o Felício veio atrás, prometeu mudar e meus pais me obrigaram a aceitá-lo. Vivemos um tempo sem papel passado, mas pau que nasce torto nunca se endireita. — Nada agrada mais a uma mulher que um ouvinte atento. Pedro plantava "não acredito", "que horror" e Domitila desfilava os detalhes do sofrimento. — Ele chegou ao cúmulo de falsificar minha assinatura na venda de um comércio que tínhamos no Brás.

— Nossa!

— O juiz disse que o comprador estava de boa-fé, um nome complicado, comprador putativo. — Eles riram. — Vem do latim *putare*, que significa acreditar, o comprador acreditava que o imóvel pertencia ao Felício e pagou à vista o valor real da casa, estava de boa-fé, e então o negócio foi mantido e só eu fiquei no prejuízo. Pior é que ele queimou os cobres; a jogatina puxou ele de volta. E depois o álcool... Vossa Alteza, foi ainda pior do que em Vila Rica, eu...

Domitila verteu lágrimas sinceras e Pedro quis abraçá-la, mas apenas ofereceu o lenço e empalmou sua mão, o sangue reagindo ao contato da pele.

— Vossa Alteza, me desculpe.

— Domitila, me chame pelo nome, Pedro; e me trate por você.

— Obrigada Alte... Pedro, pelo lenço; me desculpe a emoção. — Ela se recompôs: — O pior aconteceu numa manhã de março de 1819, de repente o maluco gritou que *iria lavar a honra* e me atacou, eu tentei dominá-lo, mas ele me esfaqueou duas vezes na perna e uma no ventre.

Domitila fora vista conversando, na Fonte Santa Luzia, com D. Francisco de Assis Lorena, filho legitimado do governador Bernardo de Lorena, responsável pelo *caminho calçado* a Santos.

— Felício é louco, pensa que é meu capataz. Os juízes dão sentenças que ele não cumpre. — Quantos anos ela teria? Aparentemente a mesma idade dele. Mais tarde viria a saber que Domitila tinha 25, um ano a mais, todos os músculos meticulosamente examinados pelo Príncipe. Poderia ouvir essa voz emocionada o dia inteiro.

— Que monstruosidade! Prenderam o alferes?

— Por sorte me levaram para a casa de uma prima e estancaram o sangue, do contrário estaria morta. Fiquei dois meses de cama até o nascimento de meu filho João, que veio fraco de saúde por causa do atentado. Ah, sim, prenderam Felício por três meses, depois foi solto e andou para o Rio de Janeiro. E agora para piorar, os pais dele, os avós Felício e Mariana, entraram na Justiça pedindo a guarda dos netos.

— Que me conste, os avós têm a guarda apenas na falta dos pais.

— Pois é, me acusaram das piores mentiras, que não cuido dos filhos e sou adúltera, o processo está correndo. Como consigo provar que não sou? Prefiro morrer a devolver meus filhos a esse demônio.

— Isso não acontecerá, minha amiga, enquanto eu estiver vivo — desabafou o Príncipe. — Se és quem eu penso, terás minha proteção.

Domitila desabou novamente em lágrimas, dessa vez de felicidade. E num arroubo infantil encostou a cabeça de modo casto no ombro do regente. "Meu Deus", pensou, "que cheiro é esse, tosta de pão?" Sem se aproveitar da emoção, Pedro desejou que o momento se eternizasse, porque conhecia a erupção vulcânica dos feromônios se desprendendo do corpo, atraindo pássaros em torno do pólen, dobrando em segundos a testosterona no sangue. Seria amor à primeira vista? Domitila se afastou.

— Não sei como agradecer Vossa Alte, vosmicê. — Pedro parou em seus olhos; era rei e estava impressionado com a garota de pele alva e lábios tentadores. De repente se aproximaram como ímã, as bocas se tocando suavemente até se abrirem como fonte brotando da montanha. Ao fim do beijo sem travas, melhor do que a posse total, desapareceram as dificuldades do mundo, as línguas se enrolando em direções contrárias, reconhecendo-se, alternando empuxos e volteios, antecipando volúpias sem o compromisso de acontecer.

— O beijo é a semente do amor — filosofou Pedro.

— Nossa, que frase bonita, eu não sabia que Vossa Alteza era poeta.

— Não sou, mas vejo poesia em vosmicê. Espero beija... vê-la novamente.

— O senhor Príncipe me deixa confusa, não sei — disse, aparentando reserva.

— Soube por seu irmão que a família reside no caminho de Santos. — Um simples beijo. Mas como homem e rei, não teve dúvida de que voltaria a experimentar os lábios de cereja. Lascívia, transgressão, amor! Entretanto convinha reservar pretexto: — Assim que tiver notícias do senhor Felício, volto a lhe procurar.

5º Relatório da Independência: Primeira Eleição Provincial

Intervenho mais uma vez para lembrar que fizemos história. Como escrevo meu relatório trinta anos depois da independência, tive tempo de pesquisar. Eleições sempre houve durante o período colonial, quando a chamada "nobreza das vilas" votava. Todavia eram eleições restritas às vilas e cidades. Justiça seja feita, o grupo português cumpriu à risca e com pioneirismo o Decreto Real de 25 de junho de 1822, assinado por D. Pedro e o Ministro do Reino. Com certeza imaginava ser aquele o único caminho para recuperar a força política... através do voto. Nesse ponto devemos louvar José Bonifácio, o homem por trás da redação, que ordenava "que os Eleitores de Parochias sejam convocados", e que "a este novo Governo assim nomeado e installado fica competindo toda a autoridade e jurisdicção que exercerá segundo as Leis existentes... como uma Delegação de Meu Poder Executivo". Foi a primeira eleição provincial ou majoritária do Brasil.

Paróquia é a divisão territorial submetida a um pároco ou padre, portanto reunindo várias vilas, por sua vez submetidas à hierarquia de uma diocese ou um bispado (Sé de São Paulo). O direito eclesiástico misturava-se ao civil, facilitando a organização eleitoral. Paróquia é igual ao atual município. Mais adiante a Constituição Imperial de 1824, mais democrática, instituiria o voto censitário, podendo votar todos os cidadãos com "renda líquida annual de duzentos mil réis por bens de raiz, industria, commercio ou emprego" (art. 92). E para serem votados como deputados 400 mil réis (art. 95 da Constituição). As ideias libertárias de Sièyes e da Revolução Francesa triunfaram, celebrando a vitória da burguesia, o chamado "estado do meio", os que tinham renda, excluindo a nobreza e o clero porque não pagavam tributos.

Todavia faltou melhor comunicação; assunto dessa magnitude não poderia ter sido deixado ao deus-dará. Agora não restava ao grupo da regência cercar os eleitores e cabalar votos, prontos a *vencer ou vencer* a primeira eleição estadual do Brasil. E não só, fundamental porque definia a continuidade ou interrupção do processo da Independência.

9 Quarta-feira, 28 de Agosto de 1822: Cabalando Votos

Foi fácil adiar *sine die* a tourada no Largo do Arouche; quem dera tivesse poder para suspender *sem data* a eleição. Só de imaginar a derrota; restaria suscitar alguma fraude. "Mau começo para um liberal." Todos utilizaram o dia anterior a correr atrás dos eleitores, cabalando votos. Por que essa expressão se tornou comum? Talvez porque a Cabala judaica é um modo de procurar a raiz das causas do mundo, em especial do espírito sobre a matéria, e a raiz de qualquer eleição é o exercício da arte do convencimento em prol de seu candidato.

De repente os eleitores se tornavam protagonistas. Setenta representantes das principais vilas reunidos para votar pela primeira vez a governador de São Paulo. Poucos? Eram os nobres das vilas, os mesmos que votavam nas eleições municipais; a elite do país. "Elite" era palavra da moda oriunda da Revolução Francesa. Advém justamente de eleger, *élite*, ou seja, aqueles poucos que podiam votar. Nada mais democrático, considerando que o arauto da revolução, Emmanuel Sièyes, defendeu a tese de que a nobreza e o clero — por terem isenção de impostos — estavam proibidos de votar. Quando a França instituiu o voto censitário, a maioria dos países democráticos seguiu a lógica.

Cabalar para um príncipe não ficava bem, entretanto dialogar condizia com a imagem real. Convencido por Jordão e Saldanha, D. Pedro recebeu quarenta eleitores para uma conversa informal sobre os problemas do reino e das vilas. Cabala inteligente pressupõe requinte, pelo que o príncipe bem treinado recordou a tradição municipalista portuguesa, que deitava raízes nas *civitates* romanas e na política de ermamento de Afonso I de Aragão, destruindo larga faixa do território para não servir de base aos mouros. E lembrou as cartas de forais que incentivaram a autonomia municipal contra as invasões de Leão e Castela, tudo para mostrar quanto podiam os eleitores, para além das disputas toscas de suas vilas.

— A abertura de novos municípios permite a expansão da economia e a defesa do território. E disciplina a presença do Estado. Os senhores têm importância central; são as pontes entre o povo e a monarquia.

A conversa procurava incutir o orgulho de fazer parte de uma *só* nação. Apesar do momento tenso, *não seria isso independência?* Conforme o resultado da votação, todo esse preparo, a missão de Pedro, imploc um iria. Devassa contra os eleitos? Inquéritos existem para punir criminosos; e todos no fundo sabiam que a bernarda se resumia à política. Divergência de opinião não é crime. De há muito os dois lados haviam ultrapassado o papel da diplomacia; na guerra não havia como exercer o papel moderador. Após a eleição, cujo único resultado possível seria a vitória, a ideia da dupla Arouche e Jordão seria voltar os olhos à história de Portugal e Brasil, tentando extrair o porquê — como na Cabala — de faltar ambiente para a união política dos dois países. Numa palavra, buscar as causas da independência. Por que não iniciar a História do zero? Recuar ao começo da povoação da Terrinha pelas tribos normandas?

10   Portucalensis Rex e a Primeira Independência

As tribos Lusis pastoreavam nos montes desde o Neolítico, armando-se de peltas e falcatas de ferro curvas para guerrear os celtibéricos ou normandos *(north man)* que desembarcaram na planície e viviam da pesca, uns e outros raptando fêmeas para oxigenar o sangue, até formarem um núcleo entre o Minho e o Douro ao norte. Mas 150 anos antes de Cristo as legiões romanas invadiram a Lusitânia, abrindo caminhos e pontes cujos traçados ainda hoje serpenteiam as serras. No ano 400 foram os bárbaros a infestar a península, os suevos ao norte em Bracara (Braga) e os visigodos ao sul em Olisipo, depois abreviado para Olispona e Lispoa. O comércio fluía pelo Rio Douro, propiciando a construção de um porto à frente de Gaia, mãe-terra na mitologia grega, Porto e Gaia dando nome ao país. Protegido pelo Deus cristão, o rei visigodo Leovigildo derrotou os suevos, e no 3º Concílio de Toledo (589) cumpriu a promessa de converter o reino ao catolicismo, fundando a Sé na Capital Braga.

— Daí o ditado *mais velho do que a Sé de Braga*, criada 500 anos antes da fundação de Portugal — contou o Marechal Arouche, que revisitava a história.

— Expressão comum... desconhecia a origem — respondeu D. Pedro.

Cem anos depois, Abderramão I fixou a capital em Córdoba, subjugou a Espanha e em 710 invadiu Portugal pelo *El Gharb* (oeste em árabe), até Pelágio das Astúrias iniciar a reconquista em Covadonga. No ir e vir das batalhas Almançor recuperou Coimbra, em 987, propondo viver em comunhão moçárabe. No catre acontecia, embora a distância cultural fosse insuperável. Fernando Magno de Leão retomou Coimbra em 1064, mas morreu no ano seguinte. Normalmente herdaria o mais velho, mas Magno deixou testamento repartindo o reino entre os três filhos. O primogênito Sancho discordou, porém ele e Garcia morreram nas batalhas de Pedroso e Zamora (1072), abrindo caminho para Afonso VI reunificar o reino, requisitando cavaleiros à Ordem de Cluny na Borgonha, para enfrentar o exército de Iúçufe Taxufine. Depois da vitória, Afonso VI deu a mão de duas filhas aos burgúndios: Urraca e a Galícia a D. Raimundo; Tareza, de 8 anos, e o *condado portucalense* a D. Henrique, de 20.

Quando passaram a conviver, em 1109, nasceu o príncipe Afonso (mesmo nome do avô e do pai), que se tornaria o primeiro rei português. O pai morreu cedo, e na flor dos 20 Tareza escolheu novo marido, o galego Peres de Trava, que ao tentar passar do quarto ao gabinete deparou com a facção afonsina exigindo a posse do jovem. Às armas, Afonso derrotou a tropa materna em São Mamede, passando a assinar *portucalensis rex*. Derrotado por Leão e Castela, aceitou o bendito Tratado de Tui, que pela primeira vez oficializou a fronteira lusa, enquanto a vassalagem continuou... um pedaço de papel. Com a paz ibérica, Afonso Henriques enfrentou cinco reis mouros: "*O Senhor está conosco e um só de vós poderá ferir cem inimigos; eu próprio combaterei convosco e serei o primeiro, quer na vida quer na morte*". Ao fim da batalha de Ourique (25/7/1139), prevaleceu sua obsessão de se tornar rei, Afonso desenhando no Alentejo as divisas do novo país. Diante da ameaça mourisca, Afonso VII de Leão aceitou o Tratado de Zamora (1143), e os dois reinos se uniram para finalizar a expulsão dos árabes da península ibérica. *Portucalensis rex*, Casa da Borgonha, a **primeira independência**!

CAPÍTULO 4º

Saraus dos Quatro Cantos

1   Somos Todos Incas

Por volta do ano 400, os incas transpuseram os Andes e se espalharam pelo litoral. O povo inca tinha organização política sofisticada, Estado, centralização religiosa, dominantes e dominados, quatro cantões sob o comando do Sapan Inca e dez milhões de habitantes em 1400. Custa acreditar tenham sido escravizados no encontro de Cajamarca. Em 1532, o semianalfabeto Pizarro espalhou 168 soldados e mais 30 a cavalo em pontos estratégicos da praça, e quando Atahualpa atirou a Bíblia ao chão o grupinho prevaleceu sobre 80 mil incas tomados de pânico pelo som de cornetas e matracas, um canhão e armas de fogo. Atahualpa foi preso e, mesmo depois de pagar resgate de uma alcova cheia de ouro, executado. Embora não dominassem a escrita e não atinassem para a descoberta do eixo da roda, essencial na região montanhosa, entre os quatro estágios da ordem política — bando, tribo, cacicado e estado —, os incas estavam próximos do mais evoluído.

Já os emigrados tupis, sem excesso de população, desconheciam a metalurgia, eram incapazes de cultivar o solo e domesticar animais. Os 3,5 milhões de índios espalhados pelo litoral da América do Sul não tinham guerras e desafios a superar e por isso involuíram, permanecendo no estágio tribal. Os ancestrais que atravessaram os Andes no século V vieram bater no Atlântico pelo *pe-biru* ou caminho Peabiru, largo de 8 palmos (1,60 mts.) e extensão de 200 léguas (1.200 km), rebaixado em relação ao solo e tomado de erva miúda, tão boa de andar que o nome talvez derive de *pé* caminho *abiru* forrado e suave.

— Somos todos incas — riu Jordão. D. Pedro, raramente introspectivo, lançou um olhar ao vazio, sem responder, o que intranquilizou o anfitrião. — Não me refiro a V. Alteza, de puro sangue lusitano. Aliás nem d'eu mesmo, já que meu pai veio da Serra da Lousã a Piratininga.

— Aprazem-me as suas estórias, companheiro Jordão, esse modo de ver paulista.

Então o brigadeiro, com o auxílio do vinho, sentiu-se mais confiante:

— Modo de ver tupiniquim, Alteza. — Por seu turno, D. Pedro ainda não estava atinando sobre qual o sentido daquela revisão histórica, Arouche a relatar a história de Portugal e Jordão auxiliando com a História do Brasil.

Os incas migraram dos Andes por três principais corredores: norte na direção da Ilha do Marajó; nordeste pela bacia do Juruá à altura de Pernambuco; e o principal ligando o Peru ao planalto de São Paulo, passando pelos ajuntamentos de La Paz e Assunción.

— Inhapuambuçu São Paulo tem importância porque é o fim da trilha — auxiliou o Marechal Rendon, que antes de se tornar militar fora advogado e juiz. — Ponto de chegada e também de novas partidas, os tupis para norte e os guaranis ao sul.

Como havia fartura de recursos, os jovens migraram em 200 anos, adotando nomes como tupiniquim em Piratininga, tamoio no litoral norte, tupinambá do Rio Paraíba à Bahia, caeté até a Paraíba, potiguar no Rio Grande do Norte e Ceará, guaranis de Piratininga ao sul, carijós da costa até Assunção e tapes na bacia do Uruguai. Porque a migração foi rápida permaneceu o traço cultural de falarem a mesma língua, o tupi-guarani. De outra parte a abundância de recursos desestimulou a luta pela vida; caçar bem ou mal era irrelevante porque sobrava carne; inteligência nem precisava, o mais forte prevalecia. Guerreavam, sim, no ritual da contínua vingança, e se no fim comiam o inimigo era para incorporar suas qualidades. O Bispo Sardinha e outros 40 náufragos foram devorados porque mostraram bravura. Hans Staden, preso na Bertioga em 1557, sobreviveu por ser mágico desenhista dos costumes, inclusive do canibalismo, cujos desenhos levou à Europa. Não era guerreiro que merecesse incorporação.

2   Casa de Aviz e a Segunda Independência

A partir de 1344 a peste negra matou mais de um terço da população mundial, entre os quais seis dos sete filhos do rei Afonso IV. *A sina dos infantes!* Apenas Pedro sobreviveu para manter a dinastia Borgonha, casando aos 14 anos com Constança de Aragão e Castela. Outro tipo de vírus — desta vez do amor — infestou a Corte. No séquito da rainha veio a dama de companhia Inês de Castro. No parto do filho Fernando morreu Constança, daí Pedro e Inês se unirem torridamente, gerando três filhos. O pai, Afonso IV, exigiu que Pedro voltasse aos assuntos de Estado, mas a Corte temeu que, caso se casassem, o primeiro filho Fernando seria preterido pelos bastardos que se tornariam legítimos. Afonso IV prendeu Inês no Mosteiro de Santa Clara em Coimbra e, não satisfeito, contratou três vassalos para degolá-la (7/1/1355). Após a morte de Afonso IV em 1357, ao assumir a coroa, o primeiro Pedro não descansou até sequestrar os três criminosos exilados na Espanha, matando-os depois de semanas de tortura, arrancando o coração de um deles pela frente e do outro por trás! Dois anos depois conseguiu provar que se casara em segredo "em dia que não se lembrava", transportando seus ossos por Lisboa até o Mosteiro de Alcobaça.

— Daí o ditado popular, que Camões perpetuou nos Lusíadas, de que Inês de Castro depois de morta virou rainha. Um dos maiores amores de todos os tempos, fiel até depois da morte — filosofou o Marechal Arouche.

Por sua vez D. Fernando I, o belo, filho de Pedro I e Constança, repetiu o pai ao se apaixonar por Leonor Teles, dama de companhia de sua irmã Beatriz. Havia um obstáculo: ela era... casada. Fernando anulou o casamento e se casou com Leonor no mosteiro românico de Leça do Balio.

— Conheci o mosteiro nos arredores do Porto em 1810 — vangloriou-se Belchior Pinheiro. — Edificado em 1180 pelos Hospitalários, corpo de igreja, com torre em forma de fortificação militar. E no fundo a sede da Ordem de Malta, um dos braços armados da fé. Arquitetura originalíssima, até hoje de pé.

Ferido em sua honra, o marido Lourenço da Cunha tentou envenenar o rei, que lhe confiscou os bens. Fernando I reivindicou o trono de Castela, mas foi derrotado. Para piorar, a *sina dos infantes* recaiu sobre seus dois machos, mortos em 1380 e 1382. Obrigado a dar a mão da filha Beatriz ao rei castelhano João I, na prática Fernando I deixou Portugal sob as ordens do rei espanhol, que com a morte do sogro veio reivindicar o trono. Fim da dinastia Borgonha. Mas a elite portuguesa discordou, raciocinando o jurista João das Regras que "o rei de Castela não podia ser recebido, porque invadira Portugal, além de obedecer ao antipapa de Avinhão". Os advogados sempre invocam direitos: que "*sempre fomos defesos e mantheudos per rei e a nós comvem per força emllegermos rei que faça todo aquello que cumpre, pêra nom cahirmos em sogeiçom de nossos enemigos çismaticos. E digo que em ell ha daver grãde coraçom, bomdade e devaçom, comdiçoões achadas no Mestre de Aviz*".

A proclamação de Coimbra sagrou rei João I (igual nome do rei de Castela), filho bastardo de Pedro I. A soberania da nova Casa de Aviz foi posta à prova no 14/8/1385, quando o Condestável Nun'Álvares proferiu frase célebre: "Vejo ante mim um poço fundo e escuro, porém não posso evitar de entrar em ele". No fim da Batalha de Aljubarrota, dez mil soldados *apeados* venceram o triplo da força espanhola e sua poderosa cavalaria. Em Azincourt (1415), a principal causa da vitória inglesa foi a saraivada do arco longo gaulês de dois metros, e depois sim, os soldados a pé arruinaram a força francesa, imobilizada com as pesadas armaduras em meio à lama do terreno. Por pobreza ou arte, Portugal inovou a tática militar da infantaria. **Segunda independência.**

3   Gigantes do Mar

Portugal livre — explicou Arouche Rendon — se dedicou então à maior aventura coletiva de geografia, economia, política e determinismo humano. A partir dos celtas e vikings indo e vindo, dos pescadores de Caminha a Tavira a pescar todas as manhãs alheios ao perigo, ao Ártico em busca do bacalhau ou quando o *fiel amigo* vinha desovar nas últimas águas quentes da Corrente do Golfo em torno da ilha de Lofoten. Os noruegueses deixavam o peixe secando ao vento; os portugueses adicionaram sal e o levaram pelo mundo. Essa energia foi canalizada pelo infante D. Henrique, quinto filho de D. João I de Aviz, fundador da Escola de Sagres em 1417, no sul do Atlântico. Matemáticos, astrônomos, construtores e navegadores *in partibus Affrice*.

O infante foi nomeado governador da Ordem de Cristo, daí as caravelas ostentarem a cruz vermelha e não a insígnia de Portugal. D. Duarte, sucessor de João I, atribuiu a Henrique a quinta parte da renda, o que lhe possibilitou aperfeiçoar as cartas náuticas, experimentar correntes e ventos e inventar a caravela manobrável de 30 metros, 8 de boca (largura) e 4 de calado (parte submersa), vencendo o Cabo Bojador em 1434, desfazendo o medo dos marinheiros de que o mar fervesse no Equador. E por sugestão de Bartolomeu Dias inventar as velas redondas em substituição das triangulares, permitindo a navegação à bolina em zigue-zague, contra o vento na volta para casa.

Depois do breve reinado de D. Duarte e de Afonso V (que tentou invadir a Espanha), o rei João II, o *príncipe perfeito*, munido de dados de Sagres, contestou a Bula Papal *Inter Coetera* (Entre Iguais) que atribuía à Espanha o domínio de terras a 100 léguas (600 km) a oeste de Cabo Verde. Assinaram o Tratado de Tordesilhas em 1494, tendo João II obtido aumento para 370 léguas (2.200 km), a Portugal o leste e à Espanha o oeste da linha.

— João II, o príncipe perfeito, já sabia do novo continente. Por isso recusou financiar a expedição de Colombo em 1492, consciente de que a nova terra estava além da linha de Tordesilhas. Sua prioridade era a Índia — concluiu Arouche. E como estava com a verve finalizou: — As informações ultrassecretas foram perdidas quando do terremoto de 1755 em Lisboa.

Tudo combinado, Pinzón e Diego de Lepe descobriram o Brasil antes de Cabral, mas, sabendo que estavam aquém de Tordesilhas, singraram a oeste à cata de riquezas à Espanha. Bartolomeu dobrou o Cabo da Boa Esperança em 1488, encontrando a passagem das Índias que o imponente Vasco da Gama completaria em 1498. Já Cabral, com precisas instruções de Vasco, aportou na Bahia em abril de 1500, tomou posse e derivou à Índia. Em 1501 Gonçalo Coelho (ou Gaspar de Lemos) mapeou a costa com o calendário religioso na mão: cabo Santo Agostinho no 29 de agosto, foz do Rio São Francisco no 4 de outubro, baía de Todos os Santos em 1º de novembro, Cabo São Tomé no 21 de dezembro, até chegar à mais bela baía da terra. Era 1º de janeiro de 1502 e, supondo ser a foz de um rio, batizou o lugar de Rio do mês de Janeiro. Aos 6 dos reis magos batizou outra enseada de Angra dos Reis e São Sebastião no 20 de janeiro. Mais ao sul, próximo da linha, Gonçalo aprumou à África, reunido a Américo Vespúcio, Diogo Dias e Cabral de volta da Índia. No famoso encontro de Bezeguiche (Dakar, Senegal), os navegadores convieram que Colombo não descobriu o oeste da Índia, e sim um novo continente.

— Portanto não eram índios, povo da Índia, como Colombo os chamou. Tupis com muito orgulho — intercalou Arouche, revelando detalhes inteligentes.

Para Tybyressa, o principal do sudoeste, chefe dos tupiniquins de Piratininga, a preocupação era maior. Imaginem o susto de deparar com homens poderosos saindo do mar em grandes canoas, gritando uns com os outros e carregando cruzes que fincavam na terra como se fosse deles, passando a atear fogo em tudo. Apesar da cor branca e de não falarem tupi, pareciam iguais. E no fim do dia diziam aias-marás de joelhos ao deus quase nu como nós, preso na cruz sem honra. Estranho adorar um deus-homem que — mais tarde explicaram — de quem cada um comia um pedaço do corpo e bebia de seu sangue igual aos canibais. Terá sido um grande guerreiro? Por que então o pregavam na cruz? Gente estranhável.

Sob a colina de Inhapuambuçu confluíam vários rios, inclusive o Anhembi, depois chamado Tietê, que descia ao interior apesar de nascer perto do mar. No local onde o Tamanduateí dava sete voltas, os tupis faziam a festa da piratininga, peixe moqueado na época da cheia. Pesca havia o ano inteiro, mas a tradição servia para atrair as tribos, misturar o sangue e ensinar o manejo aos güyri ou guris. Tibiriçá pretendia expulsar o invasor fedido que distribuía espelhos aos guerreiros que sequer percebiam a dominação. Em 1510 Gonçalo da Costa estacionou na praia de Itararé, desembarcando alguns doidos nas duas pontas do canal. Diogo de Braga construiu forte na Bertioga, destruído por Quoniambec. O próprio Cunhambebe lhe deu mulher, comida e aguardente até matá-lo por trás com golpe de tacape, dividindo o cérebro entre os principais e as coxas, fígado e coração no moquém. Mereceu a honra de ser devorado. O segundo degredado foi João Ramalho, que subiu a serra. "Antes de matar", precisava "entender peró", ter machado de brilho e arma de fogo. Bartira ou Mbicy, nome de flor, filha coração, foi oferecida ao ramalhudo que sempre trazia presentes. Esperar disfarçável.

O mesmo peró Gonçalo Coelho retornou em 1503, subsidiado por Fernando de Noronha e outros comerciantes, para recolher navios de ibirapitanga ou pau de cor *brasil* de fogo quando aquecido. Os nativos que traziam as toras eram chamados *brasileiros*. Novamente veio com ele o imediato Américo Vespúcio, que recolheu Afonso Ribeiro, degredado por Cabral na Bahia, ouvindo seu relato entre os tupis. Daí escreveu *Mundus Novus*, cheio de libidinagem e antropofagia, editado em várias línguas. Na reedição de 1507, o cosmógrafo Waldesemüller, observando que os continentes tinham nomes femininos, sugeriu *América* em função do prenome do autor. Protestou a Espanha, Martim alterou para *Colombia* na edição de 1513, mas *America* já havia caído no gosto popular.

E Vasco da Gama, embora provido de rendas e títulos, ainda voltaria duas vezes à Índia recusando a aposentadoria, pois, como dizia a insígnia de Sagres escolhida por D. Henrique, *navegar é preciso, viver não é preciso*. Fora o maior historiador grego, Plutarco de Queroneia, a consagrar a bela reflexão n'*A Vida de Pompeu*. Ameaçado por Júlio Cesar, Pompeu embarcou da Itália à Grécia, em vez de lutar. Ali foi fuga; navegar para sobreviver. A aventura portuguesa é mais transcendente: navegar por livre escolha, ainda que para morrer. Estava no carma ou fado luso enfrentar *os mares nunca dantes navegados*.

— Camões... cale-se de Alexandre e de Trajano, a fama das vitórias que tiveram, que eu canto o peito ilustre Lusitano, as navegações que fizeram; cesse tudo o que a musa antiga canta, que outro valor mais alto se alevanta — declamou Saldanha da Gama. Liberto pelos vinhos e conhaques, Arouche fechou a narrativa de modo direto e reto: — Quando é chegada a hora, os heróis fazem o que precisa ser feito. — Pedro logo percebeu o porquê do relato da História.

4 Civilização Paulista

Para civilizar veio a horda jesuíta, Anchieta pregando que *os gentios têm uma natureza tão descansada que, se não forem agrilhoados, não irão à missa*. Com o poder da bula *Inter Coetera* (Entre Iguais) de 1493, construíram o colégio de barro, paus e palha no dia de São Paulo de 1554, 14 passos de comprimento por 10 de largura, um só espaço para escola, enfermaria, despensa, cozinha e dormitório. Seguiam o aviso de Manuel da Nóbrega: *se Sua Paternidade os quer convertidos mande-os sujeitar, porque tomados em guerra justa, teremos escravos legítimos e nosso Senhor ganhará muitas almas.* O bandeirantismo de apresamento uniu laicos e religiosos; faltavam braços, daí os gentios serem requisitados para serviços de abertura de estradas e transporte pela Serra do Mar; nunca escorregavam! Nem faltou filosofia: seriam eles filhos de Cristo, humanos fora da arca do dilúvio? Domingos Jorge Velho resumia: *não é gente matriculada nos livros de V. Majestade; são umas agregações que fazemos do tapuia comedor de carne humana para o reduzir* à *humana sociedade.*

Do lado nativo João Ramalho viveu 90 anos, possante com 1,78 de altura andando 40 km por dia, senhor de várias índias e mais Bartira, filha de Tibiriçá. Venerado e temido, construía ocas grandiosas, regia o trabalho e fornecia presas ao "porto dos escravos" de São Vicente. Tibiriçá adiara a decisão da guerra enquanto aprendia a técnica dos brancos. A civilização adiantada sempre incorpora a atrasada; os índios saltaram dois milênios, espantados com a liga dos metais, gente que usava rodas e eixos, cortava capim e lavrava a terra, guardava alimentos em cuias e cestos, construía enxadas, machados e serras, desbastava a madeira com enxó, plaina e formão. Mesmo assim Simão de Lucena, impregnado de doutrina, resolveu excomungar Ramalho em 1550... por *viver amancebado* com Bartira. E o padre Diogo Jacome resolveu rezar missa em Santo André, para tirá-lo do pecado mortal. No sacramento, *entrou esse homem e filhos e lhe determinaram que acabasse a missa, que era melhor cristão que ele e assim vieram os filhos selvagens contra o nosso Padre de joelhos para receber o que viesse.* "Que os padres fossem pregar às putas que os haviam parido." Depois Nóbrega o viu subindo a Serra do Mar em 1553: *toda a sua vida e dos seus segue a dos índios... têm muitas mulheres ele e seus filhos, andam com irmãs e têm filhos delas tanto o pai quanto os filhos.* João Ramalho procriando 30 temericós por 40 anos, foi o primeiro quatrocentão paulista. Já aos 70, em 1562, os longevos Ramalho e Tibiriçá defenderam São Paulo contra o maior ataque tupi. Ao fim dois pediram auxílio se dizendo catecúmenos, mas Tibiriçá lhes abriu a cabeça com o tacape.

Jovens jesuítas ensinando o evangelho às crianças que de repente alargavam quadris e desabrochavam peitos, querendo premiar seus cabaços aos abarés de quem gostavam, *homens de preto* como o Padre Belchior de Pontes a traduzir o *Catecismo na Língua Brasílica*, entrando nos cubículos a levantar os panos, cunhãmucus expulsas com a cruz que, imperfeita, deixava entrever os pelos ralos, para no sonho duvidar da fé e de como não alteravam a vontade das índias. Como na passagem dos curumins à adolescência, Padre Pontes recheou o estrado de formigas para se autoflagelar, os índios a provar que suportavam a dor e ele para vencer o tesão. Mas Iraí teimava em sair molhada do rio, fazendo crer que pudesse ser amor, como os romances laicos descreviam. Aí o abaré perdia o controle do sonho, quando a cunhãmucu abria o côncavo para Pontes deslizar o pau-brasil pela floresta, até a explosão da tinta ibirapitanga, envergonhado das manchas no estrado, sem saber se culpava Deus ou o diabo.

Longas reuniões depois, por sugestão de Damião de Góis, Portugal decidiu empreitar a divisão do Brasil em 13 capitanias hereditárias de 50 léguas de litoral (330 km) até a linha de Tordesilhas. Cada capitania era maior que Portugal, e entre os privilégios do donatário estava o direito de ser julgado pelo rei, após audiência particular, distribuir sesmarias, julgar e sentenciar a *morte natural*. A norte, Duarte Coelho chegou com esposa, filhos e parentes em 1535, escolhendo o alto de uma colina com *ó linda vista* para construir engenho de cana. Em 1560, já sessenta engenhos abasteciam o mercado mundial. Ao sul Martim Afonso de Sousa, matemático e voluntário de Carlos V — e melhor amigo d'el-rei João III —, veio com cinco naus em 1531, com o encargo de "investigar as regiões austrais do Brasil e reconhecer o Rio da

Prata". Expediu Pero Lobo e 80 homens à Serra de Prata, mortos pelos temíveis payaguás. Martim insistiu por mar, fincando marcos na margem esquerda do Prata, dando origem à disputa pelo Uruguai. Sempre elegante aportou em Itararé em janeiro de 1532, dia de São Vicente. Tibiriçá resolveu guerrear, mas Ramalho o convenceu a negociar. Os três conferenciaram no verão de 1532. Se acaso fracassasse a paz, para que lado Ramalho penderia na guerra?

Em razão do acordo, Martim preservou os 250 colonos de São Vicente e introduziu o cultivo da cana, labutando ano e meio antes de voltar à terrinha. Sob a condução dos patriarcas do planalto de Inhapuambuçu, heróis somente por sobreviverem, os colonos e as indiazinhas se misturaram nos catres e campos, povoando a civilização paulista que por falta de opção ou pelo determinismo de caminhar e não morrer parada, rasgou os limites de Tordesilhas e ajudou a transformar o Brasil em continente.

5 Do Auge à Decadência

A *Republica Christiana* comerciava marfim, ouro, escravos, alimentos e especiarias, açúcar e pimenta para disfarçar o gosto putrefato das comidas, qualquer coisa que alimentasse a Europa se recuperando da peste. Portugal e a Espanha de Carlos V alcançaram o auge em 50 anos. Impressionante como novos 50 anos trouxeram ruína. Depois dos 25 anos de reinado de D. Manoel I, João III assumiu em 1521, casado com Catarina, irmã do lendário Carlos V. Cumpriram bem o primeiro dever dos reis de procriar **nove** filhos. Mas a *desgraça dos infantes* recaiu com fúria e **oito** morreram da peste. Restou apenas João (o mesmo nome do pai), casado em 1552 com a prima Joana. De repente o nono e último filho de João III e Catarina, no frescor dos 23 anos, padeceu de convulsões e faleceu em 1554.

— Nove filhos seguidos! Nem se Shakespeare escrevesse alguém acreditaria. Demais até na ficção — riu D. Pedro, que conhecia o desfecho e brindou com conhaque.

Porém a princesa Joana estava grávida, nascendo D. Sebastião para salvar a Casa de Aviz. Nunca um príncipe foi tão mimado. O avô D. João III, que sobreviveu à morte dos nove filhos, passou a coroa ao neto de 14 anos em 1568. Desprezando que o avô abandonara a maioria das praças d'África, aliciou 276 nobres à guerra. Apenas 20 ponderaram: "Se V. Majestade pretende destruir a infernal seyta de Mulei Maluco, convem que se case antes e assegure a descendencia, para não interromper a gloria da Casa de Aviz". Mas Sebastião incorporou a identidade de protetor do cristianismo e lançou a Tanger 24 mil homens em 940 velas. À noite representou-se a *Exortação da Guerra* de Gil Vicente: *Ó famoso Portugal, até o polo chega o teu poder real. Avante avante que na guerra com razão anda Deos por capitão.* No descampado de Alcácer-Quibir, el-rei deu ordem de avançar e muito cedo comandou ataque de cavalaria, quando a resistência ainda era feroz.

À tarde os guerreiros se fundiram como siameses protegendo as costas, até que as carnes eram duplamente furadas ou golpes decepassem braços amigos, fiéis e infiéis numa só massa de bosta e sangue, mãos e cabeças pendentes incômodas. Lanceiros pagãos arremessavam dardos com tamanha força sobre a retaguarda sebastianista que, por vezes, traspassavam dois homens e os pregavam um ao outro na agonia da morte próxima. Se a espada reta furava primeiro, no corpo a corpo o sabre curvo dos mouros escorregava melhor lascando carnes, quebrando costelas e vertendo tripas. Estreantes na guerra, os jovens que não conheciam a explosão da espada reta no triângulo moçárabe clamavam por ajuda, cagões que não sabiam morrer. Após oito horas, Mulei Maluco fez descer nova leva de 500 homens sobre Alcácer-Quibir, restando ao povo desacreditar na morte de D. Sebastião, até porque — Portugal segue a *lógica* — faltaram testemunhas. De norte a sul ecoavam notícias de que o desejado voltava do Marrocos e exigiria a coroa. Testemunhas reconheciam a espada pertencente ao fundador da Pátria.

— Na última missa no Mosteiro de Santa Cruz em Coimbra, Sebastião recebeu a espada de pedras preciosas do fundador da pátria, Dom Afonso Henriques. Que fosse uma bênção, mas levar a relíquia à batalha... estavam todos loucos — resumiu D. Pedro, o único que podia opinar de modo tão afirmativo.

Ficando a Casa de Aviz sem descendentes, o tio Felipe II de Espanha reivindicou o trono. Os canhões mais do que as leis garantiram o domínio espanhol entre 1580 e 1640. Pior foi o efeito político; antes Portugal vivia neutro no canto da Europa, lucrando sem se envolver nas guerras. Agora os luteranos saqueavam as naus, e a guerra permitiu que os inimigos invadissem o ultramar, origem da França Antártica de Villegaigon e da Holanda de Mauricio de Nassau em Pernambuco. Sim, não seria fácil manter o império do *Oriente ao ponente;* mas Portugal perdeu tudo de uma vez, passando à mais rebaixada nação sob domínio espanhol. Sebastião enterrou o passado dos navegadores e o futuro dos bandeirantes: 20 mil varões fornicando sete vezes fariam nascer 140 mil portuguesinhos na primeira fornada e quase 1 milhão na segunda. Ao invés, em 1578, os espermatozoides foram sangrar estupidamente no deserto.

6 Domínio Espanhol e a Aventura Bandeirante

No século XVII, os pernambucanos desfrutaram da riqueza do açúcar, os gaúchos incorporaram a pecuária, os maranhenses plantaram algodão, os cariocas cultivaram gêneros no amplo litoral, enquanto São Paulo foi esquecido sem comércio. A pilhagem paulista forneceu 250 mil escravos durante os 24 anos da ocupação holandesa. Daí que o bandeirantismo era aventura e recusa de esperar a morte. Mal aos 17 os meninos seguiam pelo *mar de dentro* sob bandeiras usadas no ritual festivo da partida no porto chamado Feliz, para se necessário morrer caminhando, Manuel Preto na cabeceira do Paraná, Xavier no Paraguai, Araújo, Frias, Campos Bicudo vinte e quatro vezes pelo Rio Paraná a dizimar as reduções de cristianizados. Ramalho, Sá, Baião Parente no recôncavo baiano, os Buenos, Moreira Cabral, que em 1718 descobriu ouro perto de Cuiabá, Dias da Silva até Sacramento derrubando marcos espanhóis, os irmãos Pais de Barros ao Amazonas, os dois Anhangueras à procura dos Martírios, João Amaro pelo Norte, Domingos Jorge Velho, mostrando a Zumbi dos Palmares quão cedo era reivindicar liberdade. E Fernão Dias Paes caçando esmeraldas.

— O que poucos sabem, inclusive talvez V. Alteza, foram as duas viagens de Raposo Tavares, o maior de todos — plantou Arouche Rendon.

— Duas? Consta que Raposo incursionou mais de dez vezes pelo sertão.

— Refiro-me à viagem secreta a Lisboa, em 1647, já no final do domínio dos Felipes. Lá se organizou a *Bandeira dos Limites*, a maior de todas.

Além da promessa de ouro, Raposo recebeu a missão de espalhar marcos até o limite do Peru. Como Deus nos favoreceu com a geografia, já que os espanhóis tinham a desvantagem de transpor os Andes, partiu em maio de 1648, subiu o Paraguai e o Amazonas, desceu o Mamoré e o Madeira até Belém do Pará, abrindo para sempre o leque noroeste do Brasil. Mil e duzentos bandeirantes percorreram 12.000 km, deparando com o inferno verde pronto a condená-los à morte, sem forças para espantar os insetos predadores, os moribundos deixados para trás. Depois de três anos de percurso, Tavares e 50 maltrapilhos surgiram em São Paulo em junho de 1651. Mil cento e cinquenta homens morreram pelo caminho! De apelido *raposo*, o herói chegou tão abrutalhado, com a barba misturada ao tórax qual pelagem de raposa, que sua mulher o repudiou.

— Se o Brasil copiasse o Panteão dos Heróis de Roma ou de Paris, os dois primeiros seriam o povoador João Ramalho e o explorador Raposo Tavares — concluiu Jordão, que estudara a história nativa, enquanto Rendon cuidava de relatar a epopeia portuguesa. — Caminhar era preciso; viver não foi preciso.

O sucesso da catequese jesuíta foi também seu fracasso. Quando passaram a defender os gentios, os inacianos prejudicaram a economia, então acusados de "arrogantes e condescendentes com as fraquezas humanas". Por trás também estava a guerra política. Portugal e Espanha tornaram-se figadais inimigos, e assim como os piratas abordavam as naus na foz do Tejo, sem procurá-las em alto-mar, os bandeirantes passaram a buscar escravos nas reduções, sem o incômodo de vasculhar a floresta. Guerra aberta!

Após 80 anos, quando os guararapes expulsaram a Holanda e Portugal se libertou da Espanha (1640), Pernambuco voltou-se aos negros, que tinham a vantagem da força e da predisposição biológica para a vida nos trópicos. Os sudaneses de cultura superior e depois os congos, benguelas, tapuias e bantos foram massacrados, mas resistiram porque extremamente fortes, compondo a mescla branca-tupi-africana do povo brasileiro. Ao fim, os jesuítas foram expulsos do Brasil por Pombal (1759) e por Carlos III da América espanhola (1768). Os pretextos são inumeráveis, porém a verdade é uma só: fora do controle vaticano, a Companhia de Jesus se tornou poderosa demais.

Quando o ouro começou a rarear, a partir de 1730, a alternativa foi ficar na Cidade. Em 1745 o Doutor Francisco Mendes, graduado em Coimbra, chegou ao Brasil na mesma nau de D. Bernardo Nogueira, o primeiro bispo de São Paulo. O que faria um advogado na *terra da garoa*? Ações possessórias, testamentos e inventários? Quem teria condições de pagar honorários a um doutor de Coimbra? Francisco Mendes trouxe livros e as Ordenações Afonsinas e, por via das dúvidas, aprendeu rudimentos de agricultura, plantou milho, criou porcos e galinhas na chácara que mais tarde chamaria de Santo Antônio, se acaso faltassem clientes na vila paupérrima.

7   Casa de Bragança e a Terceira Independência

Enquanto a Espanha voltava a atenção à revolta na Catalunha, um grupo de nobres e letrados depôs a Duquesa de Mântua, representante de Felipe III, aclamando rei D. João IV duque de Bragança (1/12/1640), que herdou o país arruinado. Fim de 60 anos do domínio dos três Felipes. Restauração: a terceira independência.

Para defender o território contra possível ataque espanhol, Portugal procurou alianças. A Holanda recusou a oferta do Padre Vieira — Pernambuco em definitivo — porque já detinha a posse. A opção foi recorrer à Inglaterra, mais hábil na arte de extorquir, daí o tratado de 1654 entre João IV e o republicano Oliver Cromwell, ampliado por Pedro II em 1661 com o casamento da irmã Catarina de Bragança com o rei Carlos II, em troca do maior dote de todos os tempos: dois milhões de cruzados, as praças de Tanger e Bombaim, origem do vice-reino inglês na Índia, e privilégios fiscais para os produtos ingleses. A infanta chegou maravilhosa, trazendo o chá descoberto na Índia, que os ingleses passaram a tomar às cinco da tarde. Porém Carlos II não consumou o casamento, levando ao fim a dinastia Stewart, cuja coroa foi reivindicada pelo holandês Guilherme de Orange.

A contrapartida inglesa consistia em oferecer proteção militar contra a Espanha. Bastou a ameaça, até a paz prevalecer com o Tratado de 1668. Firmou-se a Casa de Bragança com o alto custo da dependência econômica, a Inglaterra impondo o Tratado Methuen de 1703. Em troca da proteção militar e da exportação de vinho, a aliança sacrificou a nascente indústria: *El-Rey de Portugal promete de admitir para sempre no Reyno de Portugal os panos de lãa e mais fábricas de Inglaterra.* Cem anos depois, João VI aportou no Rio sob escolta inglesa.

6º Relatório da Independência: Methuen e a Dependência Econômica

O Tratado dos Panos e Vinhos ou Methuen de 1703 foi a pior tragédia econômica da história,[7] porque abdicamos das barreiras tarifárias que protegiam a produção da Real Manufatura de Covilhã e outras nascentes indústrias. Iam os navios com vinho e voltavam com roupas. Com alíquotas favorecidas, a exportação de vinho do Porto quintuplicou, mas mesmo assim a Inglaterra acumulava crescente superávit comercial. Para reduzir a dependência inglesa, o freirático João V também liberou a entrada de tecidos holandeses e franceses. Passamos a importar de tudo: espelhos, lençóis, louças, perucas e graxa para sapatos. Até o trabalho dos mesteirais sobre madeira e couro, a tipografia e a tecelagem, as ferragens e chicotes de prata, preferia-se o ourives francês. Nem faltaria mercado, se considerarmos que Portugal tinha vice-reinos pelo mundo.

Na nova era Fulton do barco a vapor, o diplomata inglês Methuen que negociou o tratado, garantiu a Portugal algo como a navegação... a vela. Dezoito anos depois descobriu-se ouro nas Gerais. Entre 1720 e 1730 desembarcaram em Lisboa de 20 a 30 mil toneladas ao ano. Foi como herdar de uma tia rica, sem esforço, sem fomentar novos negó-

---

[7] Celso Furtado, *Formação Econômica do Brasil*, 35ª ed. Cia. Editora Nacional, 2005: "O acordo comercial celebrado com a Inglaterra em 1703... significou para Portugal renunciar a todo desenvolvimento manufatureiro e implicou em transferir para a Inglaterra o impulso criado pela produção aurífera no Brasil... *Portugal became virtually England's comercial vassal*" (Capítulo VII).

cios, sequer fundar um banco como fez a Holanda. Pagamos o déficit comercial com o ouro brasileiro. E como dizia meu pai, "tudo que vem de graça causa desgraça". Na terrinha sempre faltou ambiente de livre iniciativa e leis permanentes, isto é, segurança jurídica. Tudo passava pela mão do Estado em forma de alvarás. Desistimos da indústria e, em troca da agricultura e do extrativismo mineral, hipotecamos nosso futuro. Faltou visão de futuro, que obviamente refletiu no Brasil, colônia subjugada, aqui também proibida qualquer manufatura. Mais tarde, a partir de 1808, depois de o país respirar alguma liberdade econômica, ficava difícil repetir o jugo da servidão.

Todos continuavam interessados no **resumo histórico**, o Marechal Arouche de Toledo Rendon mais concentrado na história de Portugal, e o Brigadeiro Manoel Jordão voltado à história brasileira, trazendo aspectos da própria família como exemplo da civilização paulista.

8 Alferes Manoel Jordão II

O pai deu o mesmo nome a Manoel Rodrigues Jordão, o *alferes*, nascido em 1727. Por igual a dez mil jovens por ano, aos 22, partiu da freguesia dos Jordões em Figueiró dos Vinhos na direção de Tomar e Lisboa, deixando para trás viúvas sem casamento a abarrotar os mosteiros. Jordão soube que a vila foi elevada a cidade em 1711 e nomeada capitania de São Paulo e Minas de Ouro, e mais o sul. Depois perdeu Rio Grande e Santa Catarina, Mato Grosso e Goiás, até que em 1748, num movimento inverso de soberania, foi anexada ao Rio de Janeiro. Em 1750, Jordão foi acolhido na casa do tio e advogado Francisco Mendes, que casara tarde e vivia o nascimento dos filhos na chácara Santo Antônio. A fila começou com Anna Eufrosina em 1748 e mais quatro fêmeas. Depois o casamento viveu a sequência inversa de Antonio e mais quatro machos, Manoel a vigiar as meninas e ensinar truques aos meninos. Seu xodó era Anna; aos domingos dava gosto vê-las na Igreja de São Francisco, todas vestidas iguais, a mais velha à frente.

No início Manoel tratou de conhecer as rotas a Minas e Mato Grosso. Bartolomeu Bueno da Silva, o *Anhanguera*, diabo vermelho, colocou cachaça numa vasilha, ameaçando tocar fogo nos rios, arrancando dos índios o local do veio aurífero que manteve em segredo até voltar em 1731. Nunca mais localizou a mina, daí que a metade bandeirante morreu de ascarídeos e o resto continuou garimpando sem sal, verdura e carne, comendo pinhão cozido, capivaras, aves e tatus, palmito e içá torrado de saúvas até morrer, nunca voltar. Bartolomeu Bueno, o *moço*, lembrando das excursões com o pai, conseguiu do rei a cobrança de pedágio na travessia dos rios, caso redescobrisse a Serra dos Martírios. Rodou sem êxito, mas pelo menos descobriu ouro em Mato Grosso, fundou Goiás Velho e viu chegar a maior monção do governador Rodrigo Cesar de Meneses em 1726, com 308 canoas e 3.000 acompanhantes a cumprir 3.500 km e mais de trinta varações (contorno de cachoeiras) em quatro meses, fundando Cuiabá e impondo o *quinto dos infernos* em favor da metrópole, o imposto de 20% sobre as bateias, fintas e talhas. Daí remetendo seis caixões de ouro ao Tejo, D. João V reunindo ministros no Paço, para afinal desentabuar... barras de chumbo! Ao final foi preso o inocente coletor de Cuiabá, Jacinto Barbosa, enfiado num calabouço sem direito à defesa.[8]

Jordão constatou que um alqueire de farinha de 650 réis valia 40 mil em Goiás, uma libra de açúcar de 120 para 1.500 réis, uma galinha de 200 para 4 mil réis. Quando o tio Mendes já o julgava desocupado, passou a trabalhar com os árabes e judeus da Rua do Comércio, aprendendo sobre sedas e rendas, linhos e veludos, panos tintos de algodão Hollanda e superfino inglês, os tecidos grosseiros

---

[8] Raimundo de Menezes. *Histórias da História de São Paulo*, Melhoramentos, 1954, p. 97.

de Covilhã e Melo para o diário. Organizou a tropa, acomodou as tralhas nas bruacas (caixas de couro) e cangalhas no traseiro das bestas, utensílios, baetas, ponchos, camisas, ceroulas, calças e coletes, meias de cabrestilho, anzóis, enxadas e almocrafes, pratos e vasilhas, carne-seca, feijão, fubá, mandioca e milho para cozinhar no trempe (armação de tripé), escopetas e pólvora para resolver disputas. Com dez escravos emprestados cambiou ouro por qualquer coisa, broches e anéis para festas que não havia, perfume de França e água de Colônia, balanças de comércio, velas, tinta e papel para matar a saudade, botas e sapatos de todos os coiros e tamanhos. Quem dava penhor da metade tinha fiança de palavra e certeza da entrega, um cravo Cristofori, três violinos Micheli, uma flauta e um fagote lisboeta, pelo décuplo do preço, só para constatar que o encomendante morreu.

9   Reis Absolutos e Freiráticos

O auge do absolutismo aconteceu nos séculos XVII e XVIII. Se o feudalismo consistiu na ausência do poder central, os reis absolutos trouxeram **estabilidade** e a retomada do comércio, o que explica seu prestígio. Com a mudança para Versalhes, em 1682, os cortesãos se acotovelavam para o ritual de dormir e acordar de Luis XIV, o *grand lever* para muitos ou o *petit* para poucos. *L'état c'est moi*, disse ele, amparado em Thomaz Hobbes sobre que "o soberano rei, assim como o monstro bíblico Leviatã, não deve explicação a ninguém". A sobrinha do Rei Sol Maria Francisca de Sabóia chegou a Lisboa, mas Afonso VI não compareceu ao casamento (1666). O primogênito de D. João IV só gostava de rapaziadas e arruaças, passando em branco a lua de mel. O quê? Novamente o risco de terminar a Casa de Aviz logo na segunda geração; e todos temiam a Espanha. Resultado: o primeiro-ministro

Castelo Melhor foi expulso, e a passagem dos aposentos do rei foi tapada com pedra e cal.

O quarto filho Pedro assumiu a regência, enquanto o país se dividia entre pedrosos e afonsinos, expulsos ao Brasil, origem dos Afonso da Bahia. O tio Luís XIV impôs o Cardeal Vendôme para presidir a anulação do casamento, sancionada pelo Papa Clemente IX. Então Pedro II casou com... a cunhada (1668), dois irmãos e dois reis casados com uma só rainha. Doideiras da realeza! Logo nasceu Isabel Luísa, a comprovar que a princesa de Neumors era fértil. Todavia a *praga dos infantes* alcançou seu auge, porque a fonte secou; durante dez anos Francisca não mais engravidou. As Cortes interpretaram a lei sálica (dos Sálios, que vetavam a sucessão feminina), possibilitando a Isabel Luísa ser declarada a primeira rainha nacional. Tudo para salvar o reino! Não foi preciso; encarcerado 18 anos num cubículo em Sintra, finalmente Afonso VI faleceu (setembro 1683), e por coincidência Maria Francisca três meses depois (dezembro 1683). Mortes providenciais (segundo alguns... necessárias), já que Pedro II casou novamente com Maria Sofia de Neuburgo, gerando um homem para manter viva a Casa de Bragança: João V.

— Encerrado o estranho triângulo amoroso, D. João V assumiu aos 17 e reinou de 1707 a 1750. Mirando-se no Rei Sol, doava barras de ouro e diamantes das minas brasileiras. O povo o apelidou de *freirático* — Arouche Rendon fingiu embaraço — apreciava a vida monástica... gostava de namorar freiras.

Treinando desde cedo, viu nascer Maria Rita em 1703, Gaspar em 1716 (da freira Madalena de Miranda), e mais três filhos com a Madre Paula de Odivelas, que passou a morar em luxuoso anexo, servida por nove criadas, com tença que pulou de 210 mil para 1 milhão e 288 mil-réis por ano, garantida por "direitos da Casa da Índia em duas pagas no Natal e São João". Esmerava-se em recrutar noviças, preferindo as que opunham resistência para boa arte da sedução, garantindo liberdade para saírem a qualquer momento, até para deixar claro que ficavam por vontade própria. Não que fosse fácil fugir, porque quando acontecia el-rei questionava sobre *se fiz algo*, e a resposta era *não, não se trata disso*, a pergunta *desgostas de mim* e a resposta *gosto*, e então trazia um véu de seda chinesa, um terço ou a Bíblia dourada, as lágrimas coincidindo com a intimidade. Quando cediam no claustro ninguém acreditaria nas fêmeas que se transformavam, gemendo desejos reprimidos, as viúvas da emigração.

No país em que apenas o morgado herdava, os filhos seguintes e principalmente as mulheres valiam nada, daí a solução de enviá-los aos conventos. Não prestavam assistência; antes dependiam de ajuda. Daí João V tomar a decisão de reduzir o poder do clero. Com o ouro mineiro João V construiu o Aqueduto das Águas Livres de Lisboa e o Palácio de Mafra em 1717, com 1.200 dependências, em razão da promessa feita em 1707 para a rainha Maria Ana Habsburgo engravidar. De fato, em 1713, nascia D. José I, o próximo rei. Freirático absolutista, corria 1730 quando João V terminou as pesquisas: somente em Lisboa havia 500 conventos de homens e 150 de mulheres. Baixou duas leis: depois de 300 mil saírem ao Brasil, proibiu a emigração e a abertura de novos conventos. Frei Galvão, no Brasil, teve o cuidado de chamar de *Recolhimento* o edifício que construiu na Luz.

Quando José I assumiu, em 1750, nomeou para Secretário de Estado Sebastião de Carvalho e Melo, diplomata em Viena. Seu maior teste foi a tragédia de 1º de novembro de 1755. Lisboa assentada sobre um planalto calcário de depósitos fluviais, foi assolada pelo maior terremoto da Europa. Doze dos oitenta mil lisboetas desapareceram em sete minutos, sem contar os mortos pela fome e epidemias. Alguns acorriam ao Tejo esvaziado, e outros dele fugiam com o refluxo a invadir o Paço Imperial. El-rei teria morrido se não estivesse cavalgando na parte alta. Enquanto os incêndios queimavam, os saqueadores roubavam sem pressa. Após recuperar a ordem era preciso reerguer Lisboa, daí a declaração cínica mas determinada de Pombal: *E agora? Enterram-se os mortos e alimentam-se os vivos*. Dois anos depois, aprovado o projeto de reconstrução, os donos puderam reerguer as casas (perdendo-as se nada fizessem em 5 anos), de acordo com planta retilínea, o sistema de gaiola, estrutura de madeira mais flexível a terremotos, ruas largas de vinte metros, o novo terreiro do Paço chamado de Praça do Comércio, altura igual para todos os prédios, sem qualquer sinal exterior de riqueza. Introduziu o saneamento: os novos prédios com dutos despejavam esgoto diretamente no Tejo.

Pombal interveio em tudo, reformulando o ensino, reprimindo o luxo dos casamentos, banindo os jesuítas, reduzindo o testamento de bens à Igreja, atribuindo monopólios para fomentar a economia, como Grão-Pará, Maranhão e Pescaria no Algarve. Reorganizou a tributação das minas com a derrama, os fiscais a *derramar* as gavetas à cata do pó de ouro, origem da Conjuração Mineira liderada por Tiradentes. Tentando reduzir o domínio inglês, demarcou a região de vinhos do Porto, cuja produção passou de 7.000 para 44 mil barris em dez anos. Queria incentivar a agricultura? Proibia o plantio da uva na Bairrada e Alentejo, supondo que os lavradores plantariam alimentos. E proibiu carruagens com mais de uma parelha, reduzindo à metade a merda equina das ruas lusitanas. Enquanto isso, José I esmagava o colo da Marquesinha de Távora, quando em setembro de 1758 foi atacado a tiros pelo Duque de Aveiro e dois auxiliares.

Sobrevivendo a ferimentos superficiais, os Távoras foram acusados por *traição e ingratidão athe agora nunca vistas*. No julgamento se disse que *esta offença em Direito se chama parricídio. E sendo este delicto horrendo, não devia ter protecção os Reos desta barbaridade, a quebra de todas as Leis.* Palavras duras, especialmente porque proferidas pelo... advogado da defesa! O pai Francisco de Assis, 45º vice-rei da Índia, a Marquesa Leonor, os filhos José Maria e Luís Bernardo, o marido traído, foram condenados ao garrote, os corpos amarrados pelos pés e mãos esticados até os músculos romperem e as articulações estalarem. No limite da dor, ainda vivos os regicidas, o algoz quebrava as "oito canas das pernas e dos braços" com macete. Morte ainda mais lenta teve José Policarpo, o autor dos disparos, amarrado à fogueira de frente ao norte. Ao fim da tarde o vento soprava de leste, daí as labaredas assarem o corpo em rajadas esparsas, em meio aos urros do condenado. Culpa do vento! A Marquesa, acusada de reunir os inconfidentes em casa, foi poupada; só a decapitaram.

10 Mateus, Lorena e a Civilização Portuguesa

A cidade revivia de esperança. Os conflitos com a Espanha e a dificuldade de governar do Rio, levaram D. José I a restabelecer a Capitania de São Paulo, nomeando governador D. Luiz Antônio de Souza Botelho Mourão por três anos (1765). Ficou dez até 1774. O que moveria o Morgado de Mateus, dono do soberbo solar em Vila Real, a servir no Brasil? O capitão da Guerra dos Sete Anos tinha a missão de organizar exército para defender a *fronteira natural* do sul, na outra margem de Buenos Aires. A milícia seria composta de dez companhias de 100 a 200 homens. O recrutamento era livre, mas a falta de soldo não atraiu os jovens. Botelho tornou obrigatório o alistamento. E, como resistissem, arrebanhou a juventude à força ao final das festas, repetindo o método do freirático João V quando da construção do Palácio de Mafra.

Para saber de quantos dispunha, ordenou o primeiro censo, encontrando 58 mil almas na São Paulo de 1766, incluindo Atibaia e Bragança a oeste, São Bernardo, Santo Amaro, Cotia e Embu ao sul. Na área central eram poucas 1.519 pessoas em 392 fogos, casas com chaminés, quatro por casa. O recenseamento revelou 95 homens para cada 100 mulheres, com outra marca preocupante: 60% das paulistanas na flor dos 29 eram solteiras. E mais, o censo apurou que 20% dos 2.248 batismos eram de ilegítimos. O Pari era quase todo de gente bastarda, daí o nome! E ainda mais grave, desses 2.248 havia 15% de *expostos*, abandonados à porta de famílias ricas ou na roda da Santa Casa. As namoradas se entregavam aos jovens pouco antes da partida deles às minas, talvez para estimular o retorno. O recato seria pior: 60% das viúvas do ouro transitavam pela vida sem conhecer a espiga na palha.

Quando Manoel voltou de Cuiabá, Anna Eufrosina faiscava *amor ao contrário* com diálogos ríspidos. Não lhe faltavam pretendentes. Da dificuldade Manoel extraiu a solução, terceirizando a comitiva aos tropeiros, um chefiado pelo capataz Teotônio e Vitorino de tesoureiro, um artífice ferreiro, 10 peões e 30 dos melhores escravos, cada um com uma besta lotada, um costureiro para ajeitar a roupa de *coiro de anta* em forma de gibão, casaco longo para proteger de galhos e espinhos, e um sapateiro para costurar botas de cordovão no destino. "E o segundo chefiado por Preto Inácio", com Alberto, Tião e inúmeros escravos sob promessa de alforria. Por sua vez, em 1767, o Morgado não conseguia implementar o plano militar. Os jovens passaram a debandar das procissões e a fugir dos quartéis. Então começaram a propagar na província que *a lei não pega*, ou seja, só o papel não corre atrás dos jovens. Daí que até hoje se fala "não pega" para leis sem eficácia.

— Curiosa a origem da expressão *a lei não pega*, e mesmo a história, mas o amigo Jordão não explicou porque o Morgado veio governar São Paulo — atalhou D. Pedro, que gostava de entender o passado para aplicar ao futuro.

D. Luiz Antônio aprendeu a lição, equilibrou o orçamento e destinou pequenos soldos aos fidalgos, em troca do engajamento gratuito de escravos. Por sua vez os pais apreciaram, evitando o ócio e ideias novas como o costume dos filhos descerem aos puteiros de Santos ou subirem às minas atrás do sonho de ouro escasso. Selada a paz, os fiéis chegaram para a maior procissão de *Corpus Christi* de 1770, as mães desatentas, os jovens descobrindo mantos e chapéus, mostrando as faces coradas. Logo mais, Lobo de Saldanha proibiria o resquício árabe do uso de véus e mantilhas. Sem máscaras, todos puderam se ver e a lei *pegou*. Como Eufrosina torceu o pé na Rua do Rosário, Manoel a carregou nos braços. Para trás da procissão, à sombra de um lampião a óleo na Rua do Tesouro, os lábios quentes iniciaram o amor represado. Como faltassem casamentos, o plano de Mateus se cumpriu; as festas religiosas serviam para reunir os jovens em torno da oração e do amor.

O casamento na Sé, em maio de 1772, foi rara ocasião para a província se exibir. Mourão abrilhantou a festa que avançou à meia-noite, tochas iluminando a casa mesmo depois dos noivos se retirarem para "preparar a lua de mel ao Rio".[9] Em 1776 o casal pediu licença ao novo governador Lobo de Saldanha para fixar domicílio além do Jardim da Luz, obtendo autorização de abastecimento d'água no declive do Rio Anhangabaú, no sítio perto de sua casa comercial na Rua de Miguel Carlos, que alguns chamavam de *zona cerealista*. Enquanto isso os empregados palmilhavam os caminhos a Cuiabá, Guaiases e Gerais, Jordão cuidando das compras e vendo o lucro decuplicar. Além do ordenado ou da remuneração *ordenada* pela Coroa, pagava o *tresdobro* ou participação na venda, seu pessoal a disputar regateio com os garimpeiros sob o pretexto de que "não voltaremos tão cedo".

Nas longas noites do Quatro Cantos regada a *cigars*, conhaques e Portos, Rendon e Jordão alternavam a história de nobres e plebeus. O fidalgo Bernardo de Lorena foi talvez nosso melhor governador. "Esteja V. Alteza atento, porque tem o vosso sangue." Entre os plebeus, um nascimento por ano, vieram seis filhas para mal disfarçada tristeza do pai. Mas tentando e Deus provendo... Anna Eufrosina finalmente pariu um macho, justamente ele, o *brigadeiro* filho do *alferes* (5/4/1781).

---

[9] Frederico de Barros Brotero — *A Família Jordão*, citado, brilhante biografia com investigação histórica sobre os costumes do século XVII.

Infelizmente o terceiro Manoel Jordão pouco conviveu com o pai, atacado de tosse e febre pelo *praga branco*, a tuberculose. O *alferes* Jordão pediu licença do cargo de ministro da Ordem Terceira de São Francisco e ditou testamento ao advogado Pinto Ferraz. A *mais cedo* o abateu aos 57 anos (24/10/1784). O sacramento começou com a extrema-unção, seguindo-se intervalo para atestar se o cristão estava morto, com o saimento no fim de tarde para efeito das luzes de vela. Como o alferes pedira *pompa moderada*, a viúva Anna distribuiu apenas 200 velas de libra compradas na casa de José Manoel de Sá, sob umbela (pálio) e viático (alimento para a viagem) na direção do Largo de São Francisco.[10]

O caçula de seis irmãs contava três anos quando o pai faleceu. O alferes já era o mais rico paulista, comerciante de secos e molhados aos garimpos. Pelo testamento mandou dizer 800 missas na Igreja dos Terésios em Figueiró dos Vinhos, de onde viera, 400 para sua alma, 200 a seus pais, 100 a seu irmão João Mendes de Almeida e 100 *àqueles com quem tivera negócios*. E mais 100 missas para os escravos, gesto nobre que ecoou na vila arcaica, a reconhecer *almas* dignas do mesmo céu. Por fim o franciscano deixou legado de 50 mil-réis às ordens *rivais* do Carmo e São Bento, o que só aumentou o respeito à família. À esposa Eufrosina herdou a quarta parte da fortuna e mais a casa do Guaré; às filhas Maria Hipólita de 16 anos, Ana Vicência de 15, Francisca Emília com 12, Escolástica Jacinta com 9, Gertrudes Maria com 7 e Antonia Clara com 5 anos, dividiu pouco mais da outra quarta parte, em geral imóveis de aluguel. Manoel recebeu a outra metade da fortuna; valia a pena ser macho, já que as mulheres, assim como os menores e dementes, eram "relativamente incapazes", embora a sociedade evoluída do final do século XVIII abrisse exceções, como a viúva Jordão a merecer a Provisão Real de gerir o vasto patrimônio deixado pelo marido; uma

---

[10] Idem.

das três matriarcas paulistas autorizadas a administrar os bens de seus viúvos.[11]

Sem pai que o vigiasse, Manoelzinho — no caso ele mesmo, o futuro brigadeiro — teimava em galopar além da cidade, aprendendo a moquear carne, moer milho e peneirar fubá, costurar calças de baeta e carregar pedras do calçamento das ruas centrais. Adolescente, tornou-se amigo do novo governador, Bernardo José de Lorena, bastardo do rei José I e da Marquesinha de Távora, cuja família foi esquartejada no Rossio em 1759. Teresa deu à luz em abril de 1759, portanto engravidou em julho de 1758, dois meses antes do atentado. O marido, Luís Bernardo, seria impotente, porque o casal não teve filhos por 15 anos. A Marquesinha sucumbiu ao rei e à curiosidade sexual. Como D. José I a repudiou depois do atentado, o bastardo passou a infância no Convento de Chelas. Ao assumir o trono em 1777, D. Maria I deu o meio-irmão à adoção de D. Nuno Gaspar de Lorena, devolveu os bens confiscados por Pombal e o nomeou governador. Pelo Tratado de Santo Ildefonso, Portugal ficaria com o Uruguai e a Espanha com as Missões.

Em 1788, Lorena chegou com o *Real Corpo de Engenheiros*, sob chefia do Capitão João da Costa Ferreira, para demarcar a fronteira do Uruguai. Aguardando ordens que nunca vieram, Lorena os usou para o calçamento urbano e a construção dos chafarizes do Tebas e da Misericórdia. Pende dúvida sobre se o projeto foi de Ferreira ou do negro liberto Tebas, que construiu o Teatro da Ópera, o Quartel de Voluntários, o Hospital Militar e a ponte do Piques em direção a Pinheiros, enquanto o engenheiro Antonio Montezinhos cumpria o levantamento topográfico de São Paulo e a demarcação dos limites com Minas Gerais.

A obra-prima foi a *Calçada do Lorena* de 1792, ligando São Paulo a Santos pelo desnível de 800 metros da Serra do Mar. Só os índios conseguiam carregar carga e gente nas liteiras, enquanto cavaleiros

---

[11] Ibidem.

fraturavam ossos ou escorregavam nas ribanceiras. Lorena construiu a estrada em zigue-zague, com trincheiras em forma de túnel, taludes de pedras ao lado da encosta e muros de arrimo junto aos despenhadeiros. Além de *valas de empréstimo* para desvio das nascentes, o leito de pedras escapava da serra com o auxílio de contrafortes (pilares de reforço) nas curvas. Em 1809 o explorador John Mawe declarou que "em país algum há obra pública tão perfeita". Na força dos 29 anos, Bernardo se apaixonou por Marianna Angelica Sá Leme, com quem gerou três filhos reconhecidos pelo pai, sendo aliás o primogênito Francisco de Assis Lorena o pivô do suposto romance com Domitila de Castro Canto e Mello, que terminou com a tentativa de assassinato pelo marido Felício Mendonça, que a esfaqueou na Bica de Santa Luzia, na Tabatinguera, em 1819.

— Depois desse bate-papo, ficou claro o que Mourão e Lorena vieram fazer aqui no Brasil — atalhou Pedro, enquanto rodopiava o *cognac* Renault: — Sabor de aventura; vieram organizar, civilizar, trazer cá a cultura lusitana. — **Perfeito**. Ninguém podia negar — alguns erros e grandes acertos — o que Portugal fizera pelo Brasil através da História.

Aos 16 anos, Jordão III tomou consciência da herança em imóveis, dinheiro, ouro e imenso rol de escravos, quase a metade liberta pelo testamento, mas que por falta de opção permanecia nas fazendas. O armazém da Rua Miguel Carlos, além de suprir secos e molhados aos garimpos, agora se voltava à Cidade. O sangue moçárabe levou Jordão a comprar 57 fazendas em toda a Província de São Paulo, inclusive as terras de Tatuí, que posteriormente doou ao Governo Paulista, e um sítio de 60 alqueires chamado Paineiras do Ypiranga, na direção de Santos, que descia em suave colina até a divisa no riacho do mesmo nome.[12] No Brasil de grandes distâncias, os muares eram o motor da

---

[12] Affonso de Freitas, "São Paulo no Dia 7 de Setembro", em *Revista do Instituto Histórico e Geográfico de São Paulo*, ano 1923, v. 22, p. 21: "O brado foi proferido dentro das terras de Jordão...

produção. Enquanto os melhores cavalos andaluzes descansavam nos pastos, a descida da Serra do Mar se faria com resistentes mulas trazidas de longe, dos distantes Campos de Vacaria.

11   Maria I e João VI

Com a derrocada dos Távora, Pombal consolidou o domínio sobre a nobreza e o clero. Tinha a última missão de alterar a sucessão real. Por causa da histórica *sina dos infantes*, a lei permitia que mulheres assumissem o trono na falta de varões. Pombal queria revalidar a Lei Sálica que impedia a sucessão feminina. Afastando Maria, assumiria o filho dela José, de sublimes qualidades, o rei José I passando a coroa ao neto. Mas el-rei não alterou a lei e Maria I assumiu em 1777, demitindo Pombal enquanto Lisboa apedrejava a sua estátua. Maria I foi se acostumando ao poder, apoiada pelo marido Pedro (irmão de José I), até sua morte em 1786. O pior veio a seguir: ano e meio depois José (II) contraiu varíola. Errou ao proibir os médicos de tentar a variolação, que agulhava crostas secas na pele para produzir anticorpos. O vírus migrou à garganta e provocou erupções violentas, o príncipe amarrado à cama para não coçar as feridas, até falecer em 1788. O peso da morte levou a mãe à demência, Maria partindo estátuas e crucifixos e berrando obscenidades.

Aos 23 anos, em 1790, o desajeitado e avesso a banhos João assumia o posto mais alto de Portugal. Incapaz de decidir foi percebendo que as questões se resolviam por si. Casou com a filha do rei espanhol Carlos IV, Carlota Joaquina, descrita pela Duquesa de Abrantes como "o mais repugnante espécime de fealdade", manca em razão de uma perna curta, peito torto, queixo comprido, marcas de varíola no rosto e altura de

---

Quem olha para o Monumento do Ipiranga verá à direita o córrego do Ipiranga, a esquerda o Tamanduateí..."

um menino de 12 anos, 1,47 metro. Casados desde os dez anos, a seu tempo completou as bodas; era macho, e isso lhe fez bem! Mas sem paixão, passava os dias ouvindo música e cheirando incenso nas missas de Mafra. Gostava de caçar, mas por volta dos 30 anos parou de cavalgar porque exigia muito esforço. Somente agia com pressa para proteger a monarquia. Em 1817, Gertrudes Carneiro Leão foi assassinada pelo mulato Joaquim Inácio, que confessou cumprir ordens de Carlota, que pretendia ser amante exclusiva do marido da vítima. D. João mandou queimar o processo. Na falta de outra virtude alguém sugeriu qualificá-lo de *clemente*, mas até para isso faltavam-lhe colhões. Quando a jovem esposa de um tenente realista, que participara do atentado da Rua São Nicácio, rogou a Napoleão que comutasse a pena de morte do marido, ele teria dito "como foi a mim que tentou matar, eu posso dispor de minha vida", e mandou soltá-lo. A clemência de D. João VI era fruto do medo.

No fim Pombal tinha razão: Maria I não suportou a borrasca, e o infante chorou copiosamente ao saber que seria rei. Chamado à ordem pelo Ministro Seabra e Silva, João VI saiu do anonimato pela mão do destino. E para provar que, "se algo pode dar errado, dará, da pior maneira e no pior momento", pouco antes de assumir a regência explodiu a Revolução Francesa.

12   Revolução Francesa

Ao entrar para a aula inaugural de 1806, o Prof. Manoel Barjona troou os sapatos de cordovão vermelho, biqueira redonda sem enfeites e salto de dez centímetros pelo assoalho do Anfiteatro de Coimbra. Eram 155 alunos, dos quais 80 cursavam direito e os demais, politécnica, engenharia, agricultura, química e metalurgia. Entre eles Belchior Pinheiro de Oliveira. Sem se apresentar nem dar bom-dia, o proprietário da cátedra dirigiu pergunta com peso de um soco: "Quem de vós conhece Emmanuel Sieyès?" Belchior lembra de como os alunos se deram conta da própria ignorância. "O do Terceiro Estado, pelo menos ouviram falar?" Um jovem ergueu a mão: "Revolução Francesa?". Barjona não lia a aula como outros *lentes*, e até permitia perguntas:

— Ora, ora, uma luzinha no fim do túnel... Senhores, o abade Sieyès subverteu a lógica da monarquia absoluta. Vamos recuar vinte anos. — O Padre Belchior auxiliava Jordão e Rendon no relato histórico da Revolução Francesa.

Para combater os rivais ingleses, a França interveio em prol dos americanos, que proclamaram a Independência em 1776. "Acreditem: lá o povo... vota." Na guerra que durou até 1783, a Inglaterra gastou 100 milhões de libras e a França, 50. Metade da arrecadação servia para pagar a dívida, daí a insatisfação popular contra a monarquia. Faltava pão, daí a piada da imperatriz Maria Antonieta, *que comam brioche*. Brioche é um pão com mais ovos e manteiga, como a dizer que, se falta bacalhau, comam caviar. "Sim, a austríaca não queria ofender, brincadeira de salão, mas o simbolismo foi devastador." O ainda absoluto Luís XVI (o avô XIV proclamara havia cem anos *L'État c'est moi*) convocou os Estados Gerais para discutir a Reforma Tributária, o que não ocorria desde 1614. Cada uma das três classes ou *Estados*, nobreza, clero e povo, elegia seus representantes. O Abade Sieyès, membro do baixo clero, foi barrado em função de seu radicalismo.

— A expressão *baixo clero* até hoje designa os políticos de segundo escalão, no caso os padres em relação aos bispos e cardeais — lembrou Arouche Rendon.

Sieyès se vingou com o livro *O Que é o Terceiro Estado?*. Recuando ao fundador Carlos Magno, concluiu que os Bourbon não descendiam dos francos, portanto nobreza e clero eram *usurpadoras*, daí que apenas povo e burguesia detinham *poder constituinte*. Dividiu a cidadania em ativa e passiva e concluiu que o clero e a nobreza não tinham representação ativa por não pagarem impostos. Nos *Estados Gerais*, cada classe se reunia isoladamente e votava em bloco. Clero e nobreza negaram a reforma tributária, contra o voto do povão. Em protesto, o Terceiro Estado se autoproclamou em Assembleia. E, como Luís XVI dissolveu a reunião, os deputados entraram no "Jeu de Paume", fizeram um juramento e saíram às ruas. O jornalista Desmoulins presenciou a multidão tomando canhões e 28 mil mosquetes nos Invalides. Daí a turba seguiu à prisão da Bastilha atrás de pólvora, encontrando resistência dos 32 guardas e 82 inválidos de guerra. Demorou quatro horas até a queda da Bastilha. "Não que tivesse relevância; caiu a infalibilidade do *Ancien Regime*", lecionou Barjona, pela voz de seu aluno Belchior Oliveira.

Na 1ª fase da Revolução Francesa (1789-1792), a Assembleia Constituinte promoveu profundas reformas sob o comando de Lafayette, herói da Guerra da Independência dos Estados Unidos, com apoio da *alta* burguesia, jornalistas, comerciantes, advogados, costureiros e os primeiros industriais. Como se uniram aos deputados da Gironda, fortes na exportação de vinhos Bordeaux, foram chamados de *girondinos*, com assento à direita da câmara. Os agricultores e operários, que se reuniam no Clube Jacobino, na Rua de São Tiago (Jacopus) eram chamados *jacobinos*, sentando à esquerda. A Assembleia suprimiu as corveias (trabalho gratuito), talhas sobre parte da produção e banalidades (uso de moinho, olarias e pontes) e promulgou a *Loi Le Chapelier* de 1791, dando "livre acesso de todos os cidadãos a todas as profissões comerciais". Antes precisavam de alvará para montar estabelecimento, importar e exportar, mudar de cidade e até viajar. A liberdade de comércio foi a maior conquista da burguesia, além da "Declaração dos Direitos do Homem" incorporada à Constituição de 1791. O professor fechou o caderno e sintetizou: "O abade Sieyès foi a vela que iluminou a revolução. Mas a liberdade em excesso inaugurou o Regime do Terror".

Luís XVI e Maria Antonieta tentaram fugir, mas foram detidos. O povo exigiu a proclamação da república, que Lafayette recusou, de que se valeu Danton para insuflar a invasão dos apartamentos do rei, que impotente brindou com a massa. Na segunda tentativa de invasão das Tulherias, os soldados reagiram e 700 foram mortos, mutilados pelas camponesas a exibir seus pênis. Como a *Convenção Nacional* não conseguia controlar o povo, subiu ao poder a *Comissão de Segurança Pública*, sob a chefia de Maximilien de Robespierre. Marat e os deputados roubavam ao máximo, pensando no pouco tempo de poder. A esquerda jacobina subdividiu-se em grupos ainda mais radicais: cordeliers, montagnards e enragés ou enraivecidos, sem falar dos *sans coulottes* que não vestiam calças curtas com meia comprida (culotes) como os nobres e burgueses, ostentando boinas vermelhas. Saques, selvageria e invasão de depósitos viraram regra. Em setembro de 1792 o povo invadiu as prisões, matando mais de 1.500 realistas a golpes de pau.

Marat celebrou: "Atos de justiça indispensáveis para reter pelo **terror** a legião de traidores", daí o nome do regime. Bastava a palavra do homem comum para guilhotinar o desafeto; prevalecia quem denunciasse primeiro. Depois de Luís XVI, também a rainha perdeu o pescoço na lâmina inventada por Guillotin! "Nunca mais comeu brioches." A classe murmurou, alguns riram, entre eles o padre Belchior. Barjona terminou a aula: "Cedo os quatro líderes da Convenção se desentenderam: Marat foi assassinado na banheira, Hébert, Desmoulins e Danton degolados". Até Lavoisier — *na natureza nada se cria, nada se perde e tudo se transforma* — foi guilhotinado. O maior químico de todos os tempos foi preso de dia, julgado de noite e morto pela manhã. O matemático Lagrange, pouco se lixando se também seria morto, resumiu: "Não bastará um século para produzir uma cabeça igual à que se fez cair num segundo". Ainda assim, aos tropeços, a nova Constituição de 1793 garantiu o sufrágio universal aos maiores de idade, aboliu a religião, apropriou bens de emigrados e da Igreja, revendendo-os em pequenos lotes aos camponeses para pagarem em 10 anos (reforma agrária), inventou o salário mínimo e congelou preços. E para melhor praticar justiça...

proibiu a liberdade. Quando a Convenção tentou retomar a normalidade, Robespierre achou cedo e experimentou a guilhotina. "Quase dois anos depois, o Terror deixou o rastro de 27 mil mortes, algo como 44 execuções por dia entre agosto de 1792 e junho de 1794." Barjona fechou o caderno de notas, sob a ovação dos alunos.

13   Era Napoleônica

Outro futuro rei nascia na Córsega, dois anos depois de João VI. Por pouco não seria francês; a França bateu Paoli, líder da independência corsa, em 9/5/1769. *Nascido leão* na terra francesa de língua italiana (15/8/1769) e beneficiado pela política de integração, foi indicado por Marbeuf à Escola Militar de Brièrne. O diretor recitou o regulamento: "trocar a roupa de baixo duas vezes por semana", "apenas um cobertor no inverno, abafar o orgulho e controlar as emoções". Leu e releu os *homens ilustres* de Plutarco e foi eleito o melhor aluno de matemática. Apenas cinco estudantes de Brièrne foram escolhidos para cadetes do mais cobiçado templo da França: a *École Militaire, no Champs de Mars*. A maioria se graduava em três anos, mas ele se formou em um, decorando os três volumes de Matemática de Bezout e aprovado pelo grande Laplace. Em 1785, aos 16 anos, Napoleão Bonaparte se tornou o mais jovem tenente da Artilharia francesa. Lotado em Valence, treinou em charcos, passou fome e frio, releu os teóricos da guerra Guibert e Gribeauval, aprendeu boas maneiras e dança, devorou Rousseau — "o homem nasce livre, e a sociedade o corrompe" — e redigiu o Regimento *La Calotte* de que "nos doze reinos da Europa os reis gozam de autoridade usurpada".

Após a Queda da Bastilha em 1789, com Luís XVI preso, o Diretório era girondino. Quando a assembleia votou por cortar a cabeça do rei na guilhotina, os monarcas do velho regime declararam guerra.

Em Toulon, Napoleão concebeu o plano de reconquistar o porto, três baterias despejando bombas a conta-gotas, até o ataque vinte dias depois (17/12/1793). Os barcos anglo-espanhóis abandonaram Toulon sob a chuva de bombas da 1ª República. O General Dugommier destacou o papel do *major*, patente recebida durante o ataque, a mais curta de sua vida. Bonaparte saltou dois degraus (tenente-coronel e coronel), nomeado general de brigada aos 24 anos.

Na França, depois do Terror Jacobino, a 3ª Constituição instituiu o Diretório de cinco membros, sob a chefia de Paul Barras. O povo e os realistas se puseram em marcha contra a nova Constituição. Barras convocou Napô, que espalhou 40 canhões nas esquinas do *Palais de Tuileries* e deu voz de fogo, matando 300 revoltosos e restabelecendo a ordem em duas horas. Como presente de casamento com Josefina de Beauharnais, o padrinho lhe confiou o comando do maltrapilho Exército da Itália. Em Arcole, tomou a bandeira de um sargento e comandou a travessia da ponte (14/11/1796), até o triunfo final em Rivoli. A França recebeu a Bélgica, a margem esquerda do Reno e o norte da Itália. O vencedor recebeu homenagens, mas, como representava ameaça, o Diretório o *promoveu* ao Exército do Oriente no Egito. Entre 1798 e 1799 conquistou Cairo e Alexandria, conviveu com a peste, saqueou múmias e decifrou os hieróglifos. Quando a 2ª Coalizão derrotou a França na Itália, anulando as conquistas de 1797, Nap fugiu do Egito, não sem antes, mais experiente aos 30 anos, impor a Sieyès o Golpe de 19 Brumário, tornando-se um dos três cônsules. E retomou a Itália na primavera de 1800, com a batalha final em Marengo. Ao anoitecer, o cozinheiro Dunand improvisou receita com os restos da redondeza: *poulet a Marengo* no azeite, tomates picados e lagostins de rio, com alho, sal e conhaque do cantil de Napoleão, que por superstição ele mandava preparar a cada vitória.

De 1800 a 1805, transcorreu o mais longo período de paz da era das revoluções. Nas disputas internas, Bonaparte triunfou em todas:

foi eleito cônsul vitalício, assinou concordata com o Vaticano pela qual passou a nomear os bispos, fomentou a indústria e o comércio, impôs aos advogados que se reunissem numa *ordem*, instituiu juízes vitalícios, fundou liceus e universidades, tudo que centenas de países copiariam mais tarde. A estabilidade impulsionou a livre iniciativa. Como compreender a mudança? O Código Civil consagrou os direitos do cidadão. Antes do Código de 1804 vigorava o morgadio (de *morgage* ou *major age*), que atribuía a herança ao filho mais velho e mantinha a riqueza estática. Pela lógica da igualdade, a herança passou a ser repartida entre todos os filhos. Aos 35 anos foi proclamado imperador (1804), império para garantir República, exércitos espalhando pela força o ideal de liberdade da Revolução Francesa.

— Certo dia de bom humor, Barjona relembrou a pergunta de um estudante atrevido: "Exa., se estamos em Portugal, por que estudar a história da França?". Ao que o agudo mestre respondeu: "Depende do que o senhor pretende; para a honrosa profissão de lixeiro, basta conhecer as ruelas de sua aldeia" — contou Belchior, para riso dos camaradas na sala de estar dos Quatro Cantos.

Durante os cinco anos de paz todos armaram exércitos, dando início à 3ª Coalizão. Em Austerlitz, sua mais genial vitória (27/11/1805), Bonaparte deu ordem de recuar da posição privilegiada, e o exército austro-russo avançou. Como dois dançarinos girando no terreno, Kutzov imaginava conduzir o *pas de deux*, até Napoleão atacar o centro, forçando o inimigo a recuar sobre lagos congelados onde bombas estouravam a camada de gelo. Dessa luta não participou a Prússia, que iniciou a 4ª Coalizão, cuja batalha final aconteceu em Iena (14/10/1806). Os russos foram novamente derrotados no verão seguinte em Friedland (14/6/1807), quando o czar Alexandre aceitou a "paz de Tilsit" e se uniu ao Bloqueio Continental, que proibia o comércio e até a correspondência com a Inglaterra. Mereceu do Senado o cognome de "Grande"; e de fato era o senhor da Europa, a cuidar de tudo, introduzindo mercados municipais, matadouros, cemitérios, lampiões de gás, calçadas, numeração de prédios nas ruas, água e esgoto, bombeiros e feiras industriais. Rasgou bulevares, ergueu monumentos e restaurou as finanças, criou os *cadastres* e registros de comércio, a carteira de trabalho, tabelou o trigo e impulsionou a indústria.

Todavia, os países se moviam pela vingança. Praticamente a cada ano novos exércitos punham-se em marcha, tendo a 5ª Coligação sido mais uma vez derrotada em Wagram (5/7/1809), quando a paz foi sacramentada com aliança matrimonial: Bonaparte se divorciou de Josefina e se casou com Maria Luiza da Áustria, irmã de Leopoldina. Além de suaves condições de paz, a ideia era reduzir o revanchismo. Mas, além da ambição de Napoleão e do ressentimento dos perdedores, havia o conflito do velho e do novo: *le politique.* Em razão de divergências sobre o bloqueio à Inglaterra, cometeria seu maior erro, invadindo a Rússia com a *Grande Armée* de 600 mil soldados em junho de 1812, deparando com Moscou incendiada e sem mantimentos. Ninguém apareceu para negociar a paz, e milhares de cavalos foram abatidos para matar a fome. Sob o rigor do General Inverno, Bonaparte demorou para ordenar o retorno de 2.000 km, os soldados deixando para trás tesouros e quadros, infestados de vermes sem trocar de roupa há três meses, as mãos grudando nos fuzis gelados a 30 graus negativos. Quem caía tinha os casacos saqueados antes de morrer. Dos 600 mil homens da Grande Armada, apenas 30 mil retornaram (5%). A soberba derrotou Napoleão.

No verão seguinte de 1813, Áustria, Rússia, Prússia e Inglaterra formaram a 6ª Coalizão. Pouco antes o chanceler austríaco Klemens Von Metternich, talvez em razão da aliança matrimonial, propôs armistício. Bonaparte não aceitou a *humilhação* de retornar às "fronteiras naturais" francesas e "mais algumas possessões na Itália". Como sempre o fator militar foi decisivo para o fracasso da paz; com 400 mil soldados (dos quais 250 mil *marias-luísas* de 17 anos, convocados pela segunda esposa austríaca Maria Luísa Habsburgo, aliás irmã mais velha de Leopoldina, daí o apelido daqueles jovens soldados), Bonaparte venceu os alemães em Lutzen e os russos em Bautzen (maio de 1813). Vitórias de Pirro.

— Então vós quereis a guerra; está bem, eu os desafio em Viena — abriu Napoleão.

— A paz, a guerra e a sorte da guerra estão em mãos de V. Majestade. Hoje vós podeis concluir a paz, amanhã será tarde demais. — Na mais aguda linguagem diplomática, sem ameaçar, Metternich proclamava um *ultimatum*: — Os reveses como os sucessos vos empurram à guerra — sintetizou o chanceler, pinçando o nervo da era napoleônica, Bonaparte condenado a vencer.

Depois de Lutzen-Bauzen, com um terço da força inimiga, Napoleão ainda acreditou no próprio talento. Lobo em pele de lobo, finalmente foi derrotado em Leipzig (19/10/1813) e exilado na Ilha de Elba, enquanto os chanceleres se reuniam no Congresso de Viena. Ano e meio depois se cansou de Elba e retornou à França (26/2/1815), ganhando apoio popular. À chegada da tropa do rei, Lessart deu ordem de fogo. Napoleão desceu do cavalo, abriu o redingote e caminhou até o 5º Grupo: "Soldados, não estão me reconhecendo, sou seu Imperador. Se algum de vós quiser me matar, *me voilà*". A tropa deu vivas e trocou de lado. Depois de brilhantes vitórias reunindo rapidez e surpresa, porém sem ferir a força da 7ª Coalizão, o *Governo dos Cem Dias* terminou em Waterloo (18/6/1815), e desta vez a Inglaterra exilou Napoleão na remota ilha de Santa Helena. Do golpe de 18 Brumário (9/11/1799) em que assumiu a condição de primeiro cônsul, até se coroar imperador (1804), e Waterloo, foram apenas dezesseis anos, praticamente uma guerra por ano. Sobre tudo sempre reinou *le politique*; mais do que os canhões, os partidários do *Ancien Regime* temiam as liberdades constitucionais e o Código Civil.

— Nós idolatrávamos Manuel Barjona.[13] — Dele o exemplo que vale mais do que muitas palavras: — Beethoven dedicou a 3ª Sinfonia *A Heroica* e o magistral 5º Concerto para Piano e Orquestra a *L'Empereur*? Um alemão endeusando o invasor francês? A resposta? Para a intelectualidade de esquerda, Napoleão era o patrono da causa reformista — finalizou o Padre Belchior.

14 Corte Portuguesa ao Brasil

Depois da "paz de Tilsit" (1807), Napoleão ultimou João a aderir ao Bloqueio ou sofrer invasão. D. João VI não nascera para decidir, mas dessa vez a opção era complexa. "Neutralidade impossível" (Pedro Calmon). A Inglaterra passou a capturar navios e vender a carga em leilão. João VI tentou contemporizar cedendo 100 km da costa brasileira à Guiana Francesa, subornou Luciano Bonaparte e o general Lannes, enviou Marialva a Paris com diamantes, e até cumpriu a ordem de fechar os portos, sem confiscar os bens dos comerciantes britânicos. Quando a França, sob comando de Junot, iniciou a invasão através da Espanha (22/11/1807), embora a metade tenha desertado, restou ao rei fugir ao Brasil. Jamais lhe passou pela cabeça... resistir.

Baús, carruagens, caixotes, mobílias e o tesouro real com metade da moeda circulante, documentos e registros, os 60 mil livros da Biblioteca da Ajuda, uma impressora recém-importada se amontoaram no cais de Belém, com valetes varando a noite a retirar ouro e prata das igrejas, carregando as melhores pinturas, antiguidades e prataria. Uns

---

[13] Mais tarde Barjona foi expulso da cátedra, e, não fosse a ajuda de um ex-aluno que lhe custeou advogado, teria sido preso. O pensamento livre sempre incomoda aos governos totalitários.

recusavam-se a embarcar sem os criados, outros temiam ser esquecidos. D. Maria I, a Louca, teve um lampejo: "Não corram tanto, vão pensar que estamos fugindo". Trinta velas, entre naus, fragatas e brigues, partiram ao Brasil. Do *Príncipe Real*, João dirigiu vergonhosa proclamação: "Conservar em paz este Reino; e que sejam as tropas do Imperador francês *bem aquarteladas e assistidas de tudo que lhes for preciso*, evitando insultos e conservando a *boa harmonia*". Parecia a visita de bons amigos, com direito a vinhos durienses, arroz de pato e amáveis raparigas! E, se alguém desobedecesse, "que fosse *castigado rigorosamente*". Não se importava de passar por pusilânime (Tarquinio). Pelo vale do Tejo, Junot entrou em Lisboa com ridículo destacamento de 1.500 soldados, tendo a esquadra partido um dia antes (29/11/1807). Não é possível refazer a História, mas Junot seria derrotado caso o rei atendesse pelo nome de José II ou Pedro I.

As ondas estalavam guinchos, mastros e cabrestantes, igualando nobres e plebeus em náuseas e vômitos, damas e cavalheiros formando fila para uso das cabeças, vasos sem fundo para a merda cair no mar, se o vento não teimasse em salpicar a bunda, com falta de galinhas, azeite e até pimenta, a água cada dia mais salobra, ventos fortes e calmarias tediosas, para nem falar da praga de piolhos que obrigou Carlota e as damas a raspar o cabelo antes do desembarque na Bahia (22/1/1808), o povo assistindo às musas carecas cantando *Te-Deum* em louvor do primeiro rei europeu a pisar na América, os barões famintos fugindo dos napoleões retintos no pré-carnaval.

Depois de adotar o livre-comércio para atender à Inglaterra, D. João desembarcou mais de 11.000 almas no Rio de 60 mil habitantes, 20% a mais de gente. E, como havia o problema de hospedar a nobreza, funcionários pregavam "PR" nas casas aceitáveis (Príncipe Regente, que o carioca apelidou de "Ponha-se na Rua"), os donos expulsos sem indenização e os branquelos surpresos pelo calor da cidade cercada de montanhas com pouca circulação de vento. Sem um metro de esgoto, era hábito guardar os dejetos até a noite, quando os escravos saíam com a imundície na cabeça para despejo no mar. Como os barris iam cheios, a sujeira transbordava, riscando de bosta e urina o corpo dos chamados tigres. Se desabasse bendita chuva a carga era lançada na rua, na expectativa de a enxurrada conduzir a merda em direção ao mar.

15   A Revolução Liberal do Porto

Trinta e um anos depois da Francesa, eclodiu no Porto a Revolução Liberal apelidada de Vintista (24/8/1820), obviamente por causa do ano. Os vintistas queriam o fim do absolutismo, os direitos do cidadão e a promulgação da Constituição. Porém o motivo inicial consistia em exigir a volta do rei a Portugal. Fugido desde 1808, se voltasse quando Napoleão foi derrotado em Leipzig (1813), João VI receberia os louros. Resolveu aguardar o Congresso de Viena, que afinal se reuniu entre setembro de 1814 e junho de 1815. Mas, depois de Waterloo (18/6/1815), não havia mais justificativa para continuar no Brasil. Mesmo assim, João VI foi ficando por inércia de decidir. Se estivesse lá, não viria cá e de cá não voltaria lá. De 1815 ao Vintismo decorreram cinco anos; el-rei a governar do Brasil, para desonra lusitana. Palmela e Beresford viajaram ao Rio, implorando que o rei voltasse *enquanto é tempo*.

Além de seguir o tapado Tomás de Vilanova Portugal, não sabia tomar decisões. Até as *sábias*, como transferir a Corte, foram produto do medo. Depois da revolução ainda levou oito meses para voltar, saudado friamente pelo povo (4/7/1821). Vilanova sequer foi autorizado a desembarcar. A decisão era simples: "seria recebido como herói". Demorou tanto que os vintistas perceberam que poderiam "passar sem ele". Mais tarde participou de contrarrevoluções insufladas pela rainha Carlota em favor de Miguel, até falecer em 1826. Meses antes de ele retornar a Lisboa, Napoleão morria em Santa Helena (5/5/1821), lá enterrado por vinte anos. Quando do célebre *retour des cendres* em 1840, mais de um milhão foi às ruas de Paris reverenciar *l'Empereur*, até o descanso das cinzas nos Invalides. Terminou como o maior de todos os generais e a maior lenda da França, com o mérito de espalhar o liberalismo ao mundo, embora através de balas de canhão. João, ao contrário, chorou ao saber que seria rei e morreu irrelevante como pretendia no começo.

— Aqui chegamos ao fim da História, com o Vintismo a desafiar a Monarquia — Jordão provocou. — Porém hoje é tarde, quem sabe na próxima ceia Arouche e eu traremos um **resumo** de nossas pesquisas, se V. Alteza estiver de acordo.

— Sim, gosto de História, sou curioso sobre como meus antepassados resolveram suas dificuldades. Mas já é meia-noite e amanhã teremos eleições.

CAPÍTULO 5º

Devassa da Bernarda

1   Quinta-feira, 29 de Agosto: Contagem de Votos

A primeira eleição majoritária do Brasil — afora as aclamações de resultados imprevisíveis — aconteceu ao meio-dia da quinta-feira. Nesse ponto, o Governo Provisório "dera cumprimento ao Decreto de 25 de junho", que trazia a dupla assinatura do Regente e de José Bonifácio. Para Oeynhausen, Costa Carvalho e Ignacio não havia outra opção que vencer pelo voto. A Junta Eleitoral preparou *cédula contendo os dois nomes inscritos. Afora* poucos que se justificaram por carta, setenta eleitores das paróquias compareceram. A Junta afastou os militares para realçar o caráter livre do pleito. *Não ficou claro o que aconteceria se o príncipe fosse derrotado.* Mais tarde o Marechal Cândido Xavier confessou, numa ceia nos Quatro Cantos, que com pequena tropa *requisitaria* a urna e a *desfaria em cinzas*. Vingança pessoal por ter sido desobedecido em junho do corrente? Razoável pretexto. S. Alteza o censuraria publicamente, mas não haveria alternativa que adiar a eleição.

Não foi preciso. Apesar da vitória de Oeynhausen na Cidade, acompanhado de representantes dos dois candidatos, o secretário Ferreira Bueno anunciou o resultado: 42 votos para o veador fidalgo da Câmara Real e Ministro Interino Luís Saldanha da Gama Melo e Torres de Brito; 23 votos para o Conselheiro João Carlos Oeynhausen e algumas abstenções. Embora a primeira eleição indireta e censitária de São Paulo terminasse com a vitória do partido brasileiro, 35% dos representantes tiveram coragem de votar na oposição. Paula Sousa resumiu: "Complexo praticar essa tal de democracia".

7º Relatório da Independência: Eleição Livre?

Por mais que pensasse — anos depois do Sete de Setembro —, *não soube concluir se a eleição foi livre*. *Sim pel*a forma e resultado geral, já que um terço teve coragem de votar contra o governo. Provavelmente Costa Carvalho e Sousa Queiroz se deram por satisfeitos pela demonstração de força. Ademais, a aritmética revela que todos tiveram liberdade de escolha. De outro lado, graças a Paula Sousa e à "coligação do Interior", de Rendon na Capital, Jordão em Itapetininga e Santos, Marcondes Mello no Vale do Paraíba, a vitória de dois terços também ficou de bom tamanho para o partido brasileiro. Mal seria uma vitória estreita, por exemplo, a metade mais dois ou três votos.

Por que então a pergunta? Seria livre uma eleição que, acaso com resultado adverso, não seria respeitada? Urnas sequestradas e incineradas! Não sei responder; a princípio uma eleição condicional — desde que *eu vença* — *não é* livre. Aliás, tem sido prática comum ao redor do globo; ditadores razoavelmente populares impedindo qualquer dissidência, ainda assim buscando respaldo em farsas eleitorais. De outra parte não faria sentido, depois de atravessar o Rubicão, devolver a presidência a Francisco Ignacio. Pedro montaria de volta ao Rio? Se uma vez na História os fins justificavam os meios, seria agora. Na encruzilhada do destino, valor maior se alevantava: a própria independência.

2   Casa Para Namoro e Breve Encontro

A lembrança do encontro lhe ferveu o sangue. "Felizmente tenho a política com que me preocupar." Trocou ideia com o Chalaça, mas passaria a percepção de fraco; não combinava com seu temperamento. Apesar da diferença de idade, Pedro quase aos 24 anos e Manoel Jordão com 41, tinha-o como amigo. Ele compreenderia, até porque o garoto Antonio, com onze anos, circulava solto pelos Quatro Cantos. Pedro até tinha convidado o menino para a tourada que fora adiada no Arouche. Para os que não sabem, Antonio Jordão era fruto de um relacionamento do brigadeiro na Fazenda Morro Azul, pelas bandas da Limeira, antes do casamento. Ou seja, Manoel não era carola. Por sua vez Pedro, famoso por desrespeitar o sexto mandamento, não o faria em casa. Imagine a jovem cruzando com a anfitriã nos corredores do Palácio. "Até reis têm limites."

— Pois é, meu Jordão, estou enrabichado por uma jovem de grande beleza, mas jamais pensaria em trazê-la ao ambiente doméstico. Pensei em encarregar o Chalaça de alugar alguma morada, mas Vosmicê conhece bem o povo, se já bisbilhotam a vida alheia, o que dizer de um príncipe.

— É... não convém. Tenho dezenas de casas de aluguel, duas aqui na Rua da Cruz Preta, algumas na Miguel Carlos e até do outro lado do Anhangabaú.

— Discretas... porém se formos transitar à noite talvez um pouco longe.

— A maioria está alugada; acabei de contratar com a viúva Portilha a locação de 9.000 *réis* por mês pela casa 14 da Rua da Freira.[14] *Lá seria perfeito.* Melhor; amanhã os eleitores voltarão para suas paróquias. Tere-

---

[14] Atual Rua Senador Feijó. Informação exata sobre a locatária e o valor do aluguel de parte de Frederico de Barros Brotero, *A Família Jordão*, obra sempre citada.

mos mais de seis casas à escolha. Aceite meu conselho: a mais conveniente fica na Rua do Correio, que vem do Carmo e passa atrás do Colégio.

— Perfeito, a uma caminhada do palácio; diga-me já o valor do aluguel.

— Vossa Alteza assim me ofende. Tenho minha quota de pecados e não pretendo adicionar a usura. Minha paga é o prazer de oferecer; esteja livre para usufruir do solar enquanto estiver na Cidade. Da janela se abre bela vista, tanto que depois do Pátio a rua se chama Boa Vista, de frente para as sete voltas do Tamanduateí... Caso lhe sobre tempo de abrir o janelão. — Os homens riram, parceiros nos deleites da civilização patriarcal.

Ficou resolvido que o Chalaça disporia da ajuda de Aurelio Fernandes, o maior da casa, que selecionaria duas escravas para deixar tudo pronto ao uso do ocupante real.

— Um bom Chambertin, vinho preferido de Napoleão, e uma garrafa de Porto talvez caíssem bem... para reduzir a inibição. — Voltaram a rir.

— Meu caro Manoel Jordão — disse Pedro ainda sorrindo —, também tenho bela vista da Baía da Guanabara, se me derem a honra de uma visita à Quinta da Boa Vista em São Cristóvão. A corte terá que se esmerar para retribuir sua magnífica hospedagem. Elefantes não esquecem.

Após as eleições, Pedro sentiu-se poderoso. Que bela sensação emana do voto; a **confiança** de ser escolhido! Gostosa a democracia... quando vencemos. E desagradável quando perdemos, daí a tentação ditatorial. Por volta das cinco, a comitiva saiu cavalgando na direção do Convento do Carmo, onde o Chalaça apontou discretamente a casa caiada de terra e janelas azuis. Mais adiante dobraram à direita, subindo a Tabatinguera. Que coincidência: na travessa da Glória, Domitila de Castro Canto e Mello atravessou seu caminho, carregada em cadeirinha por dois negros, em direção à chácara da família no caminho de Santos. D. Pedro apeou do cavalo, louvou sua beleza e suspendeu a cadeirinha. "Como Vossa

Alteza é forte!" Chegando mais perto, o Príncipe disse qualquer coisa que ninguém conseguiu ouvir. Domitila apenas sorriu, sem responder.

— Meu caro Chalaça, fui discreto e nada perguntei. Mas sei somar dois mais dois — bisbilhotou Jordão. — Eu estava no Palácio sábado passado, quando nosso regente recebeu a visita do tenente Francisco e sua bela irmã.

3 Sexta-Feira, 30 de Agosto: "Sossego Público"

Cinco dias depois de chegar a São Paulo, finalmente Pedro aprofundaria o inquérito da bernarda. Para o desfecho de sua missão — a independência? —, precisava compreender o passado. Agora ainda mais, do pódio da realeza e com a força do voto, cumpria organizar a província, ministrar justiça e, se necessário, punir. O registro de atas do Governo Provisório começou no dia 23 de junho, dois dias depois da aclamação conduzida pelo Andrada, que confirmou Oeynhausen na presidência (21/6/1821). A sessão nº 1 de 23 de junho, apenas registrou juras à Constituição e ao Rei, além de comunicados ao Governo Central e às vilas da província.

A última Acta Interessante registrava a convocação do governador por José Bonifácio (Pedro ainda em Minas), datada de 10/5/1822 e recebida em São Paulo no 23 de maio. A rigor não tinha justificativa, apenas declarando o texto "ser precisa a estada nesta Côrte do Conselheiro João Carlos Augusto de Oeynhausen". Também não mencionava o assunto. A Sessão Extraordinária nº 116 do Governo Paulista inicialmente aceitava o ofício, deliberando que "Martim Francisco Ribeiro de Andrada vai entrar na Presidencia interina d'este Governo". Todavia, como se sabe, às 4 da tarde houve registro da 117ª Sessão Extraordinária, dando conta do "rebate corrido pelas *principaes* ruas... que Tropa e Povo se oppunhão ao cumprimento da Portaria Real, e replicando que não podia deixar de dar cumprimento, disseram que elles não entrarião em seus deveres em quanto não estivessem seguros da estada aqui do Presidente Oeynhausen, e querião fossem demitidos o Coronel Martim Francisco de Andrada e o Brigadeiro Manoel Jordão".[15]

O Governo Central reagiu nomeando "Governador das Armas Interino, por seus bons serviços, inteligência e provada fidelidade o Marechal José Arouche de Toledo Rendon" (20/5); e também convocando o Ouvidor José da Costa Carvalho e o Coronel Francisco Ignacio de Sousa Queirós, para que "partam imediatamente a esta Côrte" (21/5). Nenhum deles cumpriu a ordem. Bonifácio ainda advertia "que o Governo Provisorio de São Paulo, quando tiver qualquer pretensão, informe também sobre a adesão á causa da união e independência deste Reyno", e que execute as ordens reais (21/6/1822). Tudo que os revoltosos não pretendiam, aparentemente, era a "independência do reino". No ir e vir de documentos a cavalo, os paulistas enviaram dois ofícios com centenas de assinaturas, repetindo que assim agiram para preservar o sossego da Província (24/5 e 11/6/1822).

Irado, o Regente expediu Decreto: "Hei por bem cassar o presente Governo e Ordenar que os Eleitores de Parochias... passem imediatamente a nomear um Governo legitimo composto de um Presidente, um Secretario e cinco Membros" (25/6). E na mesma data, embora começando suavemente — em resposta aos ofícios "em que me participastes as duvidas que occorreram em não cumprir as portarias" —, terminava duramente: "Informado Eu dos verdadeiros motivos do motim de 23 de maio, em que a Tropa e um punhado do miseráveis... com manifesta desobediência á Minha Real Autoridade... vos Ordeno que logo, logo, deis prompta execução ás ditas Portarias". Porém o governo paulista argumentou que

---

[15] Publicação Oficial de Documentos Interessantes — *Actas do Governo Provisório 1821/1822*, 3ª ed. Archivo do Estado de São Paulo, 1919, vol. 2, pp. 143 e 156.

"os referidos membros (Andrada e Jordão), sabendo da vontade do povo e tropas, darão imediata e voluntariamente a sua demissão para bem do socego da Província". Prevaleceu a insubordinação e triunfou a rebelião.

4   Chalaça e Domitila

Pedro confiava no discernimento do Chalaça de se comportar em cada situação. Quando D. João VI trouxe a corte em 1808, quase por acaso Francisco Gomes da Silva decidiu embarcar. Sem ser fidalgo ou *filho de algo*, de alguém importante, mesmo assim estudou filosofia, latim, francês, inglês e espanhol no Seminário de Santarém. Começou como moço reposteiro, responsável por abrir e fechar as cortinas da Corte, revelando-se hábil na bisbilhotagem, encarregado por João VI de vigiar D. Carlota Joaquina. Até que a carne o traiu, descoberto numa sala com a dama Eugênia de Castro... pelados como vieram ao mundo.

D. João ordenou que Chalaça mantivesse distância de 10 léguas do palácio. Acabou salvo pelo amigo Pedro, cinco anos mais novo, para quem os defeitos de Gomes da Silva eram qualidades. Ambos sofriam da mesma volúpia por um rabo de saia. Além de recados ao sexo oposto, exercia função política, como ouvir o que se dizia à boca pequena e apurar o mais grave nos jornais. Carregando apelido de que não gostava — gozador, futriqueiro —, servia como facilitador, vigia, aventureiro, serviçal polivalente, intermediava negócios, obtinha empréstimos, compra e venda de animais, fazendo o que um rei não ficaria bem praticar em nome próprio. Invejável calígrafo e companheiro de noitadas, também era *ghost writer* do Príncipe, o escritor anônimo que escrevia ou revia textos de Pedro aos jornais, sob pseudônimos como *Piolho Viajante, Duende* e *Derrete Chumbo*. "Piolho porque frequento as cabeças de todos e leio seus pensamentos." "Como sabia de certas notícias? Esquadrinhando a cidade como duende." Foram trinta pseudônimos secretos, permitindo que Pedro descesse o cacete nos desafetos, como Soares Lisboa, a quem acusou de "atrapalhador da causa brasílica, bazófio e pedaço de asno". Lutando para ser respeitado, a *sombra de Pedro* chegou a adaptar ao Brasil a Constituição Portuguesa de 1821.

Sob estritas ordens cumpriu a missão, dizendo que o Príncipe traria notícias do ex-marido. Hoje, por volta das seis horas, será servida ceia. Trajes comuns, informais, até porque é assunto particular "entre a senhora e ele". O próprio Chalaça virá apanhá-la num coche ao fim do dia, conduzindo-a à Rua do Correio. "Caso esteja frio, a senhora pode usar um casacão com capuz." E ficasse tranquila, porque estaria ao dispor para levá-la... "no dia seguinte".

— Como assim, no dia seguinte?

— Desculpe, me expressei mal. Quis dizer que estarei à disposição para acompanhar a senhora a qualquer hora que desejar. — E de fato um dos escravos do boleeiro Aparício foi designado pelo brigadeiro para permanecer à noite perto do solar, instruído para deixar dois cavalos encilhados num terreno baldio, servindo de mensageiro em caso de emergência. Nada que um poncho bichará pampeiro, de lã grossa de carneiro, não resolva. "Esses negros não sentem frio!"

5   Conversas Políticas

O núcleo político voltou-se à continuação da bernarda, que não poderia ter sido pior. Não contente com a revolta, o Governo Provisório deliberou que "se faça sahir o Coronel Martim Ribeiro de Andrade d'esta Cidade em 24 horas, e da Provincia em oito dias para socego d'ella... ao que elle respondeo oralmente que a tudo ia dar cumprimento". Na representação, justificaram que "o povo de São Paulo sofria destes dois homens que haviam aliciado a maioria dos votos", acusando-os de "insultos e ameaças... invasão de jurisdição... soltar presos com culpa formada, prender outros... suborno... vileza... péssima índole... que tentou sublevar o povo, mandando emissários a diversas vilas desta província...", alertando para "a ilusão em que estava V. Alteza Real" (29/5). Apesar da terminologia pesada, foi assinada por cem pessoas. E noutro ofício aditavam que "Martim Francisco, ajudado pelo Brigadeiro Jordão, tinha posto em prática o terrível plano de ser absoluto nesta província, que ele e seus amigos eram o refugo da sociedade, maus cidadãos e péssimos súditos" e que "o Coronel Martim tinha alcançado seu fim de chamar à corte o Conselheiro Oeynhausen" (4/7/1822).

— Sim, saindo João Carlos, Martim assumiria como vice ou interino — observou Saldanha da Gama, porém de modo pensativo.

O ativo Jordão, respirando fundo para não explodir, preferiu responder calmamente: "Na falta de argumentos, sobram tão somente ofensas e calúnias. Sim, mandamos emissários às principais vilas do interior, Ytu e tantas outras, que felizmente não embarcaram na aventura da desobediência". O comandante Pedro José de Brito, de Itu, respondeu dizendo que "não dava execução às ordens do Governo porque estava deposto por Sua Alteza Real".[16] Como se viu da eleição de ontem, o ministro Saldanha foi derrotado na Capital, porém o interior garantiu vitória ao Regente. "Ou seja, Excelência, a providência de enviar emissários nos salvou, ficando claro quem de fato é refugo da sociedade." O mais importante do último ofício de 4 de julho vinha a seguir. Leu em voz alta: "Apesar de que estão *pacíficos os ânimos*, a câmara julga do seu dever representar a V. A. Real que, para *remover desconfianças* e havermos uma marcha constitucional e de *união com Portugal*... haja por bem mandar instalar o governo provincial *do modo prescrito ultimamente pelas Cortes*".

---

[16] Publicação Oficial de Documentos Interessantes — *Actas do Governo Provisório 1821/1822*, 3ª ed. Archivo do Estado de São Paulo, 1919, vol. 2, pp. 143 e 156.

— Perdoe-me se avanço nas conclusões, mas a realidade está aí no miolo da frase: o Governo Paulista prega a união do *modo prescrito pelas Cortes*, e não pelo modo da Regência. E nos ameaça sem pejo: por enquanto os ânimos estão *pacíficos*, mas se o ambiente piorar talvez seja necessário *remover desconfianças*. Pergunta simples: a *desconfiança* a remover não seria Vossa Alteza, o Príncipe Regente?

— Muito bem observado, brigadeiro, nos textos políticos e diplomáticos devemos depurar as entrelinhas — interveio o coronel Gama Lobo. Pedro sequer franziu a testa, gravando tudo n'alma.

Para complicar o ambiente, chegou a São Paulo a ordem de nomeação do Marechal Rendon para comandar as armas (6/7/1822), tendo evitado tomar posse para não provocar conflito maior. No 16 de julho, ainda em sessão permanente, o Governo Paulista recebeu nova ordem, para que "fizesse prontamente sahir para o Rio o senhor Oeynhausen e o Ouvidor Costa Carvalho". Desta vez Oeynhausen partiu com a Guarda de Honra chefiada pelo Capitão Ferreira Nobre, cruzando com o Regente na Fazenda Santa Cruz, no primeiro dia da viagem dele a São Paulo, quando Pedro se recusou a recebê-lo. Não só, enviou o Marechal Cândido Xavier de Sousa para tomar posse de São Paulo a partir de Santos (15/7). O intrépido Xavier, desbravador do sertão do Paraná, iniciou a marcha com um corpo militar e quatro peças de artilharia, entretanto o Coronel Daniel Müller o interceptou em São Bernardo, convidando-o para conferenciar na Cidade. Chegando no 22 de julho, Xavier foi comunicado da decisão de Arouche de não assumir o governo. Como a Portaria Real de 23 de junho determinava que "V. S. e o Marechal Arouche Rendon se combinem", a falta de Rendon e mais a beira da guerra civil sustaram a invasão, já que a tropa paulistana estava de prontidão.

— Aparentemente está tudo claro. Pretendo iniciar a devassa oficial mais tarde. Antes preciso ter certeza sobre o alcance da revolta, se foram brigas provincianas ou afronta proposital à Regência.

8º Relatório da Independência: Riscos da Bernarda Paulista

Se a bernarda mineira foi em boa parte obra de um homem só (Oliveira Lima), a bernarda paulista teve matiz coletivo. O forte grupo favorável à Corte Vintista agiu no limite da desobediência, afrontando inúmeras ordens da Regência. Numa democracia, isso de dizer que "tropa e povo se opunham" tem nome: anarquia ou golpe, apesar de que cada ofício ao Rio vinha subscrito por 100, 200 assinaturas, revelando apoio popular. Além da ideologia pró-Portugal do sogro Costa Carvalho, Francisco Ignacio Queiroz chefiava a tropa. E Oeynhausen, ex-governador do Pará, do Mato Grosso, com larga folha de serviços ao rei, atuava como algodão entre cristais perante os dois lados radicais, embora nato português pendesse para o lado conservador.

Não há como negar: até a vinda do Príncipe a São Paulo, a Regência só colecionava **derrotas**. O ambiente paulista era bem mais perigoso do que em Minas. Apenas na Bahia, com o golpe do General Inácio Madeira, a situação era pior. Portanto, Pedro veio afrontando razoáveis riscos. Tudo deu certo, a Independência foi proclamada, porém o risco que S. Alteza Real correu não foi pequeno. Todos os outros nomeados — Ribeiro Andrada, Arouche Rendon e Cândido Xavier — não tomaram posse. Apenas Pedro, com a autoridade real somada ao respaldo do voto e do sentimento popular, além do ímpeto de sua personalidade, detinha força moral para restabelecer a ordem.

6 A Primeira Noite

A chegada de Domitila abriu clareira na noite. Depois daquele beijo, Pedro sabia que estava preso. Ela deu a mão e repetiu a reverência, inclinando o tronco e a cabeça, arrastando a perna esquerda para trás em sinal de reverência. Pedro a levantou, já sentindo o cheiro almiscarado do corpo.

— Sinta-se em casa, Domitila. Meu Francisco, qual é o nome do rapaz que o senhor Aparício deixou de prontidão?

— Chama-se Estevão, está ali de poncho cinza-escuro do outro lado da rua. Precisando, ele me chama nos Quatro Cantos. Peço licença, vou ter com ele.

A porta fechou, deixando separadas as dores do mundo. Pedro serviu um Porto Croft Tawny, envelhecido vinte anos em balseiros, grandes tonéis. Com o tempo vai perdendo a cor vermelha, tornando-se pálido, *tawny* a significar aloirado ou âmbar em português. Diminui o figo e a amora-negra, evoluindo para frutos secos, do tipo amêndoas, nozes e casca de laranja. Domitila provou: "Adorei, não sei se V. Alteza me influenciou, mas percebi a descrição. Delicioso".

Pedro passou ao desagradável assunto do ex-marido. O alferes, na hierarquia militar acima de sargento e abaixo de tenente, estava lotado em Santos. Aliás, consta estar amancebado. Felício seria mantido lá, ou transferido para qualquer posto mais distante, pelo que "a senhora não precisa mais se preocupar com ele". Domitila foi gentil: "Com tantos afazeres eu ainda fui lhe trazer mais problemas"; e colocando a mão direita sobre a de Pedro: "Não sei como lhe agradecer". Ah, sim, Pedro sabia como, mas não misturou amor e trabalho:

— Se Deus me deu algum poder, exerço contra os malvados e a favor das pessoas que quero bem.

— Obrigada, vosmicê fala tão bonito... Mas não quero falar desse monstro, porque ainda sonho com a facada, tenho aqui a cicatriz. O pior é o medo.

— Acho que a senhora não me compreendeu: Felício está sendo vigiado, e qualquer movimento além de Santos será considerado crime contra uma ordem real. Se insistir, será preso. Ele não vai mais incomodar vosmicê.

Domitila não pôde resistir. Sentindo-se atraída, pousou a taça e se aproximou para o beijo de agradecimento. Enquanto as línguas se encontravam eletricamente, Domitila pousou a mão na perna direita, que Pedro segurou e pressionou contra seu centro nervoso. Domitila não fugiu, estimulando Pedro a abrir seu coração e botões, mergulhando nas mangas nutritivas e saciando a sede. Dois jovens, ele aos 23 e ela aos 24 anos, sob a avalanche de oxitocinas e endorfinas que aceleravam o sangue, ela também afogueada de corpo e alma. No quarto, a luz do candeeiro revelou contornos de um corpo esplendoroso, em perfeito equilíbrio de curvas e retas, barroco e clássico, até que surgisse na noite o triângulo isósceles da Pauliceia desvairada.

7 Sábado, 31 de Agosto de 1822: Insubordinação e Contraditório

Gertrudes Galvão não alterou o semblante. O pequeno almoço transcorreu alegre e farto, sem ninguém aparentar surpresa. Os comentários banais focavam a fartura de frutas e a baixa temperatura. "São Paulo é sempre assim tão frio?" O jovem Miguel de Godói Moreira, de Pindamonhangaba, relatou que "frio mesmo faz em Campos do Jordão", no alto da Serra da Mantiqueira, que ele e um grupo de amigos subiram a cavalo. "Dizem que já nevou por lá."

Manoel sorriu; era sua Fazenda Natal, a que chamam de Campos do Jordão — "os amigos são sempre bem-vindos" —, que lá procurasse pelo capataz João Lacerda, na encruzilhada das estradas de São José e Taubaté, no local chamado Jaguaribe. A conversa se prolongou além do esperado, até que por iniciativa de Saldanha os principais pediram licença e caminharam em direção ao Palácio do Governo, relevando que entre eles faltasse o principal personagem, que já estava a postos aguardando a chegada dos companheiros.

— Senhores, bom dia. Passaram bem a noite? — Alegre, o regente parecia sugerir que a sua fora ótima.

Depois do reencontro, a devassa da bernarda prosseguiu. O núcleo duro de doze pessoas — Saldanha da Gama, Rodrigues Jordão, o primeiro comandante Gama Lobo e o segundo Marcondes de Oliveira e Melo, Antonio Prado, Arouche Rendon, Cândido Xavier de Almeida, Pereira Leite, fluminense de Resende, Francisco Xavier de Almeida de Taubaté e Salvador Leite Ferraz de Mogi das Cruzes, e da casa às vezes o Padre Belchior e o Chalaça — costumava ser dividido em dois ou três grupos para tarefas específicas, leituras de atas, redação de cartas, estudos de ordens do governo provincial, tomando pé da situação paulista. Naquela manhã, Pedro os reuniu.

Por detrás da disputa política, havia o aspecto preocupante da indisciplina militar. Ao chegar à Capital do Reino, em junho, Martim Andrada, conhecido como rigoroso no trato da despesa pública, fora nomeado Ministro da Fazenda. Em meados de julho também chegara ao Rio o Marechal Arouche, nomeado governador, dando ao Príncipe as devidas explicações. "Tinha a cumprir a ordem real, mas os bernardistas se recusaram a acatá-la." A desculpa é conhecida, que a tropa impedia. D. Pedro demitiu o cabeça, Francisco Ignacio, nomeando Cândido Xavier para comandante, porém Cândido desistiu de invadir a Cidade.

— O quadro é de contínua desobediência; apenas nos falta saber se foram desavenças locais ou a bernarda tem natureza mais grave.

— Sem dúvida os decretos reais foram ignorados — ponderou Marcondes.

— Tenho conversado aqui e ali com meu Jordão, inclusive nos saraus dos Quatro Cantos. Mais tarde gostaria de lhe tomar depoimento oficial. De um lado temos o quadro de **insubordinação** geral, com apoio militar, inclusive aquela imagem de *remover desconfianças*. Mas ainda nos faltam explicações. Aprendi com mestre Rademacker, e Caetano Filangieri reforça quando se trata de ministrar justiça, que para chegar à verdade precisamos de **contraditório**. Precisamos ouvir o lado português, de preferência alguém que conheça todo o movimento. Sugestões senhores? —, indagou Pedro.

— Insuspeito seria o Nicolau Vergueiro, que aliás é português, mas perdeu tempo na Constituinte em Lisboa, chegou no mês passado e foi para Limeira cuidar de sua Fazenda Ibicaba. André da Silva Gomes é professor e deputado pela ciência, rege o coro da Sé, mas como Xavier, é dos nossos. O Lazaro Gonçalves comandou os leais paulistanos, é independente, mas sempre esteve a serviço de Oeynhausen.

— Alteza, dentro do meio militar, sugiro o Coronel Daniel Pedro Müller. Foi governador das armas em Santa Catarina e São Paulo. Como todo militar cumpre ordens, foi ele quem sustou o marechal em São Bernardo, mas diria que tem coração independente.

— Ótimo. Até porque meu Xavier estará presente. Nosso Barreto de Camargo fica encarregado de entregar a convocação ao Coronel Müller, para segunda-feira. — E, mais cedo do que esperavam, D. Pedro deu por encerrada a reunião.

8   Febre de Domitila

Durante o dia se pôs a pensar: estaria apaixonado? Sabia que se apaixonava facilmente. Leopoldina, por exemplo, o amava tanto, lutava por ele com gemidos e a pele branca nunca exposta ao sol, que a seu tempo pretendia compensar. Dar o que ela queria. Mas agora parecia diferente; Domitila era pura volúpia, bastava pensar que a seiva circulava. Amor ou até mais? O que pode ser maior do que o amor? A paixão, alguns dizem, seria um sentimento carnal, talvez passageiro, enquanto o amor seria espiritual e duradouro. Comportas separadas? Não haveria um terceiro estágio de amor e paixão misturados? Pedro vivia uma espécie de febre persistente, a necessidade visceral de Domitila.

Quando entrou na casa da Rua dos Correios, ela estava junto ao fogão, preparando o jantar por volta das quatro da tarde, cujos ingredientes foram fornecidos pelo Chalaça: ovos, batatas e cebolas para uma tortilha e um frango capão assado na panela de barro. Elogiar a comida, prosear e ouvir sem pressa — "o amigo Chalaça tem me tratado a pão de ló"; "deixei a casa asseada e com bons ares para o príncipe não sentir falta do palácio"—, porque logo mais daria vazão à urgência. A visão da cintura e dos seios, a boca framboesa, o toque da pele, a mistura de amor e luxúria que exalava da flor.

— Meu amor, eu lhe quero todas as manhãs. Temos pouco tempo, porque depois da Independência concluo minha missão em São Paulo.

— Como assim, depois da *Independência*?

— Nada, me falta concluir a devassa da bernarda e vistoriar a praça de Santos. Depois faço o que vim fazer e volto ao Rio. Não quero ficar sem vosmicê, teremos que encontrar uma solução urgente.

— Às vezes esqueço que vosmicê é rei. Mas amanhã preciso voltar; tenho três filhos para criar. Estão há três dias com meus pais. Já pedi um coche ao Chalaça e hoje à noite volto para a Chácara dos Ingleses.

— Por acaso a minha senhora tem ascendência inglesa?

— Não é isso, meu pai João de Castro comprou a fazenda de uma família inglesa e mantivemos o nome popular.

— Amanhã te procuro lá. Seus pais moram na chácara ou na Cidade?

— Moramos na chácara, mas papai tem um sobrado na Rua do Ouvidor, de fundos para o Largo de São Francisco; às vezes pousamos no Centro. Mas não ficarei longe de ti, meu demônio. Ontem quatro vezes, hoje mais duas... até agora. Eu sou sua até cansares de mim.

9   Domingo, 1º de Setembro: Tourada no Arouche

A energia dos Quatro Cantos pareceu voltar ao normal, Gertrudes a seguir seu "protocolo de bom senso". Contaram-lhe que o Príncipe dormiu em casa neste sábado. E Domitila também — *já não era segredo para ninguém* —, na chácara dos pais. Chalaça e o boleeiro Aparício a levaram às oito da noite do sábado. Antes que o Príncipe surgisse, todos continuariam aguardando o início do serviço matinal, aglomerados no terraço ou na sala social, recostando-se nas cômodas de jacarandá-da-baía ao estilo D. José I, enquanto outros chegavam a invadir a cozinha, furtando peras e gomos de uva. Trajando vestido de baeta verde-escuro, com delicados debruns vermelhos e desenho de framboesas, confortável para a manhã fria, Gertrudes apenas tolerava a intromissão no território de Antonieta, porém de outro lado percebia que todos se sentiam em casa, sempre louvando a *magnífica hospedagem*, adjetivo que repetiam e lhe aumentava a autoestima.

Quando o regente chegou de bom humor, beijou a mão da anfitriã, pedindo escusas. "Tive alguns imprevistos nas duas últimas noites", porém hoje esperava desfrutar "os grandes borgonhas" do brigadeiro. Talvez depois de cavalgar até o Sítio do Arouche, que tem curro para touradas. "Já convidei seu menino Antonio, que prometeu montar em bezerro chucro." Ao final do domingo os cavaleiros chegaram felizes e sujos, cheirando a bosta de boi, rindo dos tombos e das aventuras. Floriano Rios aparentemente sofrera a pior queda, arremessado de costas contra o tapume da arena de touros, desmaiando por trinta segundos. Felizmente a organização do passeio apenas selecionou bois mochos, sem chifres, para evitar acidentes irreparáveis.

10 Resumo da História: Três Independências e Uma Submissão

Depois de todos se submeterem a banho frio, foram se agrupando na sala de jantar enquanto Antonieta e sua auxiliar Sebastiana finalizavam o jantar tardio de domingo. Quem retomou a marcha da História foi Arouche, felicíssimo depois da visita do Príncipe ao seu curral.

— Estou curioso sobre qual síntese os senhores retiraram da História. Espero que a narrativa seja menos enigmática do que a bernarda — sorriu D. Pedro, que gostava de voltar ao passado para projetar o futuro.

Durante os 700 anos de existência, Portugal teve que porfiar três independências, além de outras tantas ameaças. De igual entre elas, foram todas pelejas contra a Espanha. A começar pela fundação contra Castela, por D. Afonso Henriques em Ourique, dando início à Dinastia da Borgonha (1139). Duzentos e cinquenta anos depois houve a consolidação, Nuno Álvares a vencer a cavalaria espanhola e o triplo de soldados, daí el-rei João I ter fundado a Dinastia de Aviz (1385) e construído o Mosteiro da Batalha para agradecimento. E, por fim, novamente 250 anos depois, deram-se a restauração e o início da Dinastia Bragança (1640).

Do lado brasileiro, as guerras internas foram enfrentamentos entre desiguais. Mesmo aos melhores tupis de Tibiriçá e Cunhambebe faltava força para enfrentar os perós surgidos do mar de 1500 em diante. Os índios, em função do erro de Colombo de supor que havia descoberto o leste da Índia, foram então escravizados e "reduzidos à humana sociedade". Sem contar os abarés que chegaram em 1560, idealizando resgatar almas para a Igreja, quando foram cúmplices da escravatura. *Inter coetera* foi na verdade *inter inaequales*. O costume de escravizar se tornou tão banal que os portugueses reinauguraram o regime a partir da África.

Já as guerras externas — as que foram travadas aqui — da França Antártica no século XVI aos holandeses de Nassau no século XVII também combinaram religião e política, gravitando em torno dos inimigos da Espanha, que nos colocou em guerra contra o protestantismo. Brasil com 320 anos sempre a guerrear... a Espanha, a rivalidade secular! Até nos tempos de paz norteamos nossas ações em função da Espanha, como a expansão bandeirante (em especial a planejada Bandeira dos Limites pelo inferno verde) e, por exemplo, a política defensiva organizada pelo Morgado de Mateus.

— Aliás chegamos a observar, conversando aqui mesmo nos Quatro Cantos, meses antes da chegada do Príncipe, que o Tratado de Tordesilhas espalhou a rivalidade ibérica mundo afora. Curioso, não? É como se a fronteira natural da Europa fosse alavancada ao mundo. O príncipe perfeito não financiou Colombo porque sabia que a América do Norte estaria além de Tordesilhas. Em resumo, tanto na paz como na guerra, nosso destino sempre esteve ligado à Espanha — concluiu o Marechal Arouche Rendon.

— Bem observado, marechal, a Espanha é o fado de nossa política através do tempo. Até quando caímos no colo da Inglaterra foi por temor ao vizinho — respondeu D. Pedro, a quem Rendon e Jordão dirigiam as palavras.

Até o recente domínio econômico inglês começou por medo da Espanha, como a aliança militar-econômico que gerou o Tratado de Methuen, por causa do envolvimento das potências europeias na Guerra da Sucessão Espanhola (1701-1714). "Menos uma vez", Arouche deixou o ar suspenso por vários minutos. Agora estávamos vivendo o drama do Vintismo, e pela primeira vez em trezentos anos o Brasil foi abandonado. Vivemos disputa nova. Não pende conflito entre velho e novo regime, absolutismo *versus* constitucionalismo, porque tanto Fernandes Tomás como Pedro de Alcântara professam o liberalismo constitucional. Muito menos atrito religioso entre católicos e protestantes. Sequer revanchismo como acontecia com as coalizões contra Bonaparte. Memória curta; o Brasil foi porto seguro contra a invasão francesa, daí que Lisboa mais devia nos agradecer. Porém não: com excesso de revanchismo, maior do que Rússia, Áustria, Prússia e Inglaterra em relação à França, ataca-nos por proteger a monarquia nos anos do bonapartismo.

Portanto agora se trata, pura e simplesmente, de submissão ou jugo. Como proclamaram vários memorandos recentes vindos do Rio de Janeiro, o país está sendo claramente escravizado. O artigo 128 da Constituição Portuguesa dispõe que no Reino do Brasil haverá uma delegação do Executivo, e "dela poderão ficar independentes algumas Províncias sujeitas ao Governo", e o art. 129 veda que "príncipes e infantes" possam ser membros da regência. Nenhum disfarce: "Esse dardo foi lançado diretamente contra o peito de Vossa Alteza Real". Alguém duvida? Para todos sempre há o ponto de não retorno, a decisão fundamental que nos impele, por exemplo estudar, casar e trabalhar.

— Sua Alteza ainda está investigando a bernarda. Deve. O alcance ou limite da revolta será mais ou menos grave. Seja lá qual for, ao menos Ignacio e Oeynhausen escolheram seu lado, foram machos e agiram — agregou Jordão, parando em seguida, a culpar o vinho por ter avançado demais, implicitamente sugerindo que deste lado estaria faltando decisão ou coragem.

Aproveitando a deixa, inclusive para contornar aquele aparente excesso do anfitrião, Rendon procurou mudar de assunto, passando à segunda conclusão histórica. Adentrou brevemente na teoria da História, explicando as correntes subjetiva e objetiva, individual ou sociológica. As mudanças acontecem pela ação do homem ou em razão do ambiente social? Condições objetivas ou decisões individuais? De tudo um pouco... diria qualquer sábio avô! Não fosse a determinação de Afonso Henriques de se intitular rei portucalense, sua obsessão em querer ser rei, talvez até hoje Portugal fizesse parte da Espanha. E provavelmente uma personalidade mais pacata, por exemplo, el-rei D. João VI, jamais ousasse dar o primeiro e muito menos o último... grito de Independência.

Por sua vez o Mestre de Avis, durante o *interregno* entre a morte de Fernando I e sua ascensão ao trono como João I (1383-1385), pensou em se refugiar na Inglaterra "por segurança de sua vida", apenas mais tarde aceitando a investidura como primeiro dinasta de Avis. Mas depois que se decidiu, mesmo sendo intelectual, saiu a campo em auxílio dos sete mil homens de Nuno Álvares contra os trinta mil castelhanos em Aljubarrota, chegando com sua tropa no meio da batalha. Imaginem o efeito dos bravos apeados, sem cavalo, à chegada do novo rei João I. Terão pensado "não estamos sozinhos" e redobraram a energia. "Guerras são como jogos, o grupo acreditando que pode vencer", observou o Marechal Cândido Xavier, que entendia do assunto.

E também se dizia de D. João IV, o primeiro Bragança, quando da Restauração em 1640, estar hesitante, o que não fora verdade. Sua aparente indecisão encobria a "vontade firme de triunfo", porém antes a cautela de organizar a resistência e colher apoio popular, enquanto não sentia a "madureza do fruto". Prudência, mas não medo! E quando a nobreza mais favorável à Espanha foi convocada para combater a revolta na Catalunha (1640), os "fidalgos mancebos", espécie de baixo clero da nobreza (os 32 restauradores), depuseram a Duquesa de Mântua e retomaram o poder.

— Pode-se até dizer aí que, por maior que fosse a moderação dos três Felipes, havia um caldo de cultura que rejeitava o domínio espanhol, daí a Restauração mais se enquadrar na corrente sociológica da história — ponderou Arouche. — Mas D. João IV de Avis canalizou o sentimento de independência.

— Numa palavra direta, sem disfarce com as palavras —, me permita Vossa Alteza que assim eu conclua o nosso resumo, tomou a fala o Brigadeiro Jordão: — sem determinação, vontade ou ambição, nada se constrói.

Sempre que intervinha — ao contrário do que havia combinado com Arouche em julho —, Manoel Jordão era cada vez mais audacioso. Até mais: atrevido. Todavia D. Pedro parecia não se incomodar, não acusava o golpe, as mensagens sub-reptícias e as contundentes, até porque nunca se deu bem com songamongas. Gostava de ouvir. Disso se apercebeu Rendon, colocando ponto-final no resumo histórico.

— Pela primeira vez em quase 700 anos a guerra não envolve a Espanha. O Vintismo degringolou em autoritarismo e arbítrio. Assim como incontáveis exemplos de firmeza e coragem através da história, há também atos de covardia e omissão que na maioria das vezes nem são mencionados nos livros... as oportunidades perdidas, os medos — discursou Rendon. Ele também ouviu a palavra do amigo Jordão: — Prefiro pecar por excesso do que por omissão! — Embalado no galope, encerrou: — Depois de tantas ofensas, teremos apenas uma opção à escolha: escravos ou homens livres. — Não falou (quase ninguém falava) a palavra *independência*; debatiam genericamente a História de Brasil e Portugal.

Para bons entendedores, o recado dos amigos Arouche e Jordão tinha peso pesado. Pedro franziu a testa e meneou a cabeça, dando a entender que registrara tudo na alma. O meio-jantar ou meia-ceia daquele produtivo domingo estava servido e todos pareciam dispostos a comer um boi.

11   Segunda-Feira, 2 de Setembro: A Versão Bernardista

O Coronel Daniel Pedro Müller compareceu fardado e solene à audiência daquela tarde. Indagando sobre a convocação, ouviu que se pretendia conhecer a versão dos simpatizantes do Partido Português. Ao pedir juramento ao Santo Evangelho, negou-se. "Segundo meu colega Joaquim Aranha Barreto de Camargo, cuidava-se de uma conversa amistosa." Tinha 64 anos, brasileiro filho de pais alemães, de Erfurt, capital da Turíngia, centro da Prússia. Terra de Martinho Lutero, protestantes e católicos lutando há dois séculos. "Por isso não juro, já que cada um interpreta a Bíblia conforme a própria crença." O depoimento começou tenso, porque Müller rejeitava o papel de informante. Aos poucos foi se soltando, revelando fatos interessantes, safando-se sem citar nomes ou locais.

— A bernarda paulista é reflexo da confusão portuguesa. Cristo já ensinou que não se pode servir a dois senhores. Cá também não sabemos a quem obedecer, à Corte Vintista ou ao Príncipe Regente.

— Dúvida bíblica coronel; para qual desses senhores optaram por servir? — interveio o Brigadeiro Jordão. Müller sorriu, aceitando a cutilada.

— Tentamos servir a ambos, mas o amigo há de convir que o horizonte é estreito. Se corrermos, a corte nos pega; se ficarmos, a regência nos come. Mas, respondendo à pergunta, ficamos... ao lado da Constituição — devolveu o bote à altura. Agora foi a vez de o Marechal Arouche pressionar a testemunha.

— Caríssimo Müller, como o Brasil ainda não é independente e não tem Constituição, a bernarda escolheu o lado da... Constituição Portuguesa. Porém o que aparentemente seria *liberal*, mal disfarça o viés *conservador*, já que pretende nos impor a tirania colonial. E o lado brasileiro, que na aparência se apoiava no lado *conservador* da regência, na verdade é o lado *liberal*, que também pretende governar conforme o figurino constitucional. Ou estou enganado? — concluiu olhando na direção de D. Pedro, que gostou da bordoada verbal.

— A mim consta que o movimento pioneiro, a favor de uma nova Constituição, saiu do Porto em direção a Lisboa.

— Sim, coronel, mas parou por lá; a liberdade não atravessou o Atlântico. E até a liberdade comercial agora está ameaçada. A bernarda aceita abrir mão da *Loi Chapelier* de França, a liberdade de empreender; ou pretende nos escravizar?

— O ouvidor, digo, as lideranças não acham que Portugal retomará o monopólio, porque já se sabe que a liberdade de comércio gera riqueza e impostos — rebateu Müller. — Mas desconheço economia, só relato minha impressão política.

— Peço licença — pediu a palavra o Chalaça, ansioso para ser respeitado por sua cultura: — Nossos deputados já voltaram ao Brasil, e Portugal acaba de impor a nova Constituição. O art. 128º consagra o princípio do *divide et impera*.

— Sim, dividir para reinar, na política e na guerra — interveio Arouche. — Júlio Cesar no *De Bello Gallico* explicou que tomar a França passava por dividir os inimigos, aliar-se às tribos conquistadas e esmagar os resistentes. Um filósofo frasista diria: vocês seriam insuperáveis se não fossem separáveis.

— Me permitam ler. *Art. 128º — Haverá no Reino do Brasil uma delegação do Poder Executivo, encarregada duma Regência, que residirá no lugar que a lei designar. Delas poderão ficar independentes algumas províncias, sujeitas ao Governo de Portugal.* Porteira aberta, duas ou dez províncias independentes, tudo pode. A estratégia de divisão agora tem grau constitucional.

— Apesar dos excessos de uns e de outros, nas casas em que nos reuníamos à noite o discurso era de liberdade, sob vínculo da Constituição, de modo que não se pode presumir que Portugal queira nos escravizar.

— Ora, então V. Senhoria está confirmando que a bernarda de fato foi a favor da Constituição Portuguesa. Para muitos de nós ser favorável a Portugal significa ser anti-Brasil — interveio Marcondes de Oliveira e Melo.

— Caro Manuel, todos bem em Pinda? Espero. Seu repto parte da falsa premissa de que as Cortes sejam anti-Brasil. Afinal, não somos reino unido?

— Senhores, o debate filosófico é interessante, mas estamos nos afastando dos fatos; queremos ouvi-lo a respeito da bernarda — ponderou Saldanha.

— Nada é simples. Se têm paciência, ouçam-me do começo. Oeynhausen era capitão-mor nomeado por D. João VI e cercado de bons portugueses. Quando José Bonifácio foi chamado pelo povo no 21/6/1821, foi jeitoso ao mantê-lo na presidência, assumindo como vice. Porém o Gravenburg perdeu poder, tendo que dividi-lo com os Andrada, Jordão, Gama Lobo, Arouche Rendon, o grupo brasileiro. Ainda assim funcionava. Quando Bonifácio se tornou Ministro do Reino o equilíbrio evaporou, já que Francisco Ignacio e Martim Francisco são turrões. Uma semana depois os Caçadores de Santos romperam o sossego, soltando os presos e saqueando a cidade (28/6/1821). Nova Bastilha? Apesar de o decreto de abril de 1821 ter igualado os soldos entre portugueses e brasileiros, a lei não era cumprida. Dizem que os Andrada estariam por trás da revolta, que explodiu antes da hora. Daí a reação pesada de Oeynhausen. Lazaro Gonçalves e eu descemos a Santos e surpreendemos os rebeldes no 6 de julho; só restava arrependimento e desânimo. — O elemento português aproveitou a ocasião para reforçar o poder, aplicando 117 penas de enforcamento, depois reduzidas para sete, das quais cinco cumpridas imediatamente em Santos. Cotindiba e Chaguinhas, "nascidos serra acima", foram transferidos para execução em São Paulo. Depois da morte de Cotindiba, a corda do Chaguinhas rompeu duas vezes, o povo protestou por sua inocência, até que partiu na terceira execução, ambos enterrados no Cemitério dos Aflitos na Rua da Glória. Sobrou radicalismo de parte a parte. — Ou seja, Alteza, o Governo Provisório funcionou mal desde junho de 1821. Democracia exige alternância do poder, mas aqui ninguém aceita o cabresto do outro.

— E o senhor, pendia para o lado português ou brasileiro?

— Para o lado... alemão! Sobrou indisciplina, e eu como militar cumpri ordens. Jordão sabe a que me refiro, há mais incendiários do que bombeiros de parte a parte. Participei de algumas reuniões tentando acalmar a turma, que se tornava mais ousada à medida da genebra. A bernarda chegou a ser marcada para 4 de maio, depois 13 de maio, até a explosão de 23 de maio. Quando chegou a ordem de José Bonifácio chamando Oeynhausen, os ânimos já estavam exaltados, e logo se espalhou o boato de que as intrigas de Martim e Jordão tinham vingado, já que saindo o Gravenburg o Andrada assumiria a presidência. Golpe branco. O Coronel Ferreira do Amaral assumiu o comando e marchou pelas ruas da cidade com dois tambores tocando a rebate em direção à Câmara. Lá um tal de Bexiga começou a tocar o sino, atraindo cerca de mil pessoas ao Largo de São Gonçalo. Então assumiu o Francisco Ignacio, tentando controlar a tropa de 400 praças e mais de 60 oficiais. Por sua vez, Martim mandou dispersar a guarda do Palácio do Governo e se sentou à espera. Ignacio ainda tentou dispersar a multidão, *à vista das Ordens Reais que devia cumprir*, "não sei se falava sério", mas o fato é que a oficialidade recusou, sob o argumento de que não queriam mais um Andrada no governo. Aí também se misturam sentimentos bairristas, os Andrada são santistas e os paulistanos não aceitam o mando deles. Sugeriu-se a deposição de vários deputados, teve bate-boca e no fim apenas Martim e Jordão foram desterrados. Ao ler a expulsão, Martim retrucou que para isso não precisava de ofício e se dava por demitido. — O restante da bernarda, V. Alteza já sabe.

— Agradeço ao Coronel Müller pela colaboração. Senhores, perguntas?

12   Devassa da Bernarda

Já era noite quando o Marechal Arouche Rendon abriu a segunda parte, contestando o depoimento de modo cáustico.

— Colega Daniel Müller, como sabes fui ao Rio de Janeiro apresentar a moção de apoio ao Fico, juntamente com José Bonifácio e outros. Àquele tempo havia unidade, porque a saída do Príncipe implicaria a perda da liberdade de comércio e Francisco Ignacio é nosso maior comerciante seco. Todos temiam a volta do regime colonial. Como o senhor disse, depois do Fico passaram a flertar com a Corte Vintista. Ouvia boatos, mas desconhecia as reuniões regadas a pinga e genebra. Minha pergunta é a seguinte: pelo que o senhor diz, então a bernarda foi premeditada?

— Interessante pergunta. Posso devolver sua indagação com outra famosa: o que vem antes, o ovo ou a galinha?

— Shakeaspeare traduziu a dúvida com o célebre *to be or not to be*. Peço que por favor explique se a bernarda foi consciente e mais séria do que se divulga.

— Estou a dizer que lutamos o bom combate. Não me venha com insinuações do tipo *o bem contra o mal*, mocinhos e bandidos, bandeirantes e índios.

— Como assim? Não estou percebendo aonde o senhor quer chegar.

— Posso explicar, mas peço a gentileza de não me interromper. As reuniões noturnas não foram diferentes da maçonaria. Não sejamos ingênuos, conversas sempre houve. Aliás, me consta que isso tem nome na democracia: direito de *livre reunião*. Digo que não se pode qualificar de democrática a convocação do Conselheiro Oeynhausen induzida pelo Ministro Bonifácio.

— Como assim... induzida? — criticou Saldanha da Gama. — V. Senhoria está sugerindo que o Ministro do Reino agiu de modo desonesto?

— Pedi a gentileza de não ser interrompido. *Induzir* talvez seja leve demais. Se V. Alteza, conhecido como homem franco, deseja adentrar ao coração da bernarda, dar-me-á permissão de falar francamente? — Daniel Müller não se deixava intimidar.

— Siga adiante, Coronel, fale o que lhe vem de dentro — respondeu o Regente.

— Entre os defeitos do Ministro do Reino não está a ingenuidade. Ao que se sabe o Príncipe estava em Minas Gerais, cuidando do motim mineiro, quando recebeu as futricas de José Bonifácio. Daí minha pergunta: por que chamar Oeynhausen tão de repente? Havia justa causa, explodido alguma revolução? Ou se tratou de ardil do Andrada, como para assumir o governo paulista além do que já dominava o do Rio?

— Coronel, o Regente lhe permitiu falar francamente, mas meça as palavras para não incidir em perjúrio — advertiu o Capitão Marcondes.

— Não quereis a verdade? Não há como entrar na cabeça do Andrada, mas se podes ver, pensa. Se não dolo, houve manipulação. D. Oeynhausen sofreu um golpe de D. Bonifácio.

Vários conselheiros se indignaram e se puseram a falar ao mesmo tempo. Normalmente Pedro interviria, chamando-os à ordem, mas permanecia pensativo. E isso estimulou o corajoso Müller a concluir o ataque.

— Sem dúvida que S. Alteza mandara convocar Oeynhausen. Ele daria explicações e voltaria. Seria necessário substituí-lo no governo? Quantos de nós não saímos a cumprir missões? Acaso Vossa Alteza deixou de ser regente quando foi a Minas? Porém a ordem de 10 de maio, escrita pelo Andrada, mandava *passar a presidência ao seu imediato no Governo.* — E, como todos estivessem atônitos com o atrevimento, o alemão ainda finalizou o repto, já na madrugada de terça-feira: — Era necessário? O ovo e a galinha aparecem no fim, Alteza, Excelências, nesta briga de facções não se sabe quem atirou a primeira pedra. Talvez possam ver deste ângulo. A mim parece que a bernarda não foi contra a Regência, mas contra a quadri... o domínio dos Andrada.

13   Terça-Feira, 3 de Setembro: Liderança e Sigilo

A noite bem-dormida nos Quatro Cantos serviu para resolver as dúvidas sobre a bernarda. Dois governos, dois reis, dois generais a comandar exércitos; dificilmente dois médicos podem executar a mesma cirurgia. Pensou na Inglaterra: George IV no poder, mas quem governa é o primeiro-ministro. Nos Estados Unidos, quem manda é o presidente John Adams. Francisco José da Áustria e Alexandre I da Rússia continuam plenipotenciários. Já a França e outros países da Europa, inclusive Portugal, patinavam com as Revoluções de 1820. Tudo gira em torno da chefia; e Pedro estava convencido de que somente ele poderia estabilizar o País. Sua liderança vinha de nascença, abraçando e transmitindo segurança ao grupo. A que se somava um desejo de ser admirado e louvado pelos seus homens.

Até aqui o resultado da bernarda era cinza, nem branco nem preto. Apesar da clareza de Daniel Müller, certas evidências não bastaram para alterar a estratégia original. Lembrando do primo Luís XVI e do próprio pai, ao esmiuçar a revolta paulista Pedro não repetiria o erro da submissão. Ao lado intuitivo somava muito raciocínio ou reflexão. Mas no caso da independência vinha cumprindo a estratégia dos ministros, de concentrar poder, o que implicava manter sigilo sobre suas ações em relação aos próceres paulistas. E isso estava causando alguma instabilidade entre ele e seu núcleo paulista. A disputa provinciana era leite derramado que não impediria o caminho da independência. Estava sob pressão, mas não tombaria. Encarregou o núcleo duro de tomar mais dois depoimentos e se retirou. O fator emocional se misturava à política: Domitila.

14   Maria Benedita

Pedro dispensou o Chalaça na entrada da Chácara dos Ingleses. Iria sozinho bater à porta dos Canto e Melo. O casarão clássico de quatro águas, que pertencera ao casal May, por isso chamado de Chácara dos Ingleses, possuía dois andares, cinco janelões em cima e quatro embaixo, e no meio a porta de entrada.[17] Uma da tarde de uma terça-feira morta, quente para o inverno.

— Ó de casa! — bateu palmas, mas ninguém respondeu. — Tem gente aí?

De repente surgiu uma moça de avental molhado, perguntando quem era. "Pedro." E lá de dentro outra voz se sobrepôs. "Pedro quem?" "Pedro de Alcântara." Na porta do casarão, apareceu a dona.

— Não pode ser, Pedro de Alcânt... Dom Pedro?

— Eu mesmo, senhora, venho à procura de Domitila de Castro Canto e Mello.

— Nossa! — Dispensou a serviçal: — Margarida, leve as crianças ao Tamanduateí, que eu atendo o convidado. — E quando a escrava saiu: — Não pode ser! Vossa, Sua Alteza, Domitila está com meus pais na Cidade, faça o favor de entrar.

Maria Benedita era a irmã mais velha, cópia mais madura de Domitila aos 29 anos. Há pouco saíra do banho — "me desculpe, estou desarrumada" —, preocupada com as roupas simples.

— Acomode-se, fique à vontade, o senh...V. Alteza aceita uma limonada?

— Aceito de bom grado, mas não vou demorar. Vim fazer uma surpresa, mas agora não faz sentido. Vim transmitir notícias sobre o ex-marido Felício.

---

[17] Pedro Corrêa do Lago, Iconografia Paulistana do Século XIX, ed. BM&F-Metalivros 1998, p. 67, a partir de aquarela de Edmund Pink de 1823.

— Francisco nos contou que V. Alteza ajudaria Titília.

Apesar dos seis anos de diferença, puseram-se a conversar banalidades, Benedita se acalmando do frenesi da surpresa.

— Domitila foi hoje cedo à Cidade.

— Ah, sim? Estivemos juntos, conversamos e... nos conhecemos melhor.

— Me desculpe... conhecendo como? — Pedro meneou as sobrancelhas e ela percebeu. Como a irmã, Benedita não dava ponto sem nó: — Ah, o senhor chegou a ver a cicatriz de Titília?

— Não fica bem a um cavalheiro... mas fiquei impressionado, acima da virilha, poderia ter morrido. Ela me contou sobre os dois meses em recuperação.

— Sim sim, foi um susto, mas graças a Deus passou. — Benedita riu consigo mesma e sussurrou: — Também tenho cicatriz que não cicatriza.

— Penso que está na minha hora, não quero causar constrangimento, sei pelo Francisco que a senhora é casada.

— Meu marido está em Sorocaba comprando bois... e se divertindo.

Engraçado, pensou o Regente. *Insinuação ou coincidência?* Mais à vontade, Benedita se ofereceu para mostrar o casarão. Pedro tinha mais o que fazer, mas mostrar a casa era hábito brasileiro, tipo "veja o que conquistei", e seria indelicado recusar. Mostrou o quarto dos pais e, sem entrar no de Domitila, entrou no seu. Embora constrangido, não havia alternativa que participar do jogo.

— É quase hora do jantar, mas nada tenho a oferecer digno de um rei. Esse é meu quarto, não repare a bagunça. — O *peignoir* azul havia escorregado do colchão e Pedro foi gentil ao apanhar e estender na cama. Pensou com malícia no ditado: "A palavra dita, a flecha lançada e a oportunidade perdida não voltam jamais". A seda tem esse poder de atrair o toque.

— Bonito penhoar.

Por sua vez, Benedita tinha plena consciência do que pretendia alcançar, e a oportunidade era perfeita. A resposta estava pronta desde quando soubera da viagem do Príncipe, de quem o irmão tinha a honra de ser ajudante de ordens.

— Se Vossa Alteza me permitisse vesti-lo...

Pedro achou interessante:

— Se não for incômodo...

Ela pediu que desse licença do quarto. Quando Benedita voltou à sala, Pedro se assustou: nada por baixo. Ela se oferecia e o rei gostava do que via. Quando chegou mais perto, os dois mamilos duros despontaram à frente porque dentro de casa fazia frio. Mesmo assim tentou escapar, buscando pretexto sem convicção.

— A senhora é irmã de alguém a quem estou me afeiçoando... não sei, eu agradeço pela limo... não devemos. — Maria Benedita já estava aquecida e desfez o laço do *peignoir*, que se abriu até o estômago.

— Saiba que também sou muito grata pela ajuda de V. Alteza à nossa família.

Sendo assim, uma espécie de agradecimento, por que recusar? Pedro de Alcântara abriu as abas do *peignoir*, deparando com o corpo jovem, cuja cintura empalmou, abaixando os lábios à procura dos mamilos que tanto lhe despertaram a atenção. Ouvindo Benedita mergulhar em suspiros, empurrou-a em direção ao quarto, não sem antes retirar o *peignoir* de seda que ficou pelo caminho. De trás viu curvas para derrapar e areias movediças para afundar. O rei de dois países se tornava absoluto de duas irmãs. E, ao encontrar no recanto o mel da colmeia, apontou a flecha na direção da cicatriz que nunca cicatriza.

CAPÍTULO 6º

Em Direção
à Liberdade

1   Quarta-Feira, 4 de Setembro: Conclusão e Confissão

De madrugada, Pedro pensou sobre o amor. Gostara da cavalgada com Benedita — "a família inteira tem calores" —, mas o coração e a mente estavam presos em Domitila. Para além de algum constrangimento que não chegava a arrependimento, de se entreter com a irmã, depois de superado o instinto animal faltava o emocional. Não, nada de chavões sobre a diferença entre amor e paixão. Até para o devasso Bragança amor é sentimento permanente, não no sentido de durar para sempre, mas que te domine por inteiro e te arranque a paz. D. João VI, que durante sua vida teve apenas um caso, com a bela Eugenia de Menezes, aos 35 anos em 1803, nunca havia experimentado o amor. De repente, para evitar boatos, o rei a repudiou e a encerrou num convento. Teria sofrido? Seus atos já respondem à pergunta.

Amor é neblina da razão, quando você está abatido de livre-arbítrio e dominado pelo impulso de querer o contato da pele, condenado além da vida ou morte, sem a virtude aristotélica da moderação, como se necessário passar da inércia ao movimento, o *primum motu immobile* inexorável, maior do que a razão, inexplicável, vento mudando as areias e ondas lançando liquens para semear as praias depois da viagem intercontinental, o ser humano voltando à infância do reflexo da procura do seio materno. Alegria por ter e dor por ainda não ter, Pedro quisera chegar à sua essência, ainda que imperfeita. O que, afinal, há por trás do amor? Talvez uma conversa com o Padre Belchior ajudasse. Na correria da devassa e dos compromissos na Pauliceia, não se confessava há dez dias. Sentiu chegar a hora. Por onde andava o Padre Belchior Pinheiro de Oliveira? Solicitou ao Chalaça chamar seu confessor.

Suspenso o grande jantar de domingo que pretendia oferecer à sociedade paulista, sinhá Gertrudes mandou distribuir os quinze cordeiros prontos a assar no fogo de chão, e devolver as mesas amontoadas no pátio dos Quatro Cantos. Que lhe desculpassem as principais famílias... ela tentou! Sobre a economia, o direito, a religião e o social, reinava a política; faltava tempo para bailes. Sobre a bernarda, Manoel lhe disse, depois de dez dias de inquérito chegara o momento das conclusões. Pedro encarregou o ministro Saldanha da Gama de convocar os principais ao improvisado anfiteatro no grande salão do palacete. Por que não na própria quarta? Porque faltava convocar os participantes; e principalmente porque o Príncipe tinha compromisso.

9º Relatório da Independência: Amor e Política

Quando começou a confissão cheguei a me assustar. Não há segredo que se consiga esconder numa vila de alcoviteiras. Já era voz corrente que D. Pedro mantinha caso com Domitila de Castro Canto e Mello. Do Chalaça ao negro Estevão, passando pelo boleeiro Aparício, sem contar a criadagem encarregada por madame de preparar um bolo de fubá ou assar um frango, impossível deter o boato. Todavia ninguém sabia do xodó com Maria Benedita. Hoje posso revelar este segredo, porque mais tarde o encontro se repetiria no Rio de Janeiro, constando até que, para não provocar ciúmes na favorita, entrava na casa de Benedita por uma passagem secreta. Todavia, no momento da confissão a aventura com Benedita, mesmo para alguém como Pedro, extrapolava todos os limites éticos.

Ele confessou ter "flertado" porque "ela se ofereceu". A seu tempo, *flerter* no francês ou *flirt* em inglês significava relação passageira, em geral platônica, uma atração sem reciprocidade ou consequência, salvo que as pessoas usam a palavra como eufemismo para atenuar a obra. Diante da surpresa, perguntei "como assim"? "Ela começou dizendo que também tinha a agradecer pela ajuda que tenho prestado à família, e parecia oferecer os seios como quem diz 'toma'." Disse que a princípio tentou escapulir, mas "acabou se rendendo".

— Padre Belchior, ela veio a mim de penhoar sem nada por baixo.

— Excelência, como lhe tenho dito, é dispensável entrar em detalhes durante a confissão. Basta o tema, que eu deduzo o principal.

Aumentei a penitência, deixando claro que o pecado foi maior do que os corriqueiros. Mais tarde comecei a meditar até que ponto a devassidão amorosa poderia influenciar na política. Não bastava Domitila, também a irmã! Em tese, amor e política são compartimentos estanques. Não coloco a carroça na frente dos bois, até para não antecipar o suspense, se é que ainda há, quando escrevo este relatório trinta anos depois da Independência. Tudo se devia saber, mas há historiadores preguiçosos e uma multidão que propaga os erros, todos saciados ao ficarem na superfície dos fatos.

Refiro-me à história do 1º Reinado, à paixão que permitiu a influência de Domitila na Corte, inclusive a cegueira de D. Pedro ao obrigar Leopoldina a compartilhar a presença da amante em reunião de Estado, na véspera da partida para a guerra no Uruguai, daí a morte de Leopoldina em razão de supostos maus-tratos, ou pelo menos humilhação e a tratativa de futuro casamento com a segunda imperatriz, Amélia Napoleona de Beauharnais. Há quem diga que o estopim do rompimento foi uma tentativa de Domitila agredir ou até assassinar a irmã Benedita. Convenhamos que a moral nunca foi o forte da família Canto e Melo, nem de Pedro de Alcântara em matéria de sexo. Sim senhores, com D. Pedro amor e política se misturam e perigosamente. De outra parte esse impulso vital, igualzinho a Napoleão Bonaparte, foi em boa parte responsável por suas decisões e conquistas. Será dele a estátua de libertador — segundo se diz em Lisboa — a ser erguida no Rossio. E não a de D. João VI, nem de Miguel, nem muito menos a minha!

2 Reunião no Salão Nobre

— Pedi ao meu Saldanha que coordenasse essa última reunião antes da viagem a Santos. Tenho conversado com o grupo próximo, Jordão, Arouche, meu Marcondes e tantos outros, mas não com Bispo Abreu, que hoje nos honra com a sua companhia. Já rezou missa?

— Sim, Alteza, costumo rezar a missa das onze; depois me apressei para estar aqui às vossas ordens, se puder contribuir.

— De todos aqui e ali tenho recebido boas ideias, cabendo a mim a decisão de como me comportar daqui para a frente. Muitos de meus rompantes são teatrais, porque aprendi com Rademaker que um rei precisa ser temido. Conselho de Maquiavel. Saldanha e Jordão me auxiliaram a resumir quatro pontos principais e agora saberão minha conclusão sobre o que fazer — Pedro seguia relatando sobre suas decisões.

O primeiro ponto ficou claro com o depoimento do Coronel Pedro Müller, que terminou na madrugada de ontem. Sem dúvida a bernarda foi uma revolução de cor portuguesa. E não foi pequeno motim emocional, como a quartelada dos soldados brasileiros que recebiam soldo menor em Santos, que resultou no enforcamento do Chaguinhas. Não, o inquérito apurou que a bernarda foi consciente e vinha sendo planejada há muito tempo.

— De fato os bernardistas se reuniam na casa do Ouvidor Costa Carvalho, sogro do Francisco Ignacio de Sousa Queiroz. Baiano e formado em Coimbra, foi nomeado juiz de fora em São Paulo, casou com Genebra de Barros Leite e formou família aqui. Uma de suas filhas é esposa de Ignacio, que por sua vez é o maior comerciante de secos da Cidade — relatou Arouche.

— Perfeitamente... a revolta tem rosto e nome. De principal, o clima político continua agitado. Basta ver quantos votaram no Conselheiro Oeynhausen no 29 de agosto. Hoje estão tranquilos, mas não podemos nos fiar na sua calma.

— O elemento português fez sua escolha. Entre o regente pró-Brasil e as Cortes Vintistas, optaram por Lisboa — cutucou Jordão.

— Sem dúvida, o núcleo da bernarda é favorável a Portugal — emendou Manuel Marcondes. — A bernarda paulista foi e continua muito séria.

Ao mesmo tempo — passando ao segundo ponto —, a bernarda tem atenuante política. Pedro passou a palavra ao Capitão Marcondes, que brevemente explicou que os portugueses paulistas, como todos nos mais diversos rincões do Brasil, estão entre a cruz e a espada. Logo em seguida o Ministro da Viagem Saldanha da Gama resumiu:

— Sua Alteza tem plena consciência de que é difícil servir a dois senhores. A mesma instabilidade política começou no Grão-Pará com o estudante Maciel Parenti. Também os motins da Praça do Comércio, em abril de 1821, liderados por Luís Duprat e o Padre Macamboa, que culminaram com o humilhante juramento de D. João VI às *bases* de uma Constituição que ainda estava por ser feita, tudo faz parte do quadro conflitual e a direção a escolher nessa babel.

— Tem muito cacique e pouco índio — alguém simplificou do meio do salão.

— É mais do que isso. Essa indefinição nos prejudica. Sinto que o inimigo se fortalece com nossa **indecisão**. Caminhamos morro acima, porém o barro nos traz para baixo — interveio Jordão, ousado, insuflando reações, já que a plateia bem sabia a qual *indecisão* ele se referia. Pedro ouvia quieto mas atento.

— No Fico ainda havia o elemento surpresa e a dúvida sobre a ideologia vintista, além da perda da liberdade de comércio — recordou Xavier de Almeida, que pouco intervinha. — Embora vital, o Fico somente evitou a volta de V. Alteza, algo menos grave do que desobedecer explicitamente a Constituição.

— Bem observado, não se trata de defender os bernardistas, mas reconhecer o dilema político. Se lá na terrinha há nova ordem liberal, não se pode condená-los pela defesa da Constituição. Vivemos a encruzilhada de duas estruturas de poder enviando ordens antagônicas — concedeu o Marechal Arouche Rendon.

Depois da atenuante vinha a agravante. Passando ao terceiro ponto, a beligerância está latente. Faltam pacifistas, como Jesus ao responder à pergunta matreira dos fariseus: *dai a César o que é de César e a Deus o que é de Deus.* Genial Cristo, separando política e religião, reforçando sua doutrina sem refutar o poder dos césares. Aqui as coisas evoluíram mal porque a Corte tenta aniquilar a força política do Brasil. Mais ou menos como se Cristo tivesse respondido aos fariseus, Deus está *acima* de César.

— Sobrou radicalismo e faltou moderação, mas agora o leite está derramado — interveio Antonio Prado, como todos sem pronunciar a palavra mágica.

— Aparentemente chegamos a um beco sem saída, porque não há espaço para a diplomacia. Só nos falta agir. — E, como se fizesse silêncio, o Comandante Gama Lobo achou por bem insistir: — É mais ou menos isso, não, Alteza?

— Agradeço, Prado e Coronel Gama Lobo. De fato, a situação política é grave, porque as duas partes fecharam as portas da negociação.

— Muito cá entre nós, dificilmente haveria espaço para a retomada do sistema colonial, monopólio e proibições de empreender, porque é difícil voltar no tempo. Todavia essa verdade não alivia a ação política de dividir o Brasil em pedaços; isso foi mil vezes mais grave — observou Saldanha da Gama.

— Sem dúvida — ajudou o Capitão Marcondes. — A divisão para reinar está na nossa frente, sem meias palavras, no art. 128 da Constituição Portuguesa que o Chalaça nos leu. E Chico Inácio está pouco se lixando para a divisão territorial do Brasil. Como todos os radicais, ele só enxerga o curto prazo, o poder hoje.

E, para complicar — agora ferindo o quarto ponto —, a bernarda paulista tem como pano de fundo a disputa pelo poder na província, os Andrada, Jordão e companhia, *versus* Oeynhausen e o grupo português. Esse fato ficou escancarado quando da expulsão de Martim Francisco em abril.

— Há dois grupos paulistas cultivando recíproco ódio — continuou D. Pedro.

— E o ódio é sentimento covarde, fácil de cultivar. Já ao contrário, amar e dialogar requer esforço, mais ou menos como cuidar de uma horta. Democracia dá trabalho — aparteou Arouche, emprestando cunho filosófico ao diálogo. — Por isso mesmo... — Não concluiu o raciocínio porque o regente retomou a palavra, relembrando as providências de José Bonifácio. E foi direto ao ponto: estava autorizado a convocar Oeynhausen à Corte, mas não necessariamente Martim deveria assumir o governo.

— Meu ministro interpretou minhas ordens. Talvez as tenha ultrapassado, ao incluir no decreto que Martim assumisse. Bastaria deixar o cargo vago durante a viagem do Gravenburg à Corte, para não bulir no vespeiro. Embora no fim o confronto tenha servido para mostrar a profunda dissidência paulista. — Essa a causa motriz da grave insubordinação. — Porém o principal vem agora: trata-se da decisão sobre o que fazer. — Carregando sobre os ombros o peso das decisões, ainda faltava saber como Pedro se comportaria, como afinal concluir a devassa.

3 Único Jantar no Horário

D. Gertrudes pediu licença e foi cochichar ao ouvido do marido. O Brigadeiro Jordão consultou seu Patek Philippe de bolso: eram três da tarde da quarta-feira. "Com a licença de Sua Alteza, se julgar que é hora, o jantar está pronto a ser servido." A anfitriã apresentou o menu para aguçar o apetite: arroz de bacalhau com alho dentro das batatas tostado no forno a lenha. Nada de vinhos, apenas cerveja inglesa clara e Porter escura, trazidas da adega fria no momento do serviço. A pausa serviu para descontrair o ambiente, a maioria passando a conversar sobre a viagem a Santos. Passaram todos ao salão de jantar; menos dois protagonistas que se apartaram do grupo, depositando os pratos no arcaz de jacarandá baiano defronte ao escritório privado do Brigadeiro Jordão.

— A decisão sobre o que fazer? Não foi isso que Sua Alteza falou? Não há outro caminho, nós dois sabemos — comentou Jordão com seu amigo Arouche Rendon. — Não teria chegado a hora de falar mais claramente, abrir as cartas do pôquer?

— Não, meu caro, lembre-se de nossa conversa de agosto. Não vamos nos desviar dos planos. Pedro é impetuoso e gosta do protagonismo. Se avançarmos demais, ele pode se retrair. É como na dança: deixemos ele conduzir desde que não troque de par.

— Estamos dançando faz tempo; o que falta para abordar a Independência?

— Estamos abordando e muito. O amigo falou em indecisão, e todos perceberam o que você queria dizer. Eu mesmo declarei a opção entre liberdade e escravidão, agora ontem ou anteontem, quando resumíamos a História. Outro de nós falou sobre a necessidade de agir. Ainda assim precisamos queimar todas as etapas, sem agir impulsivamente.

— Está bem, sigo com o plano, porém a conversa mostra como tudo ainda está vago, sem termos certeza de como Pedro vai agir. A porta da Independência está escancarada e seria hora de...

— Controle a ansiedade, Manoel, sinto as coisas avançando, mas se colocarmos o tema de supetão poderá não ser produtivo. Talvez o regente se afaste de seus conselhos. Repare como nos saraus você tem sido o principal interlocutor. Não percamos essa base; ser conselheiro exige sutileza e discrição.

— Sim, a mim parece, caro marechal, que Dom Pedro está próximo de lançar algum édito... proclamar a Independência em São Paulo.

— Como conversamos, politicamente faz sentido. Se ele proclamar lá no Rio de Janeiro, por contraditório que pareça, terá caráter local. Já em Minas ou agora em São Paulo terá caráter nacional, porque nós apareceríamos representando as demais províncias. Vejamos agora por que nos convocou e qual sua conclusão.

4   Nomeação do Bispo

Quando voltou ao ambiente transformado pela criatividade de Gertrudes em anfiteatro, no salão nobre do Palácio dos Quatro Cantos, o grupo parecia renovado para retomar o tema que estava no ar e ninguém abordava. Todos leram os Manifestos de agosto de 1822, publicados pouco antes da viagem a São Paulo. No de 1º de agosto, redigido por Januário e Ledo, D. Pedro proclamava já ter dado "o grande passo de vossa independência... já sois um povo soberano". E às Nações Amigas no 6 de agosto, avançava dizendo que defenderia "a constituição futura do Brasil" e convidava as nações amigas a enviar agentes diplomáticos "e eu a enviar-lhes os meus". O que faltava para puxar o gatilho e detonar a bomba?

O Príncipe assumiu a palavra, explicando o juramento a D. João VI, a ideia de manter unidos os reinos e, por fim, as ofensas da Corte Vintista, tudo que a audiência estava cansada de saber. Dando voltas?

— Como dizia, a revolução nos quer como escravos e não iguais.

— Está cada vez mais difícil manter esse casamento — ousou interferir Manoel Jordão —, mas V. Alteza saberá direcionar a independe... a governabilidade —, quase desrespeitando o conselho de Arouche Rendon.

— Pois bem, caro Jordão, era exatamente sobre si que precisávamos explicar. — De modo sério, o regente deixou claro que entrava na decisão.

— Para mim seria fácil tomar partido e colocar o meu Jordão à frente do governo. Porque é o herdeiro político dos Andrada, tem larga folha de serviços prestados ao Brasil, mereceu a Ordem de Cristo de meu augusto pai por ser o maior acionista do Banco do Brasil, além de ser entre os paulistas a pessoa em quem mais confio. Mas não seria prudente. Desejo superar a divisão provinciana. Por isso convoquei nosso bispo a esse conclave. Vou direto ao ponto: estou ordenando ao Ministro Gama redigir decreto nomeando Dom Mateus de Abreu Pereira para governador.

— Excelência, eu... eu não sabia, que surpresa, estou muito honrado Alteza, mas a mim falta traquejo político. Não sei se estaria à altu....

— Tenho observado o senhor desde o *Te-Deum* do dia 25, como lhe reverenciam, como advertiu a todos no sermão, chamando à conciliação. Basta repetir o mesmo estilo no palácio; política tem muito de ouvir os dois lados. Além do simbolismo da religião acima das paixões terrenas. Peço então licença ao meu anfitrião, que seria meu candidato natural, entretanto colocá-lo no governo aprofundaria a rivalidade.

— Sem dúvida... de acordo. Vossa Alteza longe está de ser o rapazinho igno... inexperiente, como as Cortes o rotularam. Aplaudo a decisão de Vossa Alteza e desde logo garanto total apoio de nosso grupo ao Bispo Abreu Pereira.

Pedro de Alcântara tinha presente o conselho do Ministro do Reino Bonifácio: "Mais do que vencer, seria preciso **convencer**". Subjugar pela força se houvesse resistência, mas depois agregar, reunir, trazer o barco ao porto. A ideia era não atirar mais lenha na fogueira.

— Aqui em São Paulo o buraco é mais embaixo — complementou o regente. — Se lá em Minas nós saímos unidos, aqui em São Paulo a paz ainda nos falta. Damos com uma mão, mas com a outra ainda devemos pressionar. Falta clima de anistia.

— Sua Alteza faz lembrar o regato novo que brota da terra e desvia pela rota de menor obstáculo — aparteou Padre Belchior, bajulando o confidente.

Terá alguém se dado conta da contradição? Não fazia uma semana que, no 29 de agosto, os representantes municipais votaram na primeira eleição majoritária do Brasil. Saldanha da Gama só governou seis dias. Todavia, com a força do voto e o prestígio da monarquia, todos sabendo que Saldanha retornaria ao Rio, o Regente nomeou o bispo. E o povo aceitaria, já que poderia ter nomeado Jordão, o que aprofundaria a cisão entre as facções. Às vezes o *despotismo esclarecido* funcionava melhor e mais rápido do que a democracia.

— Mesmo depois de minha partida — continuou o regente, transbordando confiança —, teremos que manter controle sobre os bernardistas... até que se convençam das mudanças irreversíveis.

— Atrevo-me a indagar quais mudanças? — ousou o Brigadeiro Jordão, ao seu estilo franco, apesar dos conselhos de Arouche. — Mudanças que V. Alteza planeja implementar aqui em São Paulo ou no Rio de Janeiro?

— Meu Jordão, a principal mudança deverá ser anunciada antes de minha volta ao Rio. Talvez tenha chegado o momento de passar da ideia à ação.

Aparentemente o grupo ouviu o que gostaria. Se ninguém poderia jurar sobre qual a mudança, para bons entendedores a insinuação bastava. Apesar de D. Pedro se pôr como a noiva cobiçada, mantendo suspense sobre o sim, atraindo todas as expectativas. De muito ouvir e cada vez mais ousar, Jordão concluiu que a Independência estava próxima. As peças soltas do quebra-cabeça se encaixavam; no domingo, quando o Príncipe dormiu em casa, mais uma vez sentou-se ao piano, dedilhando bela composição barroca, fluida e homogênea nas escalas diatônicas. Ao perguntar, recebeu resposta "é um hino". Para que um hino? Alguma celebração? O Príncipe sorriu e Jordão concluiu que seria música para algo que estava... prestes a acontecer.

10º Relatório da Independência: Política e Música

Perceba, futuro leitor: embora à época ninguém pudesse garantir (além de Pedro e talvez José Bonifácio), a Independência estava programada para São Paulo. As cartas patrióticas da imperatriz ao marido no Sete de Setembro revelam que também ela desconhecia o plano original. Leopoldina pediu a "volta urgente", dando a entender que tudo deveria se resolver no Rio de Janeiro. Falava-se disso? Não abertamente.

Nas reuniões sociais de que participei, inclusive a última no salão nobre dos Quatro Cantos, muito se falou de política, sem mencionar exatamente a palavra *independência*. Entretanto havia um não sei quê no ar, dando a entender que as coisas caminhavam naquela direção. Girávamos em torno da fruta à espera da madureza. Um de nós disse que estávamos num beco sem saída, e o Príncipe chegou a responder que era hora de "passar da ideia à ação", alguma coisa a cumprir "antes de sua volta ao Rio". Estava implícito, não havia nada mais a realizar do que a proclamação da liberdade.

5 Quinta-Feira, 5 de Setembro de 1822: Amor Absoluto

A perspectiva do calor do sexo em mais um final de tarde? O prazer dela viver em seu mundo? Essa mistura dominante de amor e sexo toldava a razão e fazia convergir todas as células na mesma direção, a mão pelos caminhos e dobras, flanando pela ondulação do ventre ou empunhando a esfera carnuda traseira. Renascia, apreciava, sentia cada reação.

Como água descendo o morro, a forquilha dispersava os tufos sentinelas que protegiam a caverna, fincando marcos de posse bandeirante e singrando pelo rio tépido que se oferecia à exploração do navegante.

Dentro do turbilhão que envolvia a fundação de um novo país, sob pressão dos portugueses paulistas, dos revoltosos baianos e paraenses, das Cortes Vintistas tentando nos esmagar, enfim, diante da ameaça de "esgarçar o pano velho que todos puxavam para si", em meio aos patriotas voltados ao melhor modo de se dar bem e os humildes imaginando algum milagre, ignorantes de que a felicidade máxima do transe anárquico morre no grito, Pedro se concentrou em Titília. Pediu "Traga-me sua luz", porque seu amor era fênix que revoava a cada manhã. Restavam poucos dias e isso o intranquilizava. Queria mais do que a entrega devassa; buscava a completa renúncia de vontade. Pretendia consolidar um vínculo de confiança de que ela — já que por ele estava decidido — jamais o abandonaria. Como disse o Conde de Buffon na Academia Francesa, *le style, c'est l'homme même*, mais ou menos como o escorpião que morre, mas não consegue deixar de morder o pescoço do sapo durante a travessia, Pedro tentava ser liberal na política e no amor, mas tinha caráter de liderança e vontade absolutista. Ordenou ao Chalaça:

— Requisite alguns soldados e escravos, talvez de nosso Jordão, e desça com Domitila a Santos. Você me entende; não consigo mais ficar longe dela.

6 Viagem a Santos

Antes das seis, todos os cavalos estavam encilhados por Aparício e os irmãos Ribeiro. José, o mais velho, foi chamado a acompanhar o grupo. Pedro veio com os principais, que saíram com estardalhaço pelas ruas

Direita, Sé e Correios, descendo a Tabatinguera em frente à Igreja da Boa Morte. Cruzaram a ponte do Tamanduateí e seguiram pela Lavapés até o Largo do Cambuci, atravessando mais adiante o rio Ipiranga. No Sitio Paineiras, o Brigadeiro Jordão dera ordem para preparar a troca de montaria. Ficaram os corcéis pastando, enquanto a comitiva montava bestas de qualidade para descer a Serra do Mar.

Pelo Caminho do Bom Pastor, no começo da região chamada Moinhos, D. Pedro deu alto diante da Figueira das Lágrimas,[18] admirando os galhos sombreando as pessoas que derramavam lágrimas, assim se dizia, ao se despedirem dos viajantes oceânicos. Como não enfunaria ao mar, Pedro sentiu a árvore lhe desejando sorte. Então continuaram pela longa Estrada das Lágrimas, atravessando duas vezes o Ribeirão dos Meninos, até o Pouso dos Andarilhos e em seguida pelo Caminho do Mar, à direita da Fazenda de São Bernardo de Claraval ao longe, construída pelo beneditino Bartolomeu da Conceição junto à foz do Córrego da Borda do Campo, em louvor da origem comum entre as Ordens Beneditina e Cisterciense. Do caminho não dava para ver a fazenda, mas bem distante a fumaça negra de alguma chaminé contrastava contra o azul do céu.

Da freguesia de São Bernardo do Campo, cruzando com tropeiros que, não se sabe como, já sabiam e saudavam o Regente, depois de duas horas a comitiva pisava o leito de pedras do Caminho do Lorena, em direção ao mar distante. Não por acaso os índios, concisos e diretos com as palavras, chamavam o lugar de Paranapiacaba, *local de onde se vê o mar*.

Todos sabiam do risco. Se no Rio de Janeiro, no limite, conseguira expulsar Jorge Avilez e a Divisão Auxiliadora, de outro lado na Bahia a tropa do Brigadeiro Madeira de Melo levou a melhor. A tomada de

---

[18] Figueira das Lágrimas, ainda viva, espremida entre duas casas, sem espaço para crescer, outro exemplo "vivo" do descaso com o patrimônio histórico nacional.

Salvador começou no dia 18, inclusive com a invasão do Convento da Lapa e o brutal assassinato da Sóror Joana Angélica (19/2/1822); terminando com a tomada do Forte de São Pedro no dia 21. A lembrar Shakespeare, no *Mercador de Veneza*, "deixarias a mesma víbora te picar duas vezes?". O regente temia que a invasão portuguesa se repetisse em relação ao terceiro porto mais importante: Santos. A comitiva tomou duas barcas em Cubatão, passou pelos cais mais movimentados da Alemoa, Saboó e Valongo e desembarcou em Santos às quatro da tarde. Saindo ou voltando no mesmo horário, a viagem durou uma hora a menos; descer a serra era mais rápido do que subir.

No espaço vazio do cais erguia-se a Alfândega, estranha construção retangular assentada em palafitas, como se o mar pudesse inundar a praça, sob telhado de quatro-águas com alpendre na entrada e pouca ventilação. À frente da fieira de casarões no alinhamento da rua, via-se à esquerda a discreta Igreja do Carmo do século XVI. Sob salva de artilharia, a guarda foi recebida pelo Capitão-Mor João Batista da Silva Passos, pelo governador da Praça Aranha Barreto e pelo Capitão da Milícia Martins dos Santos, além do juiz, de padres, altos funcionários alfandegários e autoridades.

Como nos tempos romanos, ovacionado pelo povo no Campidoglio, D. Pedro desfilou pela Travessa do Consulado, assim chamada a repartição que arrecadava impostos sobre a carga das embarcações, virando pela longa Rua Direita sob vivas e gritos dos praianos que atiravam papel picado e flores das janelas e dos balcões atapetados por colchas de brocardo, até que a rua reta defletisse à esquerda, então chamada de Meridional, na direção da Igreja da Matriz, onde o povo se apinhou para o solene *Te-Deum* ou ação de graças pela vinda do Príncipe.[19]

---

[19] Difícil estabelecer o local exato do desembarque, inclusive porque Santos sofreria grande transformação urbana com a instalação da Companhia das Docas em 1886. Antes de se mudar para o antigo Convento dos Jesuítas, a Alfândega estaria situada no Largo da "Alfândega Velha", que a nosso ver seria a atual Praça Rio Branco. Antiga fotografia justaposta de Militão de Azevedo

Já anoitecia quando voltou a andar sob ovação pelas ruas santistas, a tropa formando duas alas, para homenagear o Príncipe, em direção ao Convento dos Jesuítas, onde ficariam hospedados.

11º Relatório da Independência: Domitila, de Amante a Marquesa

Serei breve. Quando a Banda do Batalhão de Caçadores tocou *Jesus Alegria dos Homens* de Bach, ao fim do *Te-Deum*, já se comentava na Matriz sobre a chegada de Domitila de Castro Canto e Mello, a "namorada do Príncipe". O Chalaça, um militar e duas escravas oferecidas pelo Brigadeiro teriam chegado hora e meia depois do grupo, dirigindo-se a um sobrado alugado, próximo ao Convento dos Jesuítas onde se hospedava a comitiva. Não havia segredo que não se espalhasse quando se tratava do príncipe. Estou absolvido da possível acusação — ou fofoca — de relatar confidências. Não era possível negar: Domitila era ímã a atrair D. Pedro. Percebam que em 1825 ela foi nomeada dama camarista da Imperatriz, no mesmo ano ascendeu a Viscondessa de Santos e em 1826 recebeu o título de Marquesa de Santos. Nenhuma dúvida de que assim foi nomeada por causa dessas

---

identifica o Barracão da Alfândega (também chamado de Barracão do Consulado), perto da Igreja do Carmo, que até hoje está na Praça Rio Branco. A outra opção viável é de que o desembarque tenha acontecido dois quarteirões ao norte, em frente à atual Bolsa do Café, quando a comitiva teria atravessado a atual Rua Frei Gaspar, defletindo (em ambas as hipóteses) pela Rua Direita na direção da Igreja da Matriz, local do *Te-Deum*. A Alfândega Velha oferecia facilidades, como o atracadouro que avançava pelo mar, tendo se mudado para o atual "Prédio da Alfândega" em 1934, construído exatamente onde se situava o "Convento dos Jesuítas" em 1822, na atual Praça da República, aliás o local onde D. Pedro e a comitiva ficaram hospedados por duas noites. A Igreja da Matriz foi demolida em 1900, substituída pela nova catedral na atual Praça Patriarca José Bonifácio. Enfim, dúvidas pouco relevantes, a não ser o completo descaso para com a preservação da memória e do patrimônio histórico do... novo país.

duas noites de amor. Outros historiadores de meu tempo argumentaram que houve vingança de D. Pedro I, porque José Bonifácio se opunha à presença da amante na Corte e no séquito da Imperatriz Leopoldina. Ele a teria nomeado Marquesa "de Santos" para retaliar os Andrada lá nascidos. Invencionice de quem se recusa a pensar!

Sim, Bonifácio tomou partido de Leopoldina, de quem era amigo, mas também defendia a moralidade do Reino. Pensemos: o Andrada foi deposto do ministério aos 16/7/1823. E logo a 11 de novembro o Imperador dissolveu a Assembleia Constituinte, prendendo-nos na Fortaleza da Laje, inclusive Antonio Carlos, o relator da Constituição e este que vos fala. Uma semana depois os Andrada, Gê, Rocha e eu fomos embarcados na chalupa *Lucônia* em direção ao exílio. Somente seis anos depois, em 1829, o Imperador nos perdoou — eu por tabela, que sou primo dos Andrada — quando voltamos ao Brasil.

E, para encerrar o capítulo da ascensão e queda do Patriarca, quando D. Pedro I abdicou da Coroa (7/4/1831), nomeou como tutor de D. Pedro II com cinco anos, ninguém menos que "meu verdadeiro amigo" José Bonifácio de Andrada e Silva. Que láurea moral; verdadeiro desagravo. Homem íntegro, enquanto ministro do Império recusou o título de marquês e a Grã-Cruz do Cruzeiro. Bonifácio desprezava esse tipo de distinção porque afetaria a liberdade do homem público, comparando os nobres aos indígenas que "trocam ouro por miçangas". Sua aversão à favorita não é segredo. Quando ela recebeu o primeiro título de Marquesa, em 1826, lá de Bordeaux escreveu carta a Drummond de Menezes: "Quem sonharia que a mixela Domitila seria Viscondessa da Pátria dos Andradas? Que insulto". Sim, carta privada qualificando a favorita de michela ou rameira. Mesmo assim não há relação de causa e efeito supor que "de Santos" fosse vingança contra eles que, àquela altura, estavam há três anos no exílio, afora mais três anos até voltarem ao país. Retaliação houve em 1823, quando fomos expulsos; não três anos depois. Os Andrada àquela altura não incomodavam mais.

Pedro I nomeou 47 barões e 1 baronesa, 47 viscondes, 7 condes e 1 condessa, 25 marqueses e 2 marquesas, e apenas 1 duque (Caxias) e 2 duquesas (as primeiras filhas com Domitila, Isabel Maria e Maria Isabel). Carlos Magno criou o sistema há mil anos, para administrar o Sacro Império, instituindo *comitatus* ou comissionados, altos funcionários que viajavam pelo reino, daí *comtatus* ou condados. Abaixo deles vice-condes ou viscondes. Acima na relevância os Marqueses, nomeados para defesa das fronteiras ou marcas (p. ex. bretã, hispânica, Dina-marca) e por fim os *duces*, chefes ou duques da maior hierarquia. Quando o Sacro Império se esfacelou, o poder passou a ser exercido pelos posseiros, dando origem ao sistema feudal. Em Portugal e no Brasil, abaixo dos viscondes, dava-se título de barão a empresários e fazendeiros. O Barão de Mauá foi a maior fortuna do 2º Império; o negro Francisco Paulo de Almeida era fazendeiro e banqueiro, dono de mil escravos, todos conhecidos como *barões do café*. Pois bem, José Bonifácio, fiel ao princípio da igualdade de 1789, era filosoficamente contrário ao sistema de castas. Convenhamos mesmo assim, é preciso ter muito caráter — como tinha de sobra meu ilustre primo — para recusar título tão significativo. Se forçasse a barra, como a maioria dos políticos, talvez obtivesse por primeiro o título mais alto, duque, antes de ser atribuído a Caxias.

Como dito, voltando à outorga do título de Marquesa, isso aconteceu em 1826, três anos depois de nosso exílio. E três anos depois José Bonifácio se estabeleceu na Ilha de Paquetá. Pedro não teria por que retaliar os Andrada. A afronta, como sempre impulsiva, já acontecera em 1823. Ou seja, o título de viscondessa e depois Marquesa foi em lembrança das noites "de Santos". Ali, entre choros e beijos, pactuaram amor eterno e a mudança da amante ao Rio de Janeiro, em janeiro de

1823, em casa comprada por Pedro na Rua Barão de Ubá, no bairro de Mata-Porcos, que alguns chamam de Estácio.

7 Sexta-Feira, 6 de Setembro de 1822: As Fortalezas Fora de Santos

Quando Gonçalo da Costa mapeou o litoral brasileiro em 1510, deixou dois loucos nos extremos da Ilha de Guaíbe, que construíram estacadas ou fortins para se defender dos tamoios: Diogo de Braga e seus irmãos na Bertioga e João Ramalho em Enguaguaçu. Ramalho subiu a serra até o limite ou Borda do Campo, substituído no litoral pelo Bacharel Mestre Cosme e seu imediato Antonio Rodrigues, degredados por Dias Solis em 1513, até o magnífico desembarque do Capitão-Hereditário Martim Afonso de Souza, melhor amigo de infância do Rei João III, com 5 naus e 400 soldados para impor a *civilização*. Ameaçada a posse ancestral, no verão de 1531, Tibiriçá e Caiubi desceram para a famosa Conferência de Bertioga com 500 guerreiros goianases. Apesar do clima de guerra, Ramalho conduziu a negociação, sem a presença do famoso bacharel, que recusava qualquer domínio. João e Rodriguez transmitiram a proposta de Martim, afinal aceita, para retirar-se *espontaneamente* ao sul, origem do novo domínio do *Bacharel de Cananéia*. Depois de excursionar pelo Prata em busca da Serra de Prata, lançando padrões de Portugal na margem esquerda, base da disputa pelo Uruguai, o elegante Martim Afonso fundou São Vicente, até que um maremoto em 1541 destruísse a vila de 150 habitantes, mudada para Enguaguaçu, *enseada grande* na concisa linguagem tupi-guarani, futura vila de Santos.

Por igual ao século XVI, as estacadas de madeira deram origem a dois fortes nas extremidades do canal. Pela manhã o Regente inspecionou o do meio, Forte do Itapema, de frente ao porto. Santos vista bem do alto lembra uma cabeça de cavalo. A parte protegida da baía, onde se situa o porto e a cidade antiga, equivale ao topete da cabeça. De lá o grupo seguiu ao Forte de São João na Bertioga. A não ser como cortina de fumaça, para enganar a defesa, dificilmente uma armada atacaria Santos pelo norte, porque sofreria ataque por terra e mar no estreito canal de Bertioga. Depois de breve refeição, D. Pedro visitou o forte mais importante — Barra Grande — na entrada sul do canal de Santos, na ponta da Ilha de Guaíbe, *lugar pantanoso*, renomeada pelos cristãos como Ilha de Santo Amaro.

Barra Grande seria como a boca do cavalo, de onde o Príncipe disparou canhonaços à altura das praias do Boqueirão e Embaré, no meio do mar, e no exercício militar de precisão outros dois tiros tentaram destruir uma canoa vazia. A bala explodiu bem próxima; se fosse uma nau de linha estaria esburacada! Que coubesse à população propagar notícias; o Brasil estava pronto a se defender em caso de invasão ao maior porto do sul. Feliz por cumprir a missão militar, ouviu do Comandante Martins dos Santos a curiosa observação de que nenhuma das fortalezas de Santos se situa... em Santos; mas na Ilha de Santo Amaro do Guarujá.

8   A Véspera do Sete de Setembro

Que interessante a vida. Como poucas vezes (talvez só o amor juvenil por Noémi Thierry) um homem quis uma mulher. Entretanto poderoso, a separação com Domitila tinha prazo. Um país novo, ameaças militares, o retorno previsto, deveres de Estado. Conversaram a respeito.

— Simplesmente não consigo pensar em ficar longe de ti, minha fêmea.

— Muito menos eu longe de ti. Mas como posso mudar de cidade assim tão de repente? Tenho família, filhos, empregados.

— Titília, quero você ao meu lado. Comprarei uma casa e você vem ao Rio com quem quiser, pais, serviçais, sua irmã. — Isso estava decidido. Domitila queria e aliás nem poderia dizer *não*. — Vá se preparando e aguarde notícias por correio. — Enviaria o Francisco e quantas mulas fossem necessárias. — Amanhã termino o que vim fazer em São Paulo, ajeito tudo e na manhã seguinte parto para o Rio.

— O que falta terminar por aqui?

— Assuntos da política. Todos saberão... uma proclamação aos paulistas, ou melhor, a todos os brasileiros.

— Então viajas no dia nove cedinho, é isso? Ainda te vejo uma vez? Só de pensar na tua partida, me dá vontade de chorar. Já não posso passar um dia sem vosmicê.

D. Pedro sempre foi estouvado, às vezes violento quando contrariado, impulsivo e emocional, do tipo que age antes de pensar. Não pensou duas vezes ao impor à Rainha a presença da amante Domitila, deixando-a falecer de humilhação e raiva aos 11/12/1826. Depois da morte trancou-se durante um mês em São Cristóvão, chorando de arrependimento. Seus maiores amigos foram gente simples, do Plácido barbeiro do Paço ao Chalaça pau para toda obra. Durante sua vida foi capaz de gestos duros (como o exílio dos Andrada, mais Francisco Gê de Acaiaba Montezuma, José Joaquim da Rocha e até seu confidente Belchior em 1823), pouco se lixando para as dificuldades financeiras deles no exílio, para oito anos depois da expulsão, em 1831, abdicar da Coroa e nomear José Bonifácio para tutor de D. Pedro II:

— *Amicus certus in re incerta cernitur...* é chegada a ocasião de me dar mais uma prova de amizade, tomando conta da educação do meu muito amado filho, seu Imperador. — Ao que o Patriarca respondeu:

— A carta de Vossa Majestade veio servir de pequeno lenitivo ao meu aflito coração, pois vejo que apesar de tudo V. M. ainda confia na minha honra. Confie V. M. em mim, que nunca enganei a ninguém.

Impulsivo sempre... menos uma vez; ao conduzir a Independência, Dom Pedro foi cerebral, prudente e equilibrado. Investigou, raciocinou, passou as armas em revista. Contra o Partido Português em São Paulo, agiu com rigor mas também comedimento, ora aliviando a desforra, ora mantendo os bernardistas sob pressão. O condutor da Independência foi a força centrípeta que atraiu para si todas as reivindicações, e esperou o momento certo de caminhar em direção à liberdade.

CAPÍTULO 7º

O Grito dos Moinhos

1   Sábado, 7 de Setembro: Planos de Independência

Às seis e meia, antes do nascer do sol, quando as luzes da manhã de inverno despontavam atrás do Guarujá, os cidadãos começaram a andar em direção ao cais. Mal sabiam que hoje ou amanhã fundariam um novo país. Pedro já tratara do assunto com Bonifácio, e superficialmente com Martim Francisco e Caetano Pinto. Lá atrás, quando assumiu o ministério, Bonifácio defendia a monarquia dual ou independência moderada. Com o tempo se convenceu que esse regime comunitário seria utópico, lindo na teoria, porém impossível de funcionar na prática. Para começar, Portugal se recusava a compartilhar o poder. A esta altura dificilmente seria possível remendar os buracos do dique; até já havia uma "proclamação às nações amigas", para troca de embaixadores.

O que, afinal, faltava? A convicção final do Príncipe? Ninguém sendo ingênuo, por certo as conversas giravam em torno da melhor ocasião para a ruptura. Muitos desconfiavam, antes ou depois da chegada do regente no domingo, 25 de agosto, treze dias atrás. Especulava-se bastante, cada um imaginando saber mais do que o outro. Onde há fumaça, há fogo; a independência era fruta cada dia mais madura. E no núcleo duro paulista também havia expectativa de o ato final acontecer em São Paulo. Embora a preponderância do movimento político carioca, paradoxalmente, a proclamação no Rio de Janeiro não alcançaria dimensão nacional. Se a ideia era unir os brasileiros, faria pouco sentido ser percebida como ação bairrista. Poderia ter sido em Minas Gerais, já que lá a recepção ao Príncipe foi ainda mais efusiva. Todavia o processo não estava maduro. Faltava transbordar a indignação coletiva contra os abusos da metrópole, o que diferencia uma revolução de uma quartelada, o reforço da percepção coletiva de que "tentamos de tudo", "fomos massacrados" e "não aguentamos mais".

A par do que a bernarda de 23 de maio de Francisco Ignacio de Souza Queiros, quando o Príncipe estava em Vila Rica, era mais grave que a mineira. São Paulo, tanto quanto Minas Gerais, tinha peso econômico e pouca força política. No ir e vir pelo Caminho do Mar, trafegam quinhentas bestas por dia. Dava para medir o pulso dos quatro circuitos da economia — a nordeste o Vale do Paraíba, a norte Campinas e Mogi Mirim na direção de Minas e Goiás, ao sul o tropeirismo por Sorocaba e Itapetininga e, a leste, a importação e a exportação pelo porto de Santos — todos os caminhos atravessando a Cidade, o que favorecia a cobrança de impostos pelos almotacés da Câmara, cargo anteriormente ocupado por dois potentados da agricultura, Nicolau Vergueiro e Manoel Jordão, fazendeiros vizinhos na Limeira, aquele da pioneira Ibicaba, este da Fazenda-Modelo Morro Azul. Assim como as vias de Roma, tudo convergia a Inhapuambuçu em função da situação geográfica, o destino do Peabiru, rota dos antepassados incas. Muitos empreendedores abriam casas comerciais na zona cerealista, para daqui organizar a atividade ao País e exportação a Portugal e Inglaterra, inclusive França e Estados Unidos.

Agora todas as peças estavam no tabuleiro e a Independência, madura. O centralista Pedro precisava definir a hora e o lugar, hoje mesmo se chegasse a tempo de Santos, ou amanhã, Oito de Setembro. Talvez no Largo de São Gonçalo, onde havia estourado a bernarda e se situava a Casa da Câmara e Cadeia. Lá também foi o antigo Pelourinho, local de açoite de escravos, regime bárbaro que a depender dele e do ministro do Reino será abolido depois da fundação do Brasil Livre. Ou no Largo da Matriz da Sé, no centro da Cidade, uma declaração a cavalo cercado pela tropa e o povo, um dia antes de voltar ao Rio. Dos planos à ação, se possível hoje, inclusive porque na quarta-feira é dia de teatro, "o que pode me ser conveniente".

12º Relatório – Dia Sete: Quatro Relatos, Duas Lacunas e Uma Tapeação

Já disse que boa parte do mérito pertence ao historiador M. J. Rocha, que em 1826 publicou meu relato e do Tenente Canto e Melo sobre o Sete de Setembro. Se tivesse certeza de que a Independência seria proclamada, ficaria ainda mais atento! Rocha pecou por não pedir dois depoimentos fundamentais: do anfitrião Manoel Jordão, tanto pela diferença de idade ideal, 41 anos em relação aos quase 24 do Príncipe, pela deferência da hospedagem e principalmente por sua participação na política paulista, como desagravo à sua prisão e expulsão a Santos. O dono dos Campos do Jordão e do Morro Azul foi o principal interlocutor de D. Pedro I, na quinzena de agosto e setembro. Talvez haja explicação: Jordão faleceu de tuberculose em 1827, muito cedo aos quarenta e quatro anos, e em 1826 já estaria muito doente.

A segunda testemunha esquecida foi a jovem Domitila de Castro Canto e Mello, até para buscar detalhes sobre a eventual antecipação dos gritos, se conversou ou não com ele sobre a Independência (provavelmente não), dicas do comportamento de Pedro etc. Preconceito do historiador contra a figura feminina, supondo que Domitila teria a relatar fatos eróticos e não heroicos? Ou dificuldade logística, lembrando que em 1826 Domitila acabara de se mudar para a segunda casa presenteada pelo Imperador, em São Cristóvão, a dois quarteirões da Quinta da Boa Vista, com projeto do arquiteto da corte Pierre Pézerat? Não seria fácil a M. J. da Rocha viajar e entreter com Domitila, e embora dona de personalidade independente e ativa articuladora política da corte, talvez a favorita sequer tivesse liberdade de relatar confidências. Mais um paradoxo: com a morte da querida Leopoldina Habsburgo, em 1826, o domínio da favorita declinou, talvez por arrependimento de Pedro, talvez porque a diplomacia exigiu o término da mancebia como condição para tratar novo casamento ou, mais provavelmente, porque ele cansou de Titília. Em 1829 chegou ao fim o romance com Pedro, tendo a casa sido vendida ao famoso Barão de Mauá, Irineu Evangelista de Sousa. E Domitila, ainda na flor dos 33 anos, casou e teve seis filhos com o Brigadeiro Tobias de Aguiar, patrono da polícia militar paulista, combatente da Guerra dos Farrapos, quando montava o primeiro cavalo malhado alvo da admiração de todos, por essa razão até hoje chamado de *Tobiano* no Rio Grande do Sul. Vida que segue!

Além desses dois depoimentos a M. J. da Rocha, do Tenente Canto e Mello e meu, há outros relatos dos dois principais militares da Guarda de Honra: o primeiro comandante Coronel Antonio Leite Pereira da Gama Lobo, e do Capitão Manoel Marcondes de Oliveira e Melo, segundo comandante. O quarto e último depoimento de Marcondes foi prestado em 1862 a outro historiador, A. J. de Mello Moraes, quarenta anos depois dos gritos. O agora Coronel Marcondes, Barão de Pindamonhangaba, "narrou aquillo de que tenho lembrança e que presenciei como testemunha ocular", mas ressalvando "o espaço de quarenta anos que não tem apagado da minha memória".[20] Ele confirma que a comitiva seguia dividida em dois grupos, fato importante para corroborar a ocorrência de dois gritos de Independência bem distintos um do outro.

---

[20] Esse quarto e último (1862) depoimento do Capitão Marcondes, segundo comandante da guarda, foi inicialmente colhido pelo historiador Mello Moraes no livro *Brasil Reino*, de 1862, e mais tarde reproduzido por Assis Cintra, em O *Brasil na Independencia — Documentos e Autographos*, ed. Mayença 1922, em comemoração ao primeiro centenário, a partir da p. 38 (Depoimento das Testemunhas do Grito do Ypiranga). O relato do agora "Coronel Marcondes" está nas p. 39 e 40, em forma de quesitos. Embora quarenta anos depois do acontecimento, há preciosos detalhes que reforçam a tese central dos dois gritos, a começar de Marcondes não ter presenciado os fatos nos Moinhos, já que estava à frente da comitiva, esperando no Ypiranga. A rigor temporal, esse depoimento de Marcondes a Mello Moraes sequer deveria fazer parte deste romance, que tem como data-limite a morte do Padre Belchior Pinheiro de Oliveira acontecida aos 12 de junho de 1856, aos 80 anos. Mas como ficaria confuso omitir ou alterar a verdade histórica dos quatro depoimentos, preferimos mencioná-los, tão somente excluindo (ou ressalvando) a ficção de Paulo do Valle. O importante é que prevaleça do conjunto dos relatos, antes do que algumas omissões e contradições, a visão coordenada dos acontecimentos.

Tem sido mencionado um quinto relato, por parte de Paulo Antonio do Valle. Inicialmente Valle resumiu a revolta paulista no *O Governo Provisorio e a Bernarda*, embora ressalvado que se tratava de "mero esboço e rascunho ligeiro.[21] Mais tarde tomei conhecimento de um suposto *relato* ou descrição da cena histórica, objeto do livreto *As Testemunhas do Ypiranga*, de 1854, quando tinha 79 anos.[22] Esse livrinho me deu embrulhos. Para quem lê desavisadamente, a impressão é de que Paulo estava no Ypiranga em 1822, sem esclarecer bem aos leitores que empregava a imaginação de romancista ao se colocar, anos depois, na cena histórica: "A tres quartos de legoa desta Imperial Cidade de São Paulo córta a estrada de Santos um gracioso ribeiro de agoas límpidas e serenas: é o Ypiranga... a natureza nos dá uma das mais saudosas tardes... e vemos um sol de brilhante, de safira, uma colina de esmeralda... D. Pedro tira o chapéo e corre a mão pela fronte... tira a espada convulsivamente e solta a rédea ao *corsel* espumante, bradando resolutamente *independência ou morte*". Essa fantasia de Valle distorce os fatos, como ao dizer que "na paragem dos Meninos era apenas acompanhado dos cidadãos Joaquim Berquó, João Carlota, João de Carvalho e Francisco Gomes da Silva". Afirmação enganosa, para se mostrar sabido aos leitores. Sem contar que Chalaça não aparece em nenhum relato, porque escoltava a volta de Domitila, nunca os três criados rodeavam o senhor. Eram figuras simpáticas, bons serviçais, mas sem nenhuma participação na cena política.

---

[21] O texto histórico de Paulo do Valle, "O Governo Provisório e a Bernarda", foi reunido por Toledo Piza ("aviso ao leitor") na "Publicação Oficial de Documentos Interessantes — Actas das Sessões do Governo Provisório de São Paulo, 1821 – 1822", 3ª ed. 1913, páginas 3 e 4.

[22] Já esse depoimento, também de Paulo do Valle, foi reproduzido por Assis Cintra no já citado *O Brasil na Independencia — Documentos e Autographos*, de 1922, sob o título de "Relato de Paulo Antonio do Valle" (pp. 40 a 43), ou seja, sua descrição sobre a Independência. Presume-se que tenha sido pinçado do "livreto" (assim o diz) "As Testemunhas do Ypiranga", de 1854. Como dito, trata-se de ficção literária, Paulo a se colocar na cena histórica: "Estamos a 7 de Setembro de 1822, da feliz era christã; é sabbado... a natureza nos dá uma das mais saudosas tardes neste clima salutar". Embora o "estudo" sobre a bernarda (Toledo Piza) nada tenha a ver com o "relato" ficcional do 7 de Setembro (Assis Cintra), aparentemente seriam dois momentos do professor Valle (um deles de História, o outro de romance), ou até dois homônimos.

Mesmo tolerando a ideia de reproduzir a cena histórica com a imaginação de romancista, o livrinho de estilo gongórico parece mais preocupado com suas descrições do que com os fatos, enquadrando-se no dizer de Montaigne nos "enfeites que ocupam mais espaço do que o próprio assunto". Senão, vejamos: "Vendo se aglomerarem no ocaso os *densos vapores* da tarde, como em um *oceano de fogo*, os martyres de Villa Rica ali vinhão grupar-se para assistirem á inauguração da Independencia da pátria e repousar depois no seio da eternidade". Para começar, não havia céu brilhante e safira, oceanos de fogo e densos vapores porque... era inverno. Não soltou a rédea do *corcel* espumante, seja porque o rei montava *mula*, seja porque se soltasse a rédea o animal andaria... para a frente. Parou; terá *puxado* a rédea! E o sonhador prossegue: "Segue *a passo lento* o caminho do Ypiranga, *incerto e temeroso* como um patriota em provança. Quem sabe se elle entrevia já então o Ypiranga, o Imperio e suas glorias, e desgraças do futuro?". Pedro não seguia "a passo lento", mas em trote acelerado. Tinha vários defeitos, mas nunca foi *incerto* e menos ainda *temeroso*. Não sobra nada, o relato é pura tapeação, a começar do fato de que Paulo tão somente imaginou a cena do segundo grito; e imaginou mal. Deve-se excluir o relatório de Paulo Antonio do Valle por ser mais falso que uma nota de três réis!

2 Subindo a Serra do Mar

Três chalupas acomodaram a comitiva, ficando a carga e alguns cavalos com os ajudantes de ordens que viriam mais tarde, inclusive escoltando pessoa querida do Príncipe. As barcas seguiram pelo braço interno da Baía de Santos, entraram pelo Rio Casqueiro, contornaram a Ilha de Piaçaguera e chegaram à base da Serra do Mar, em Cubatão, onde as bestas gateadas, de cor castanha ou bronzeada, haviam sido deixadas na segunda-feira à espera dos cavaleiros. Estando encilhadas e prontas, o regente deu ordem de partida aos primeiros membros da comitiva, dispensando a marcha militar, dizendo em voz alta ao segundo Comandante Antonio Leite da Gama Lobo "que cada um vá seguindo adiante, reunindo no alto da Serra de Paranapiacaba". Em seguida montaram Manoel Jordão e Saldanha da Gama, o Príncipe seguindo ao lado de Manoel Marcondes. As mulas firmavam pé nas encostas da calçada, subindo como se estivessem em terreno plano.

A comitiva levou quatro horas subindo a Serra do Mar, se encontrou no alto da serra e continuou dispersa até o fim do Caminho do Mar e o início da Estrada das Lágrimas. Pouco à frente a vanguarda atravessou a ponte do Ribeirão dos Meninos e esperou sob as paineiras do Largo dos Andarilhos, local em que os viajantes costumavam agrupar para descanso ou pouso noturno, quando faltava tempo para completar a viagem no mesmo dia. Lá pelas três da tarde chegou o segundo grupo da guarda.

— Meus camaradas, podem seguir. — À frente, Gama Lobo e Marcondes de Oliveira e Melo, os soldados foram passando sem formação. — Francisco Bueno Garcia Leme, os dois guardas Miguel e Manoel Godoy Moreira, Adriano Vieira de Almeida, Manoel Ribeiro do Amaral, Antonio Marcondes Homem de Mello, Benedito Corrêa Salgado, Francisco Xavier de Almeida, Vicente da Costa Braga, Fernando Gomes Nogueira, João José Lopes e vários outros soldados — a maioria agregada no Vale do Paraíba. O Príncipe ficou de pé nos estribos e deu voz de comando: — Passem adiante, aguardem na venda do Piranga, onde trocaremos de montaria. Vou seguindo atrás.

Os comandantes cumpriram a ordem, seguindo pela Estrada das Lágrimas. Quinze minutos depois cruzaram com o imediato Francisco Canto e Mello, que não foi a Santos, já que na quinta, dia 5, na altura de Cubatão, foi encarregado por D. Pedro de voltar com ordens escritas. Em São Paulo, Canto e Mello ficou sabendo que dois correios cariocas procuravam o Príncipe, e tomou a iniciativa de se juntar à comitiva, prevendo que D. Pedro poderia precisar dele. Logo adiante, já no final da subida da Estrada do Bom Pastor, a Guarda de Honra bateu com Paulo Bregaro e Antonio Ramos Cordeiro para entregar "ofícios do Rio de Janeiro". Pela aflição deles, e até pelo aspecto dos cavalos ensopados de suor, os comandantes deduziram que os documentos eram importantes. "Basta seguir o caminho." Bregaro e Cordeiro repuseram o galope, aproveitando o declive da Bom Pastor, enquanto a guarda seguiu ao Ypiranga, onde aguardariam o regente, conforme as ordens recebidas.

13º Relatório – Dia Sete: Bregaro e a Correspondência do Rio

É tão fácil simplificar... basta ler o que está escrito no depoimento do então Capitão Manoel Marcondes, capitão-mor da vila de Pindamonhangaba, que aliás, por igual a Jordão, se tornou amigo de D. Pedro. Relatou que D. Pedro "subiu a serra acompanhado somente por mim", o que é verdadeiro, vinham o Príncipe e ele conversando. "Continuando logo depois em sua viagem para a Capital de São Paulo, foi alcançado pela sua guarda de honra que havia ficado um pouco atraz, a quem o Principe ordenou que passasse adiante e fosse seguindo, e isso creio que em consequencia de achar-se o Principe affectado por uma dysenteria que o obrigava a todo o momento a apear-se para prover-se". Sim, frutos do mar, talvez coentro em demasia. Disse-me certa vez D. Pedro que, apesar da volúpia por ostras, seu corpo não as tolera. Falando francamente, nem sei se o Príncipe comeu ostras em Santos; provavelmente a indisposição teria efeito cumulativo, já que não respeitava horário. O jantar tardio de Santos se iniciou às cinco e se estendeu até as oito, com a presença de familiares dos Andrada. Em seguida encontrou-se com Domitila. Chega uma hora em que o corpo não aguenta! Seja qual tenha sido a causa, D. Pedro teve que apear três ou quatro vezes e, por decoro ou para se ver livre de explicações, preferiu que a guarda cavalgasse na frente.

De minha parte — Belchior Pinheiro de Oliveira —, fui claro no depoimento a M. J. da Rocha: "Foi nessa altura, no lugar denominado Moinhos, que dois correios da Corte se aproximaram açodadamente. Entregaram importantes papéis ao Príncipe, que me mandou ler alto as cartas trazidas por Paulo Bregaro e Antonio Cordeiro. Eram elas: uma instrução das Cortes, uma carta de D. João VI, outras da princesa e de José Bonifácio e ainda uma de Chamberlain, agente secreto do Príncipe". Havíamos acabado de passar pela Figueira das Lágrimas, no fim da estrada do mesmo nome, para quem de Santos seguia à Capital, na localidade de Moinhos, num terreno argiloso, plano e arborizado pouco antes da subida pela Estrada do Bom Pastor.[23]

Ali por volta das 15h40 aconteceu o primeiro Grito da Independência. Não sei se vou desapontar meus leitores, mas trata-se de erro histórico dizer que o grito foi proclamado no Ypiranga. Está registrado: enquanto se ocultava dentro do mato para evacuar, Pedro "mandou-me ler alto as cartas", que li meio de lado, em voz alta, preservando sua intimidade. Foram as chamadas "instruções" ou resumo das notícias de Lisboa, dando por nulas a instalação do Conselho de Procuradores (1º de junho), o Decreto da Assembleia Constituinte que tinha por missão "constituir as bases

---

[23] O "local chamado Moinhos", sem dúvida, é o atual bairro de "Moinho Velho". Naquele local, em função da abundância de argila de qualidade, os três irmãos Sacomã de Marselha emprestaram o nome ao bairro, quando fundaram o Estabelecimento Cerâmico Saccoman-Frères, responsável pela difusão das telhas francesas como alternativa às coloniais, mais baratas mas menos resistentes, como por exemplo no telhado da Estação da Luz de 1901. Por razões geográficas, e porque depois o grupo de D. Pedro levou "meia légua" ou 3,3 km para alcançar o Ypiranga, trata-se da atual Praça Monte Azul Paulista, espremida entre os viadutos da Avenida Tancredo Neves, à esquerda da beira da estrada, pouco depois da Figueira das Lágrimas à direita, provável local que D. Pedro adentrou para "prover-se" e em seguida proclamar a independência pela primeira vez.

sobre que devam erigir a sua Independência" (3/6/1822) e o resumo da reunião do Conselho de Estado que por unanimidade rogava a Independência. As ordens lusas eram vazadas em termos duríssimos, ratificando o retorno do Príncipe e atribuindo-lhe soberania apenas das "províncias que não haviam aderido à metrópole". Por fim, requisitava a prisão de José Bonifácio de Andrada e Silva, tudo sob pena de invasão militar.

Não tenho certeza, mas acho que depois das notícias li a carta da Princesa Leopoldina (29/8/1822). Começava dizendo que "mando-lhe o Paulo", no caso o Bregaro, pedindo sua "pronta presença no Rio de Janeiro, já que as circunstâncias em que se acha o amado Brasil, só a sua presença e muita energia podem salvá-lo". A seu estilo delicado e ao mesmo tempo firme, a Habsburgo continuava: "As notícias de Lisboa são péssimas: 14 batalhões vão embarcar em três naus... na Bahia já entraram 600 homens". A gracinha austríaca termina mandando "mil abraços e saudades muito ternas desta sua *amante* esposa, Leopoldina". Esposa de amor terno e desejos de amante.

Depois passei ao relato de Chamberlain, o cônsul-geral da Inglaterra no Brasil, com quem Pedro tinha ótima relação. Sir Henry, pai do pintor do mesmo nome, seu filho mais velho, retratista fiel do Rio de Janeiro naquele início de século XIX, era muito bem informado e, sempre que possível, usava sua amizade para estimular a Independência. Para a Inglaterra convinha a separação, imaginando exercer ainda maior poder sobre a América do Sul. Dividir para reinar também foi mote, mais tarde, da rainha Vitória, que assumiu a coroa em 1837. Chamberlain "informava que o partido de D. Miguel estava vitorioso em Portugal, e que se falava abertamente na deserdação de D. Pedro em favor de D. Miguel". Saído à mãe Carlota, inescrupuloso moral da pior espécie, venderia a alma ao diabo para reinar, como o Fausto de Goethe, mesmo atropelando o pai João VI e o irmão. Apesar da moderação de Pedro, inclusive ao oferecer a mão da filha Maria da Glória, Chamberlain advertia que, da parte de Miguel, Pedro apenas poderia esperar desavença e cizânia.

Por sua vez a carta de D. João VI mencionava a reação irada das Cortes aos últimos decretos de soberania publicados por D. Pedro, terminando a seu jeito medroso que o filho obedecesse à lei portuguesa retornando a Lisboa. Faltava a palavra coragem no dicionário joanino. Ao menos há uma certeza: se João estivesse no lugar de Pedro, nas mesmas circunstâncias políticas, jamais o Brasil se tornaria independente.

3 Guarda de Honra à Espera no Ypiranga

Vinte minutos depois do encontro de Bregaro e Cordeiro com a Guarda de Honra, por volta das quatro da tarde, o grupo militar chegou ao Ypiranga, sítio que também pertencia ao potentado Manoel Rodrigues Jordão, onde o comando deu ordem de parada, próximo da venda do Alferes Joaquim Mariano, à beira da estrada. Infelizmente para os soldados, a venda estava fechada. Alguns se encostaram nas árvores e outros desceram até o riacho, dando água aos cavalos e a eles próprios.

Porque havia certo alvoroço no ar, em razão da expressão aflita de Paulo Bregaro, Gama Lobo ordenou ao jovem Manuel de Godoy colocar-se na subida, em ponto alto, para dar conta da aproximação do Príncipe. A guarda então relaxou e se pôs à espera, sem desconfiar que logo mais presenciaria o segundo grito da independência.

14º Relatório – Dia Sete: O Grito dos Moinhos

A última e mais importante carta foi a de José Bonifácio, que li em voz alta, como se estivesse no púlpito de uma igreja lotada. "Senhor, as

Cortes ordenaram minha prisão, por minha obediência a Vossa Alteza. E no seu ódio imenso de perseguição, atingiram aquele que se preza em o servir com lealdade." A ameaça ou ato de prisão de um ministro era gravíssima, a indicar completa ruptura. Pedro já se aprontava para voltar à estrada, vestindo a camisa para dentro e abotoando a calça. Eu permanecia de lado, às vezes tentando avaliar sua expressão, passando a outro trecho da carta com voz ainda mais alta:

— O momento não comporta mais delongas ou condescendências. — Esse ponto crítico — a lentidão de decidir — pareceu facada em sua pele, porque a indecisão não combinava com sua personalidade. D. Pedro arrancou do galho, com violência, a jaqueta pendurada. Avancei na carta do Andrada: — A revolução já está preparada... se parte, temos a revolução do Brasil contra Portugal... se fica, tem Vossa Alteza, contra si, o povo de Portugal, a vingança das Cortes, que direi? Até a deserdação dizem estar preparada. Senhor, as cartas estão na mesa, e de Portugal só temos a esperar escravidão e hostilidade.

Nesse momento, quinze para as quatro da tarde, Pedro se virou para voltar à estrada, eu atrás, terminando de ler a carta de José Bonifácio.

— Eu, como Ministro, aconselho a Vossa Alteza que fique e faça do Brasil um reino feliz, separado de Portugal, que é hoje escravo das Cortes despóticas. — E terminava o Ministro do Reino: — Senhor, ninguém mais do que sua esposa deseja sua felicidade e ela lhe diz em carta, que com esta será entregue, que Vossa Alteza deve ficar e fazer a felicidade do povo brasileiro, que o deseja como seu soberano, sem ligações e obediências às despóticas Cortes portuguesas. — Bonifácio e Leopoldina conversaram entre si, combinando a estratégia.

Ao perceber que terminei a leitura, virou-se e, a seu estilo raivoso, arrancou de minhas mãos as cartas, amassou-as e pisou-as, acompanhado de dois ou três palavrões, algo como filhos da puta e paneleiros. Por pouco não repetiu Dario III, o rei da Pérsia, que mandou matar o mensageiro que lhe noticiou a vitória de Alexandre da Macedônia;

como se eu fosse culpado pelas más notícias. Eu as apanhei no chão e guardei. Já composto e com os botões do jaleco abotoados, "Pedro foi se dirigindo aos nossos animais que se achavam à beira da estrada", a uns vinte passos. Seu pessoal esperava notícias, me lembro dos dois correios Bregaro e Cordeiro com caras assustadas, Saldanha da Gama, Jordão, Carlota e Canto e Mello. No meio da alameda, como se atingido por um raio, D. Pedro se voltou aos presentes, perguntando em voz alta:

— E agora, Padre Belchior?

Respondi prontamente, na mesma linha das cartas e notícias que acabara de ler, esquecendo a moderação:

— Se Vossa Alteza não se faz rei do Brasil, será prisioneiro da Corte. Não há outro caminho senão nos separarmos de Portugal.

Foi então ali nos Moinhos que D. Pedro deliberou proclamar a Independência. A historiografia gosta de fantasiar ter sido decisão afoita, mais exatamente uma "explosão temperamental". Equívoco; a decisão de ruptura estava prevista ou premeditada para acontecer em São Paulo.[24] Na Sé ou ali mesmo, as cartas tiveram o efeito da última gota d'água que transbordou o copo. D. Pedro deu dois passos calmos, bateu a mão na calça no meio da estrada e falou, em voz deliberadamente alta:

— Eles pediram, terão a sua conta. As Cortes me perseguem, me chamando de *rapazinho* e *brasileiro*. Pois verão agora o quanto vale o *rapazinho*. De hoje em diante estão quebradas as nossas relações; nada mais quero do Governo português e proclamo o Brasil para sempre separado de Portugal.

Nosso grupo comemorou, cada um soltando vivas, bravos e palavras de ordem do fundo d'alma, sem mais escrúpulo, hierarquia ou modera-

---

[24] Nesse sentido consistente, Francisco Adolfo de Varnhagen, *História da Independência do Brasil*, ed. Fundação Alexandre de Gusmão, 2019, sobre fac-símile da edição original de 1916 (Instituto Histórico e Geográfico Brasileiro), na página 207: "Não cremos que o conteúdo desta carta entrasse por parte na resolução do príncipe, que já independentemente dela viria mui preparado do Rio de Janeiro... Não era mais possível contemporizar".

ção, como se a Independência tardasse mas viesse finalmente aliviar suas almas. Até que um de nós puxou frases conexas que os demais repetiram:

— Viva a liberdade! Viva o Brasil separado! Viva D. Pedro!

A seguir, ele se dirigiu ao mensageiro Canto e Melo, ordenando:

— Diga à minha guarda que acabo de fazer a independência completa do Brasil. Estamos separados de Portugal... que me esperem no sítio do Ypiranga, porque vou comunicar nossa Independência.

Eram dez para as quatro da tarde. O tenente, que de bobo não tinha nada, percebendo a importância do acontecimento, galopou pela Estrada do Bom Pastor em direção ao Sítio Paineiras do Ypiranga.

4 Moinho Velho

Minutos depois que o ajudante de ordens Canto e Melo partiu a galope na direção do Ypiranga, o resto do grupo se ajeitou e montou atrás de D. Pedro, seguindo em marcha acelerada pela subida da Bom Pastor, inclusive Paulo Bregaro e Antonio Cordeiro, os dois correios, cujos cavalos tiveram dificuldade em acompanhar o trote duro das bestas.

Como mais tarde relatou o Capitão Marcondes ao historiador Mello Moraes, o primeiro encontro entre D. Pedro e os dois correios aconteceu "meia légua distante do Ipiranga". Francisco Canto e Mello e Padre Belchior são bastante precisos ao mencionar o nome do lugar: Moinhos. Qualquer um que queira, de lá para cá ou de cá para lá, pode medir meia légua ou 3,3 km entre Moinhos e Ypiranga. Vai bater no começo da Estrada das Lágrimas, ou no final dela, considerando que a comitiva vinha de Santos. Hoje em dia chamam o bairro de Moinho Velho. A razão não pode ser mais simplória: de três ou quatro moinhos de vento, para moer trigo, sobrou apenas um, por isso chamado *velho*.

15º Relatório – Dia Sete: Independência Completa

Muitos alunos de Pitangui me fazem perguntas, a maioria sobre as *palavras exatas* do relato feito ao dr. M. J. Rocha em 1826. Como se fizesse diferença... Sobre a exatidão, revendo as palavras, me lembro bem da frase final de Pedro no Grito dos Moinhos: "Proclamo o Brasil para sempre separado". Alguém me perguntou se ele falou *para sempre*? Acho que falou, mas pode não ter falado. Até soa redundante, porque a proclamação de qualquer independência não tem volta, é ato unilateral... para sempre. A menos que Portugal invadisse o continente e o Brasil perdesse a guerra. No final não houve invasão alguma e, com a intermediação da Inglaterra, Portugal reconheceu nossa soberania em agosto de 1825 (apesar de termos pago humilhante indenização). Pode ter dito: "Proclamo *completamente* separado".

Houve perguntas mais inteligentes: "Mas, se existiam procuradores para constituir as bases da Constituição" e manifestos dizendo que 'o Brasil já tinha proclamado a sua independência política' e até declarava guerra e que 'sejam reputadas inimigas todas e quaisquer tropas que de Portugal forem mandadas ao Brasil... e sejam rechaçadas com as armas na mão por todas as forças militares... e até pelo povo em massa' (decreto de 3/8/1822), a Independência já não estava proclamada? Respondo pela negativa.

Tentei mostrar aos alunos que a Independência foi um processo. Essa tese não é de minha exclusiva autoria; a maioria dos historiadores concorda. Sem dúvida, a convocação da Assembleia Constituinte foi um passo imenso, e no próprio decreto já se mencionava "a Independência de que já estava de posse". Acontece que em todas as proclamações e decretos sempre aparecia no final uma atenuante, como por exemplo na convocação da Constituinte (3/8/1822) terminando com o desejo de "união com a Grande Família Portuguesa que cordialmente deseja...

para manter justa igualdade de direitos". Ou seja, num instante o texto bate e no outro assopra, tentando o milagre da independência moderada e a união de dois reinos "iguais". Sabemos bem que esses tropos são próprios da linguagem diplomática; metáforas, suavidade com as palavras. Ainda assim, ou por isso mesmo, faltava a decisão final, o estopim ou gritos da Independência.

Sobre o principal me recordo até hoje, desde quando ele entrou no bosque ao lado da estrada: barro úmido, escorregadio, terreno argiloso. Ele começou mencionando a acusação de *rapazinho* que as cortes utilizavam — se o chamassem de filho da puta talvez não doesse tanto, já que Pedro se esforçava para dominar o gênio impulsivo, ser *maduro* no aspecto político, o que aliás conseguiu no processo de Independência. Por isso, sinceramente, isso de querer escarafunchar quais foram as palavras exatas é tolice. Se ele falou "de hoje em diante estão quebradas as nossas relações?". Talvez não, hoje lendo essa frase por mim relatada em 1826 soa formalista. É possível que Pedro tenha dito "não quero mais nada de Portugal", "não queremos mais nada", ou até algo ainda mais coloquial do tipo "não quero mais saber de Portugal". Posso garantir que — embora habitual no seu vocabulário — dessa vez ele não proferiu qualquer palavrão, o que bem mostra sobre a seriedade dos dois gritos. Enfim, importam o espírito do relato e a sequência dos fatos.

A substância do relato eu não mudo; D. Pedro proclamou ali nos *Moinhos* a separação de Portugal. Lá no Ipiranga todos lembraram bem que ele arrancou as insígnias portuguesas e gritou *Independência ou morte*, justamente o que vamos relatar em seguida. Todavia, neste primeiro grito, curiosamente, se minha lembrança não me trai, Pedro não utilizou a palavra *independência*, a não ser depois da explosão, quando ordenou que Francisco montasse e fosse comunicar sua decisão: "Diga à minha guarda que eu acabo de fazer a independência completa do Brasil". Fim da independência... moderada; daí o *completa*. E, por favor, palavras exatas são irrelevantes.

5   De Moinhos ao Ypiranga

Meia légua ou 3,3 km separam Moinhos do Ipiranga, a maior parte de subida, quando as mulas da Independência davam nó nos garanhões andaluzes. Acostumadas à Serra do Mar, as bestas subiam o aclive da Bom Pastor como se fosse descida. A estrada ganhou o nome quando uma criança caiu numa depressão do caminho e foi salva por Jesus. Daí a lenda de que lá os homens deveriam construir um asilo para crianças abandonadas, já que a civilização do século XIX permitia às mães rejeitar os filhos. Aliás, a Lei Provincial nº 9, de 1837, elevou o costume à lei ao instituir a "Casa da Roda", autorizando as mães a depositar os recém-nascidos num berço de madeira, que rodava para serem recolhidos do lado de dentro.

Canto e Melo a galope levou pouco menos de meia hora entre Moinhos e o Ipiranga, enquanto o restante da comitiva, também em bom ritmo de marcha acelerada, levou dez minutos a mais. Agora estavam todos reunidos, militares e civis, correios e soldados, graduados e comuns, uma espécie de retrato do Brasil.

16º Relatório – Dia Sete: Recordações Sobre o Primeiro Grito dos Moinhos

Antes de terminar sobre os Moinhos, acho que vale a pena recordar uma última dúvida formulada por jovem aluna do curso secundário, de nome Yolanda, me lembro bem que eram apenas duas moças frequentando a aula de História. O ano? Sei que foi depois de o Governo Imperial baixar o Ato Adicional do Ensino de 1834, que descentralizou os cursos primário e secundário aos municípios e províncias. Talvez 1836 ou 1837, aliás tudo isso me inspirou a escrever o *Relatório da Independência*. Delicadamente a moça sugeriu que, "das quatro testemunhas que contaram a estória, só o senhor falou da tal região de Moinhos". Respondi que não e que, a bem reparar, o relato foi unânime. Preciso reexplicar calmamente.

— Os dois comandantes militares que prestaram depoimento ao historiador Mello Moraes, respectivamente o primeiro Comandante Antonio Leite da Gama Lobo e o Capitão Manuel Marcondes de Oliveira e Melo, não presenciaram o primeiro grito. Isso porque receberam ordens do próprio Príncipe, lá atrás na Paragem dos Meninos, para seguirem à frente e esperarem no Ipiranga. — Ou seja, estavam adiante do grupo de D. Pedro e, portanto, apenas relataram os acontecimentos do segundo — para si único — grito.

Por sua vez, Francisco Canto e Melo também declarou o seguinte: "E como levasse eu, ao regressar no dia 7, a notícia de que o Major Ramos Cordeiro, vindo do Rio de Janeiro, se achava em São Paulo, sendo portador de despachos do Governo de Portugal e ofícios importantes, e dando disso parte a Sua Alteza, em caminho onde o encontrei na tarde desse mesmo dia, já no lugar denominado *Moinhos... etc.*". Ou seja, o irmão de Domitila confirmou a entrega dos ofícios, donde não negou que o primeiro grito aconteceu lá, tanto que mais tarde o Príncipe lhe deu ordem para galopar na direção da tropa, àquela altura quase chegando no Ypiranga. Enfim, o relato foi unânime porque as duas únicas testemunhas confirmaram o evento.

Entretanto, cabe aqui outro raciocínio lógico. Imaginem todos que apenas eu, Belchior Pinheiro, tivesse relatado a cena. Mesmo sem a confirmação de ninguém, tudo faz sentido. História tem muito de lógica: "Ninguém discute que as cartas foram entregues, certo? Ora, bem, então foram lidas, não é mesmo?". Os dois correios vieram do Rio de Janeiro até o encontro da comitiva em regime de urgência. José Bonifácio teria ordenado (perante várias testemunhas) a Bregaro que, "se não arrebentar uma dúzia de cavalos, nunca mais será correio". A par do que despachos a cavalo, em especial quando destinados a reis em circunstâncias graves, existem para serem lidos. Agora na Europa e nos Estados Unidos estão começando a usar o telégrafo, inventado por Samuel Morse. Presume-se que qualquer um que receba telegrama ou carta... leia o conteúdo!

Tudo o mais, a importância dos despachos e cartas, a situação em si das ameaças de invasão e de prisão do ministro, e em especial a reação de D. Pedro ao proclamar a separação, tudo se encaixa. A credibilidade de um relato nem sempre depende de testemunhas, antes decorre dos indícios, da experiência comum de como os fatos acontecem. Que o grito dos Moinhos aconteceu ninguém em sã consciência pode negar. O que se pode questionar é sobre qual dos gritos foi o mais importante: Moinhos ou Ypiranga. Dessa polêmica, trataremos mais adiante. Antes — para suavizar este relatório e mostrar como a História tem muito de imaginação — vamos trazer um último exemplo de polêmica infrutífera, dessas que não levam a lugar nenhum.

Acreditem os que gostam de minúcias: um grande historiador especulou que, em vez de *serem lidas*, mais provável o Príncipe *ter lido* as cartas, por ter personalidade impetuosa.[25] Numa situação normal, sim. Acontece que foram lidas por mim porque o Príncipe estava preocupado com a roupa, ou mais diretamente com a disenteria. Suas mãos

---

[25] Octavio Tarquínio de Sousa, no seu monumental *A Vida de D. Pedro I*, 2ª ed. 1954, volume II, p. 433, pondera que "a narração do Padre Belchior diverge em certas particularidades da do gentil-homem Canto e Melo". E na p. 431 deduz (talvez seu único erro em três densos volumes) que, "no relato de Canto e Melo, recebendo-os das mãos do major Cordeiro, leu-os o próprio príncipe. Tal versão melhor se ajusta ao temperamento de transbordante atividade". Porém, não; para começar não existe divergência, porque Canto e Melo não diz que "o príncipe leu". Aliás, Chico não é dado a detalhes. Sim, Pedro tinha transbordante atividade, mas reis também evacuam, ou seja, no momento cuidava de prover-se. Estava com as mãos ocupadas. Portanto, com a devida licença do mestre Tarquínio, exemplo de historiador equilibrado e perspicaz, bem mais fácil e lógico terá sido o príncipe solicitar a leitura dos despachos por seu confessor.

estavam ocupadas com as roupas, segurando apoio. Na posição desfavorável em que estava — infelizmente me obrigam a vulgaridades... *agachado* —, era impossível lê-las. Perdão pela ironia, acreditem: reis e rainhas defecam como todos nós. Sua Alteza, como qualquer mortal com diarreia, precisava *obrar*; normal que ele me chamasse, pois afinal era eu o confessor do regente.

Poderia ter chamado o criado Carlota, quando ainda maior intimidade teria, mas talvez não confiasse nos dotes de leitura de seu mordomo. O Chalaça, sim, era culto e gozava da intimidade, mas vinha bem atrás, acompanhando Domitila. Tanto que não é mencionado por ninguém; **não assistiu aos gritos.** Naquela digamos, emergência fecal, tinha mais intimidade comigo (que já ouvi de tudo e mais um pouco!) do que com o Brigadeiro Jordão ou com o ministro da viagem Saldanha da Gama. O importante é que — porque viu chegar a hora programada, ou num impulso temperamental, ou pelas duas razões reunidas — o primeiro grito de Independência foi presenciado por mais de dez pessoas. E nos Moinhos anunciou, sem evasivas nem atenuantes, direto e reto: "Proclamo o Brasil separado de Portugal". *Separação* ali tinha igual sentido a *independência*. Daí a reação do núcleo civil, dando vivas à liberdade. O primeiro grito de soberania aconteceu nos Moinhos.[26]

---

[26] Dez anos depois de desenvolver a tese central dos dois gritos, quase ao final do caminho, deparei-me com o excelente artigo de Carlos H. Oberacker Jr.: "O Grito do Ipiranga — Problema que desafia os historiadores", *Revista de História da USP*, vol. 45, nº 72, ano 1972. Para lá da alegria de compartilhar a mesma tese, preenchendo lacunas que mais tempo de pesquisa permitiu (p. ex. Oberacker, escrevendo do exterior, não atina para a Paragem dos Meninos, nem Moinhos ou Moinho Velho). De especial relevo a brilhante análise sobre a sessão do Conselho de Estado de 2/7/1822, cuja ata teria sido muito mal resumida por Gonçalves Ledo (talvez por ciúmes de José Bonifácio), quando se votou à unanimidade "que se escreva para Sua Alteza Real que houvesse de proclamar a Independência sem perda de tempo". Correspondência que, por sua evidente importância, estaria entre os "despachos da Corte".

CAPÍTULO 8º

O Grito do Ypiranga

1   Laços Fora

Em ritmo de galope solto, Canto e Melo levou pouco menos de meia hora dos Moinhos ao Ypiranga, deparando-se com os homens apoiados nos troncos e os animais amarrados. Explicou aos comandantes o ocorrido e a decisão de D. Pedro de comunicar a independência à tropa, tendo Gama Lobo e Marcondes dado ordem de montar. Dez minutos depois, cumprindo o percurso em velocidade de légua e meia ou dez quilômetros por hora, em quarenta minutos, D. Pedro surgia no Ypiranga sem tempo a perder. Às quatro e meia da quarta-feira, Sete de Setembro, o sol de inverno começava a cair. Depois de algum alarido, o Príncipe deu ordem: "Soldados em linha", enquanto o pelotão procurava enfileirar seus animais. Quando perfilaram à sua frente, de costas para São Paulo e pouco à frente do riacho do Ypiranga, o regente situado mais ao alto da colina, de costas para São Bernardo de Claraval, passou a comunicar ao mundo a decisão de romper com Portugal.

Os relatos de Belchior Oliveira e Manoel Marcondes coincidem a respeito das primeiras palavras de Pedro. Belchior lembrou: "Amigos, as Cortes portuguesas querem nos *escravizar*. De hoje em diante nossas relações estão quebradas". Marcondes de Oliveira e Melo resumiu que "as cortes portuguesas queriam *massacrar* o Brasil", portanto a mesma ideia. O gesto seguinte também coincide, o padre lembrando que D. Pedro "arrancou do *chapéu* o laço azul e branco decretado pelas Cortes como símbolo da nação, atirou-o ao chão, dizendo: 'Laço fora, soldados! Viva a independência, a liberdade e a separação do Brasil'". E Marcondes recordou que, "*arrancando* o tope português que trazia *no chapéu* e lançando-o por terra, soltou o brado de independência ou morte".

Belchior, mais minucioso e sem o intervalo de quarenta anos de Marcondes, relatou os fatos um pouco mais minuciosamente, que "o Príncipe desembainhou a espada, no que foi acompanhado pelos militares, e os paisanos os chapéus e disse: 'Pelo meu sangue, pela minha honra, pelo meu Deus, juro fazer a liberdade do Brasil'". E em resposta, a guarda reverberou: "Juramos". Paisanos, no caso, eram os civis, como os criados do Príncipe, fazendeiros e seus filhos, Manoel Jordão, Saldanha da Gama, o próprio padre, entre outros. O famoso grito ainda demoraria um minuto a mais.

17º Relatório – Dia Sete: Coerência Sem Divergência

Necessário interferir novamente no relato para deixar tudo bem claro. Temos três versões e relatos seguros, dois ao dr. M. J. Rocha de 1826 (Belchior e Francisco) e um ao dr. Mello Moraes de 1862 (Manuel Marcondes). Pende dúvida sobre um quarto relato do Coronel Gama Lobo, ou até se o relato de Marcondes seria dele mesmo ou de Gama. Seja lá como for — mesmo admitindo que foram quatro relatos —, nenhum desses dois últimos relatores presenciou o acontecimento nos Moinhos. Tanto o primeiro comandante, Gama Lobo, como o segundo, Oliveira e Melo, haviam passado à frente por ordem de D. Pedro. Tanto assim que o fidalgo Marcondes, respondendo ao 3º quesito proposto por Mello Moraes, afirmou: "Se o Príncipe depois que acabou de ler a carta a deu ao Padre Belchior Pinheiro de Oliveira e consultou o que devia fazer? Respondemos: que ignoramos completamente o que se passou nesse ato, porque, quando o Príncipe recebeu os ofícios de que foram portadores Paulo Bregaro e Cordeiro, nos achávamos adiante do Príncipe, porém é de supor que este se consultasse com o Padre Belchior a respeito, por isso que era o seu confidente e mentor".

Francisco Canto e Mello não relatou com detalhes o primeiro grito. Quando prestou o depoimento em 1826 a M. J. da Rocha, depois republicado no *Jornal do Commercio*, em 1865, Francisco simplesmente pulou para o segundo grito do Ypiranga. Para a cabecinha dele, o evento na região dos Moinhos não "configurou" um grito. O estafeta não percebeu que ali D. Pedro tomou a resolução da independência completa, sem mais a lenga-lenga da "união entre dois reinos" (ou independência moderada). Isso não significa — a meu modesto ver — que "haja divergência" entre o relato dele e o meu. Basta ver que Francisco mencionou o encontro da comitiva com Paulo Bregaro e Antonio Cordeiro nos Moinhos. Portanto, o depoimento de Francisco não é antagônico ao meu. Ele só foi sintético, alheio aos fatos relevantes que para sua cabecinha seriam detalhes. Como tenho repetido por aí — e muita gente acha tudo isso chato —, se as cartas e despachos foram entregues pelos dois correios... foram lidas! E portanto, finalmente, desencadearam ali nos Moinhos a decisão pela independência.

Enfim, meu relato e o dele são convergentes, sempre repetindo que os dois comandantes não presenciaram o que se passou no final da Estrada das Lágrimas. Ademais, é sempre bom lembrar, Francisco Canto e Melo era apenas um ajudante de ordens, que aliás ficou hospedado na casa do Capitão Antonio da Silva Prado. Ele ia e vinha cumprindo bem sua tarefa de estafeta — o carioca espirituoso o chamaria de siri —, sem ter completa dimensão do momento político. Não participava, nem teria por que participar, do núcleo duro do Príncipe em São Paulo. Para ser sincero, nem eu fazia parte do núcleo político, porém mais exatamente do social.

Fiquei hospedado no palacete dos Quatro Cantos e, como tantos, participei dos saraus regados a bons espíritos e *cigars*. Todos podiam opinar livremente, embora cada qual respeitasse seus limites. Não que fosse alheio à Independência; participei ativamente da *Loja Distinctiva* da maçonaria, de cunho francamente independentista, e juntamente com meu amigo advogado José Joaquim da Rocha fomos jornalistas de razoável influência. Mas agora como confessor de Pedro não podia misturar funções, pelo que evitava dar pitacos políticos. O núcleo político importante era composto pelo ministro da viagem, Saldanha da Gama, Manoel Jordão e o Marechal Toledo Arouche Rendon. Como quase sempre havia preocupação militar, também participavam os dois comandantes já mencionados, o Coronel Antonio Leite Pereira da Gama Lobo e o Capitão Manuel Marcondes de Oliveira e Melo, de quem D. Pedro gostava como amigo, além do bravo Cândido Xavier de Almeida e Sousa, que quase invadiu São Paulo com sua tropa de Santos. Quando o assunto envolvia religião, convocava-se o Bispo Abreu Pereira.

Não se trata de diminuir a figura do Francisco, mas não discernia bulhufas de política. Executava bem a comunicação de ordens, sem passar de coadjuvante na Proclamação da Independência. Praticamente não se preocupava com isso; bem mais com o namoro de sua irmã com o rei. Então é simples: seu relatório, mais do que abreviado, reflete sua personalidade simplória. Menciona o local do primeiro grito, sem nunca ter parado para pensar que, lá nos Moinhos, D. Pedro conscientemente assumiu a opção pela liberdade. Nada incomum, a maior parte da gente só se preocupa em se dar bem, cumprir o trivial!

2 "Independência ou Morte"

A tropa continuava formando um semicírculo a norte, à beira e de costas para o Riacho do Ypiranga, o sol um pouco à esquerda da tropa pousando a oeste, de modo que D. Pedro e seu grupo civil, mais o Comandante Gama Lobo, se posicionassem ao sul, de costas para Santos e o Caminho do Mar, num patamar mais alto da colina. Como alguns soldados terminavam de arrancar da farda o laço português, o Príncipe deixou passar um minuto, segurou firme sua besta agitada com a proximidade da cocheira, se pôs de pé nos estribos, ergueu novamente a espada e gritou Independência ou Morte. Os militares com a espada desembainhada e os civis com os punhos cerrados e chapéus ao alto, repetiram o clamor em triunfo: "Viva", "Independência já", "Brasil livre", todos rindo felizes, cada um comemorando e berrando a seu modo gritos presos na garganta. Não era todo dia que se fundava uma nação.

D. Pedro foi então envolvido pelos principais, sem mais hierarquia, como velhos companheiros se tratam, parabenizando-o pela decisão. Depois de confabular com seu pessoal, partiu na frente em direção a São Paulo, dando ordem à tropa para que trotasse atrás, em marcha acelerada apesar dos solavancos dos jumentos, pela estradinha do Cambuci, até o largo com a grande árvore de sete metros, tomando a Lavapés à esquerda e mais adiante a Rua da Glória, surgindo de repente no Largo de São Gonçalo. Não houve tempo para trocar de montaria. Portanto — aos que gostam de pormenores —, sim, o Príncipe e a comitiva montavam muares. Seria isso relevante? Complexo tupiniquim. Ora, bem, foi coincidência, mas se estamos nos separando da matriz, cavalgar fortes bestas baias é melhor do que montar árabes-andaluzes-lusitanos inaptos para subir a Serra do Mar. Maior honra o rei e sua guarda montarem mulas nativas, dos altos Campos de Vacaria. Os cavalos de pescoço curvado, bons de desfile, continuariam descansando no Sítio das Paineiras e amanhã seriam trazidos pelos cocheiros e escravos do brigadeiro.

Do Ypiranga à Sé foram quase 10 km, légua e meia, uma hora de cavalgada. Já na subida da Glória a comitiva começou a ser saudada. Aplaudiam porque voltava de Santos? Quando atravessaram a metade do Largo da Cadeia ou São Gonçalo, descendo em direção à Rua de Santa Tereza, alguém gritou da janela: "Viva nosso *rei* D. Pedro I!". Não se sabe como as notícias correram na frente da comitiva; cavaleiros desgarrados já tinham repercutido o anúncio da Independência.

À porta dos Quatro Cantos, quando desaparecia a luz da quarta-feira, dona Gertrudes Galvão de Oliveira e Lacerda Jordão desceu a escada para recepcionar os cavaleiros, merecendo um ósculo na mão por parte do Príncipe, que esbanjava bom humor. Pedro retirou grande peso das costas, embora novos desafios o esperassem na Capital do País. Pouco importa; agora só havia paz de espírito e comemoração. Até mesmo a diarreia havia desaparecido, indicando que, além do coentro, podia estar presente algum componente psicológico de angústia na disenteria de Sua Alteza! Jordão anunciou à esposa:

— Dom Pedro acaba de proclamar a Independência do Brasil.

— Meu Deus, que alegria! Folgo muito em saber... agora somos um país independente! Bravo! Então Vossa Alteza me perdoe por tratar de miudezas nesta hora tão importante, mas agora me sinto no dever de cuidar ainda mais de sua saúde. A liberdade é uma sensação maravilhosa, mas saco vazio não para em pé.

— Caríssima anfitriã, o Brasil servido por Vossa Senhoria não passaria fome. Estive um pouco incomodado com a comida santista, e sequer o milho que comemos nos Meninos me apeteceu. Depois da proclamação e agora que chegamos em casa — disse, rindo —, me voltou o apetite.

— Soube do incômodo alimentar... as notícias voam. Então não convém exagerar. Podemos preparar peito de frango com batatas cozidas, ou talvez canja de galinha cremosa. E fica Vossa Alteza, pelo menos agora, proibido de beber vinho. Receitarei água com limão. Mais à noite, se quiser cear, já que a noite será de festa, um pouco de clarete pode fazer bem. Antes precisamos forrar o bom e velho estômago, pelo que sugiro a canja.

— Feliz é meu Jordão, que tem a seu lado esposa tão atenciosa. Reforço a impressão de que sinto prazer em voltar para casa, a *nossa casa*, e tendo que voltar ao Rio de Janeiro sentirei saudades da hospitalidade e de nossos saraus noite adentro. Aceitamos a canja, se não for incômodo.

Retomando o controle, D. Pedro foi levado por Jordão ao escritório, colocando o mordomo Aurelio Fernandes ao dispor. Ali calmamente desenhou no papel a legenda INDEPENDÊNCIA OU MORTE, para ser laminada a ouro e presa à jaqueta com que pretendia comparecer logo mais ao teatro.

— Diga-me, amigo, quem poderia laminar um broche a essa hora da noite?

— Nenhuma dúvida... o ourives Lessa. É nosso conhecido; e ficará honrado. Quatro ou cinco polegadas estará bem? Duas peças iguais, uma para cada ombro da jaqueta. Pela hora, estará em casa na Boa Vista — informou Jordão.

— Muito obrigado. Queira debitar a encomenda ao Gama. — E dirigindo-se a um dos soldados próximos da porta, mandou chamar o Francisco: — com urgência.

O imediato Canto e Melo, que entretinha conversa no pátio do casarão, se apresentou rapidamente, ouvindo a explicação do chefe: "Cobre banhado a ouro, de preferência usando uma fonte de letras contemporânea, por favor nada no estilo Rei Sol". Manoel Jordão arrematou: "A casa do Lessa fica na Boa Vista, quase na esquina da Rua do Rosário. Aurelio, peça ao Aparício que acompanhe o Francisco, porque conhece bem a casa do ourives".

18º Relatório – Dia Sete: Composição do Hino da Independência

Não me tomem por belicoso. Todos viram quando Francisco Canto e Mello desapareceu na sege tocada pelo Aparício na direção da Ourivesaria do Lessa. Entretanto, no seu depoimento de 1826 a M. J. Rocha, escreveu: "Chegando a palácio, fez imediatamente o Príncipe, em papel, um molde da legenda — INDEPENDÊNCIA OU MORTE — a qual foi levada por mim ao ourives Lessa, à Rua da Boa Vista". Até aí tudo bem! Agora vem a derrapada: "Neste ínterim compôs Sua Alteza o *Hino da Independência*, que na mesma noite devia ser como foi executado no teatro". Que bobagem! Foi executado, mas não... composto! Como Francisco poderia saber que, no intervalo de apenas duas horas, o Príncipe "compôs o hino"? Não frequentava a casa Jordão, pousando com a tropa regular na casa do Coronel Prado. Dizendo de modo claro, a não ser quando chamado, sequer tinha liberdade de adentrar nos Quatros Cantos.

Mas o principal: Francisco estava no Lessa! Ora bem, se Aparício e ele estavam no ourives, sem o dom divino da ubiquidade, não podia saber o que o Príncipe fazia ou deixava de fazer naquele começo de noite. Imaginou que Pedro compôs o hino porque ouviu a tocata noturna. E mais: terá chegado ao ourives depois das seis, voltando com os dois broches para lá das oito. Isso considerando a mestria do Lessa, já que laminar, martelar e modelar duas peças não é tarefa simplória. Resumindo: o Francisco chutou que D. Pedro compôs o hino no dia 7. Eu e tantos outros mais próximos do Príncipe, nos dias antecedentes da independência, principalmente o anfitrião Manoel, podemos garantir que essa é uma das maiores bobagens repetidas por aí, tolices que apesar de tudo vão passando de boca em boca. O Francisco, mais ou menos como suas irmãs Domitila e Benedita, também doidivanas, ninguém da família Canto e Melo passou à História por... pensar!

Pedro proferiu o segundo grito lá pelas 4h40 da tarde; depois levamos uma hora para chegar à Cidade. Lá pelas seis foi cercado, recebeu vivas e deu explicações ao povo. No palácio, levamos quase uma hora esperando e tomando a canja que Madame Gertrudes mandou servir. Quando se retirou ao quarto já eram sete e meia da noite, tempinho limitado que terá usado para tomar banho, vestir, talvez escrever qualquer coisa, entrando no teatro às nove. Como teria tido tempo de redigir partitura tão completa naquele rebuliço? Ainda que dedicasse cem por cento da atenção, não conseguiria compor a música em duas horas. E mais: o hino foi tocado duas vezes pela camerata e três cantoras do teatro. Pensem: por acaso todos aprenderam a música de improviso? Não, Pedro havia preparado o hino bem antes. A respeito do Francisco, além de desatento, era só um chico-ninguém. Já não nos basta a influência da favorita, querem converter o estafeta em protagonista? Outro ajudante do Príncipe terá levado a partitura ao maestro, provavelmente sem título, um dia antes da viagem a Santos.

3   Teatro de São Paulo e Tocata do Hino

O povo paulista saudou a revolução do Ypiranga no Teatro da Ópera, perto da Sé, atrás da Rua da Fundição. A apresentação de *O Convidado de Pedra*, mais exatamente *El Burlador de Sevilla*, de Tirso de Molina — a primeira história do célebre Don Juan, o sedutor de mulheres belas e pias, daí enganador ou trapaceiro de Sevilha —, seguia sem inspiração, já que a plateia de 350 pagantes murmurava cada vez mais alto sobre a chegada do Príncipe e a independência. Aliás má escolha, embora se possa argumentar que a semelhança com Pedro foi mera coincidência. Quando entrou com a *entourage*, os que não tinham ingresso aproveitaram e no fim mais de 400 pessoas entupiram a velha Casa da Ópera, todos com suas melhores fatiotas, ao contrário do cotidiano em que se via gente despenteada, barba por fazer e até descalça. Quando o Príncipe apareceu no camarote nº 11 do governador, a plateia ovacionou. Antes de Don Juan seduzir Aña de Ulloa, também os atores da Companhia Zacheli se juntaram às ovações.

Assim que a algazarra diminuiu um pouco, provavelmente já combinados, o Alferes Thomaz de Aquino e Castro, que sonhava ser diplomata, e o Padre Ildefonso Xavier Ferreira, secretário do bispado paulista, gritaram a uma só voz "Independência ou Morte!" e logo em seguida "Viva o rei do Brasil!", com o teatro ecoando a saudação, todos com fitas verdes e amarelas na lapela ou costuradas nos ombros, as poucas senhoras no meio do decote, gritando sem a menor timidez à mesma altura dos homens. Quanto mais alto o povo estrondeava, ainda de pé, D. Pedro retribuía várias vezes com meneios de cabeça e de corpo inteiro. Após quinze minutos de aclamações, o Príncipe resolveu sentar-se, e com a ajuda de alguns gesticulando com as mãos de cima para baixo, o alarido foi diminuindo para o programa continuar.

Pediu a palavra um tal de Martiniano e foi logo declamando, pasmem de saber: versos do hino... português. Sem noção! "Por vós, pela Pátria; o sangue derramaremos; por glória só temos... Independência ou Morte." Salvou-se na estrofe final, ao substituir "vencer ou morrer." pelo novo mote. Ufa, que susto! Muitos pediam a palavra para uma saudação ou para declinar algum verso. A plateia fazia silêncio para ouvir, e logo depois a barulheira voltava. O secretário do Governo Paulista, Manuel da Cunha d'Azeredo Sousa Chicorro, declamou loas à Independência, e Thomaz de Aquino também fez sua exaltação. O soneto patriótico terminava assim: "Será logo o Brasil mais que foi Roma; sendo Pedro seu primeiro imperador". D. Pedro sorria à larga, pedindo a Francisco que trouxesse ao camarote os arautos Padre Ildefonso e Alferes Aquino, a quem abraçou e agradeceu, em meio à saudação patriótica que tomava conta do teatro.

Por fim a noite chegou ao ápice, misturando encantamento e surpresa. Poucos, muito poucos sabiam que o Príncipe, que gostava de ser reconhecido como músico de qualidade (e de fato era acima da média), havia composto o *Hino da Independência* que estribilhou ao piano do teatro paulistano. Como a plateia pediu bis, com a maior disposição os músicos repetiram a cantata, com as quatro cantoras reproduzindo a linha melódica sem letra. O pequeno Teatro da Ópera, comprimido de emoção, cercou o mais novo rei da Terra. Em tais condições ou falta de condições, o próprio Don Juan perdeu o apetite por Aña de Ulloa, e as cortinas do teatro se fecharam até que lentamente a pequena multidão se dispersasse em direção a seus fogos.

19º Relatório – Dia Sete: O Hymno e a Independência Premeditada

Meu depoimento — acho que todos sabem — se limitou aos dois gritos. Na carta ao dr. M. J. Rocha de 1826, eu terminava lembrando que "no theatro, por toda parte, só se viam laços de cores verde e amarella, tanto nas paredes como no palco, nos braços dos homens e nos cabelos e enfeites das mulheres". E por aí parei; não me pediram para descrever os eventos no Teatro da Ópera. Não que fossem irrelevantes; ao contrário, serviram para convalidar a independência através da chancela popular.

Todavia grassou nova polêmica, sobre se o rei de fato se apresentou ao piano. Sim, mas é óbvio. Canto e Melo inventou apenas a parte em que D. Pedro *compôs* o hino naquele início de noite: "Nesse interim compoz Sua Alteza o hymno da Independencia, que na mesma noite devia ser como foi, executado no theatro". Nenhuma dúvida de que a *tocata* aconteceu, como confirmou Canto e Melo: "Fez-se, afinal, ouvir o hymno, no qual tomaram parte o Principe, D. Maria Alvim, D. Ritta e outras senhoras". *Cantata* apenas de sons musicais, já que faltava a letra, no *bel canto* de duas principais vozes agudas (sopranos), intermediária (*mezzosoprano*) e a mais grave (contralto). Tudo muito lindo e inspirador. Mais tarde a música se fundiu à letra de Evaristo da Veiga, jornalista pouco conhecido, mas que captou o momento com brilho: "Ou ficar a Pátria livre, ou morrer pelo Brasil". Essa letra foi divulgada no Rio a 16 de agosto e ficou muito popular por mostrar o espírito da época, o povo a pressionar pela Independência. Todavia, lembrando que a comitiva partiu do Rio a São Paulo aos 14 de agosto, dois dias antes, impossível o Príncipe ter conhecimento dessa letra.

Me perdoem por insistir; História não é invencionice. É preciso raciocinar. A maioria repete como papagaio, sem pensar. Já disse e repito: não dá para compor uma peça no espaço de uma ou duas horas. Pedro compôs o hino bem antes, no pianoforte dos Quatro Cantos. A respeito do arranjo, alguns dias atrás, Manoel Jordão chegou a lhe perguntar se era um hino e a resposta foi afirmativa, sem maiores detalhes, algo que "estava prestes a acontecer".

Tirante o diálogo entre o Bragança e Jordão, para mim essa questão do hino é da mais alta importância, e não por causa da música. Trata-se da principal evidência prosaica, não política, de que a Independência estava premeditada para São Paulo: a música foi tocada. Sinal de que antes foi composta, os músicos a receberam e treinaram a partitura. Se levarmos em conta a canja de galinha "para forrar o estômago", mais o intervalo gasto para o banho depois da viagem e da disenteria — Sua Alteza precisava de asseio —, o tempo para trajar a farda mais solene e a caminhada da Rua Direita ao teatro, nem se ele tivesse o gênio de Wolfgang Amadeus Mozart, cuja facilidade de compor era célebre, conseguiria fazê-lo naquela noite épica. Sem dúvida o fato é banal, mas está a nos confirmar que a Independência estava prevista para acontecer em São Paulo. Se podes pensar, repara!

4 Confraria da Independência

Gertrudes Jordão esperava os convidados do rei. Se ele não tinha horário, muito menos num sábado. O que dizer de um sábado incomum? Eram dez da noite quando o séquito subiu as escadas do pátio em direção à sala social, antes do serviço da ceia. Aí o Brigadeiro, que não compareceu ao teatrinho, concentrou-se na seleção de Borgonhas e Bordeaux, além de três garrafas do famoso Haut-Brion. À direita o escritório privado ou biblioteca e ao lado o cômodo mais frequentado, a sala social ou de visitas, usada como *fumoir* depois da ceia, quando Jordão dava ordem para abrir uma ou duas janelas ao lado da Rua Direita. No outro canto, da Rua do Tesouro, a equipagem de Gertrudes preparava a ceia à moda paulista, nada francesa, dispondo profusão de pratos sobre a mesa de jacarandá. O carro-chefe da noite era leitão à pururuca, limpo, marinado durante a noite numa infusão de sal e limão, alho amassado, banha e pimenta-do-reino acrescentados de manhã, levados os três leitões a cozinhar no forno a lenha de estilo iglu. Depois de quatro horas de cozimento brando, Antonieta adicionava alecrim, tomilho e sálvia e temperava a capa pururuca com seu segredo. Como era comum na culinária caipira, havia abundantes guarnições como batatas coradas, feijão e tutu de feijão, arroz, farofa, couve, milho e quiabo.

Gertrudes Jordão insistia no serviço à francesa, embora faltasse espaço na mesa e a maioria comesse de pé, ou fosse se sentar na sala, que oferecia canapés de jacarandá e confortáveis cadeiras inglesas, ao estilo neoclássico, todavia estofadas. Manoel pediu para Aurelio Fernandes servir *Chambertin Clos de Bezè 1809* ao Príncipe que, como de hábito, sentava-se na cabeceira. D. Pedro não decepcionou no ritual, analisando a cor e buscando os aromas. "Aromático", comentou, antes de umedecer a boca com "o vinho preferido de Napoleão."

— Embora Bonaparte adicionasse água ao Chambertin — aparteou Saldanha da Gama. — Talvez para não se embriagar antes das batalhas, já que acordava muito antes do sol nascer.

— Pior era o hábito dos comerciantes ingleses, que importavam Bordeaux a granel e o submetiam ao *travail a l'anglaise*, que consistia em adicionar tintos e brancos baratos para aumentar o rendimento. Daí o *clairet* ou clarete, o Bordeaux de cor *clara* — explicou Manoel. — Como depois do barril aberto o vinho tendia a azedar, os vinhos jovens de Alicante serviam para disfarçar a oxidação e prolongar a vida útil do tonel.

A última ceia foi a mais calma de todas. Gertrudes indagou ao Príncipe sobre "as peripécias do grande dia", cabendo a D. Pedro resumi-las com a frase simples: "Madame, hoje fundamos um novo país". E contou à anfitriã: "Arranquei do ombro as divisas portuguesas e gritei *independência ou morte*". O Capitão Marcondes narrou sobre a algazarra do teatro e o apoio popular. Mais adiante, el-rei refletiu: "Agora nossos problemas serão outros", como, por exemplo, unir os portugueses ao Brasil.

— Os portugueses serão brasileiros de agora em diante? E se permanecerem portugueses, terão os mesmos direitos que os brasileiros? Complicado — ponderou Gama Lobo.

— Meu Antonio, não podemos começar um país com duas classes de cidadãos. A bernarda ao menos mostrou que metade de nossa gente nasceu em Portugal. Antes quero ver no Rio como pensa o Andrada — respondeu D. Pedro.

— Como a Argentina resolveu essa enrascada em relação aos espanhóis?

— Os argentinos não promulgaram constituição — recordou Arouche.

— A solução seria declarar todos brasileiros. Por lei, na Constituição!

Fez-se silêncio, porque proseadores não tinham respostas prontas, voltando-se às delícias da carne tenra de leitão por baixo da capa *pururuca*. Quem inventou essa palavra? Palavra caipira, de origem tupi.

— Quer dizer estourar, rebentar — explicou Manuel Marcondes. — É igual à pororoca, não sei se ouviram falar, quando o oceano devolve a água doce do Rio Amazonas, provocando ondas de três metros. Pois é, *pururuca* por causa do barulho da pele do cordeiro quando se joga água ou óleo.

Em direção a assuntos mais leves, o Príncipe — ou devíamos chamá-lo de Rei? — comunicou aos anfitriões sobre sua volta depois de amanhã, dia 9. Agradeceu sinceramente; sentiria saudades dessa bela quinzena, dos saraus noturnos, dos "vinhos milagrosos do meu Jordão" e inclusive dos "incidentes do amor". Ah, sim, todos sabiam sobre o *affair* Domitila, talvez fosse um modo de se justificar socialmente, sobre que não estaria nos Quatro Cantos na última noite. Se fosse possível misturar alegria e tristeza num instante, ali estava. Mas, com a decisão da independência, a estadia chegava ao fim em alto-astral. Todos sabiam impossível parar o tempo; suspender os desafios da criação do novo Brasil. Pela frente, o dever de viver. Mesmo assim era como se alguém anunciasse, no auge da felicidade, que amanhã desceria um manto de silêncio e tristeza sobre os banquetes e a parolagem dos companheiros a influenciar o regente, e que essa tão desagradável realidade desfaria para sempre a confraria da Independência. Adeus para sempre... quinzena mágica.

20º Relatório – Dia Sete: Santa Ceia

Quando me pego relaxado calço a sandália da humildade. Sou padre e tenho o costume de ler a Bíblia de modo crítico. Não de modo *chato*, mas exercitando a arte de raciocinar e entender as circunstâncias de cada época. Já que um de nós comparou a ceia do dia 7 com a "última ceia" de Jesus antes da crucificação, vejam como é curiosa a interpretação histórica. Há três relatos. João: "Se alguém comer deste pão, viverá para sempre. Este pão é a minha carne, que darei pela vida do mundo". Paulo aos coríntios: "Sempre que comerem deste pão e beberem deste cálice, vocês anunciam a morte do Senhor até que ele volte". E por último Lucas, o mais completo, descreveu: "Tomando o pão deu graças, partiu-o e o deu aos discípulos dizendo: 'Isto é o meu corpo dado em favor de vós; façam isso em memória de mim'. Da mesma forma, depois da ceia, tomou o cálice dizendo: 'Este é o cálice do meu sangue, derramado em favor de vós'".

Todos os discípulos ouviram relatos das palavras de Cristo. Quando as transcreveram nos evangelhos, sessenta anos depois, cada um relatou de seu jeito. Sim, o significado da parábola é idêntico, tanto que a comunhão é o principal momento da missa. Mas as palavras recuperadas por João, Paulo e Lucas aparentemente são díspares. Eis quando entra em cena o historiador. Minha opção não é explorar *contradições* entre as testemunhas dos gritos, antes somar na direção da unidade dos relatos. Convergência, coordenação; sou galo que cisca para dentro!

Deixando a política de lado, que delícia os saraus! Nenhum santo embora todos cristãos, nenhum sábio mas todos inteligentes, dispostos a contribuir de boa-fé. Ninguém interessado em fincar posições para regatear por menos, dar já para crédito futuro. As livres tertúlias geravam ideias novas, opiniões autênticas, posições razoáveis. Embora a independência de um país não acontecesse todo dia, o radicalismo ficou fora da Rua Direita, a única rua reta e plana da pequena Pauliceia. Entretanto, hoje percebo, apesar da conversa aparentemente leve, os nossos pensamentos miravam a política. Pensando com malícia, até o interesse do Brigadeiro por vinhos, do Marechal Arouche pela história portuguesa e tupi-guarani, a devassa e os depoimentos, tudo girava em torno da soberania. Foram enfrentamentos necessários, preparatórios, para o desfecho que aconteceu. O importante é que havia convergência e boa-fé. Disputas sempre houve, porém o Brasil começou unido. Ao contrário, hoje uns e outros cultivam ódio recíproco.

5   Os Vinhos da Última Ceia

Manoel Jordão fez sinal para iniciar o serviço dos dois primeiros Haut-Brion 1810, trazidos com reverência pelo segundo mordomo, Miguel. Nenhuma dúvida de que o Alto-Brion, Nobre-Brion ou alto senhor Brion era o maior dentre os grandes.

— Quando inventaram a rolha de cortiça, os melhores Porto e Bordeaux passaram a ser vendidos em garrafa, sem chance de falsificação. Ninguém pagaria caro pela garrafa para adicionar vinho ordinário.

Thomas Jefferson, o primeiro embaixador dos Estados Unidos na França, antes de assumir a presidência entre 1801 e 1809, comprou seis dúzias de Haut-Brion 1784 e se tornou importador regular de Lafite, Latour, Margaux e Mouton. Continuaram a chamá-lo de clarete, mas a cor é tão densa que por aqui chamamos o vermelho-escuro de bordô.

Cor púrpura, amoras-negras e ameixa, volumoso e redondo. Talleyrand adquiriu o castelo e as terras do Haut-Brion em 1801, recebendo príncipes, soberanos e diplomatas em torno da mesa servida pelo mais famoso cozinheiro da França, Antonin Carême. Do chanceler de Napoleão, a *boutade* ou tirada famosa: "Olhamos para ele com o copo alto, sentimos seus aromas por bom tempo e então, antes de trazer o néctar à boca, repousamos o copo sobre a mesa e falamos sobre isso". Colocar de volta à mesa sem beber! Provar vinho não é frescura; trata-se de respeitar um ritual, à semelhança das festas tupi ou do *Corpus Christi* católico. Na Piratininga os guris se tornam adultos, e no Corpo de Cristo os jovens se reúnem para se entreter e namorar. A espera da festa pode ser melhor do que a própria festa. Até para quem nada entendia de vinho, a lenta cerimônia de provar o senhor Brion tinha peso de reverência, assumia aura mágica diferenciando grandes momentos da vida comum.

— Amigo Jordão, mesmo quem é neófito como eu percebe que estamos diante de uma outra categoria. Vinho... complexo. Parece que se recusa a ir embora — interveio Antonio Prado, tropeiro que começava a vivenciar o requinte.

— Vinho complexo para problemas complexos. Estou aqui meditando sobre a cidadania aos portugueses. Que problemão! Vossa Alteza se incomoda de voltarmos ao assunto?

— Siga em frente, meu Antonio. Ouvir é tudo que me convém. — No caso outro Antonio que não o Prado, o Comandante Leite Pereira da Gama Lobo.

— Nasci em Figueira da Foz, e meus pais vieram ao Brasil em 1793. Embora nada lembre de Figueira aos quatro anos, a seguir a lógica da independência eu deixaria de ser brasileiro, pelo fato de não ter nascido aqui.

— De outra balança, não poderíamos obrigar todos os portugueses a se tornarem brasileiros... me refiro aos que não desejem — argumentou Toledo Rendon.

— A lei não pode obrigar alguém a se tornar brasileiro. Seria... constrangedor. A nacionalidade depende de escolha. De outro lado, se a lei nada dispuser, faltarão meios para quem como eu, que me sinto inteiramente brasileiro, assuma a nacionalidade. Sequer me lembro que Figueira da Foz está ao mar.

— Sim, posso imaginar que algum português idoso, que tenha chegado há dois anos, provavelmente queira continuar português e não seria justo forçá-lo.

Problemas jurídicos complexos. Pode existir uma lei *não* obrigatória? Por exemplo, "É proibido matar". Tem como existir um mandamento flexível, matar *nalguns* casos à escolha dos cidadãos? Impossível, se matou há uma consequência que surge da própria lei; uma sanção, no caso a prisão ou até a pena de morte. Ou seja, conseguiria o Direito cuidar do assunto sem imperatividade? "Devemos improvisar", alguém opinou —, "baixar uma norma que *autorize*, permita *sem obrigar* o português a se tornar cidadão brasileiro."

— Tem que ser uma escolha livre, mais ou menos como a gente escolhe a profissão — arriscou Gama Lobo, que escolhera a caserna.

— Não sei. Assuntos jurídicos não são o meu forte, aliás, não gosto. Só sei que fracassaremos como país se não conseguirmos que o comandante da minha guarda, aqui há 43 anos, a meu lado no Ypiranga, seja considerado cidadão brasileiro — deu sentença Pedro, que embora jovem desatava os nós,[27] por bem ou por mal, como Alexandre da Macedônia em Górdio.

---

[27] A interessante dúvida político-jurídica se traduziu no art. 6º IV da Constituição Imperial de 25 de março de 1824: "Art. 6º - São Cidadãos Brazileiros: I. Os que no Brazil tiverem nascido, quer sejam ou libertos, ainda que o pai seja estrangeiro, uma vez que este não resida por serviço

Como depois da palavra do rei faltasse disposição para o contraditório, Marcondes suavizou o protocolo, dirigindo-se à anfitriã: "Maravilhoso cordeiro". E sentindo-se encorajado: "Jamais tomei vinho tão harmonioso", voltando-se a Jordão. Gertrudes mostrou classe e sabedoria:

— A comida e o vinho não são nada sem presenças tão ilustres. Talvez a maior alegria dos pais seja ver um filho crescendo, se tornando homem. O que dizer de um País recém-nascido que agora assume a sua responsabilidade? Seremos todos responsáveis sob a inspiração de nosso jovem rei. Que Deus ilumine Vossa Alteza e a todos nós que pudermos contribuir para a construção desse novo Brasil.

A intervenção foi tão graciosa e inteligente que os circundantes aplaudiram. Gertrudes falou por todos. E, como se voltassem à reação do Príncipe, Sua Alteza não deixou os olhares sem resposta:

— A contribuição dos paulistas, mais do que bem-vinda, será necessária. Minha alma se enche de esperança ao ouvir suas prédicas, cara amiga. Sentirei saudades da brava Pauliceia, como vocês apelidaram a cidade, dos vinhos do Brigadeiro e das ceias a desoras. Volto ao Rio de Janeiro com mais confiança. E quem sabe não volte, se lá no Rio não encontrar a mesma amizade de aqui.

Claro; D. Pedro também foi aplaudido. Não como rei ou imperador, mas como homem. Foi dele a coragem principal, a decisão de ficar,

---

de sua Nação. (II e III omitidos). IV. Todos os nascidos em Portugal, e suas Possessões, que sendo já residentes no Brazil na época em que se proclamou a Independencia nas Provincias onde habitavam, adheriram á esta expressa ou tacitamente pela continuação da sua residência". Trata-se de norma que autoriza ou oferece, mas não é obrigatória. Curioso! Mestre Gofredo da Silva Telles ensinava que "todas as normas são imperativas e consideradas mandamentos". Normas não mandamentais são os preceitos morais, religiosos, de boa educação, costumes sociais sem obrigatoriedade, por exemplo "dar bom-dia", vestir-se de acordo com a ocasião etc. Beco sem saída? A melhor explicação é fornecida por outro querido mestre da Academia, José Afonso da Silva, que distingue normas jurídicas de eficácia contida. Possuem aplicabilidade geral sem eficácia plena, dependentes de outros atributos subjetivos (no caso, a adesão tácita mediante a "continuação da residência", estimulando que os descontentes voltassem à matriz). Na prática, os natos em Portugal e no Brasil passaram a ser iguais, principalmente o próprio D. Pedro I, porque ao mesmo tempo o inteligente art. 6º não implicava a perda da nacionalidade portuguesa (dupla cidadania).

atacar ou aguardar quando conveniente. E enfim proclamar o ato final de nossa soberania. Então se lembrou; eram mesmo a última ceia e o último vinho com sabores de despedida:

— E peço à gentil anfitriã que nos convoque à mesa dona Antonieta e os mordomos Fernandes e Lima para meus agradecimentos.

Fora de seu ambiente a chefe da cozinha sentia-se nua, embora bem apresentável com o uniforme-padrão que Gertrudes impôs aos trabalhadores, vestido preto folgado, barrado de renda branca de duas polegadas e avental branco, um pouco sujo. No espaço da cozinha era exigente, sabia mandar e principalmente controlar. Conhecia as habilidades e defeitos de suas ajudantes Natália, Alba, Carlota e Iracema, que se agruparam atrás de Antonieta. Nenhum homem era admitido naquele ambiente: "Não prestam atenção nas miudezas que fazem a diferença na cozinha".

— Dona Antonieta, além de alimentos e iguarias a senhora nos deu felicidade. Agradeço de coração, vou levar na lembrança todas as refeições dos Quatro Cantos, uma melhor que a outra. A senhora e suas auxiliares, o nosso Aurelio tendo que nos atender fora do horário de gente civilizada... Hoje esses leitões tinham um gosto especial, não sei se a independência o deixou mais leve, tem tempero picante sobre a carne doce.

— Dom Pedro, príncipe Dão Pedro, se Vossa Arteza gostou, *nóis que gostâmo*. A felicidade do *sinhôrr* é nossa. Sinhô não, prin..., dizem que agora é rei, me *adescurpe* que não *intendo das política*. O segredo do leitão é só usar leitoa, que cheira menos que o macho. Deixo à noite em vinha-d'alhos, recheio com miúdos e farinha de mandioca, e o principar é sarpicá pinga na capa, ao invés di água, uma hora antes do cozimento *finar*.

— Hoje é dia de juramentos, dona Gertrudes, juro que *num vo revelá* o segredo de nossa Antonieta. Essa pururuca tinha uma dormência que não sabia donde vinha. *Intão tá esplicado* — Pedro a misturar sotaques carioca e paulista.

Enquanto a forte Antonieta, que no auge dos cinquenta tinha prática de leitura e escrita de receitas, retornava ao ninho seguro, cercada pelas moças entusiasmadas que comemoravam a homenagem, Manoel Jordão convidou os trinta principais da comitiva a passar pelo terraço em direção à sala social. "Vamos à prova do último vinho!" Não havia sido o Nobre Brion? O serviço terminaria com Porto Ferreira Vintage 1815, da famosa safra Waterloo. A Sétima Coalizão, que reuniu todos os países da Europa com o triplo da força, finalmente derrotou a *jovem guarda* de Bonaparte, os soldados de dezessete anos convocados por decreto da rainha, irmã mais velha de Leopoldina e casada com Napoleão em 1810, por isso chamados de *os marias-luísas*, jovens substitutos da *Grande Armée* aniquilada na Rússia. Condenado a vencer todas as batalhas... menos a última. O vinho que celebrava a vitória de Wellington na Bélgica foi lentamente degustado pelo povo do novo país. Arouche pensou feliz como o mundo dá voltas: "Império morto, império posto; Waterloo renascia no Ypiranga".

CAPÍTULO 9º

Os Quatro Gritos da Independência

1   Domingo, 8 de Setembro: Coringa e Fado

D. Pedro acordou com fome e bem-disposto. Vivia o ápice da felicidade, sem disfarçar a confiança do dia seguinte. O dia 7 havia sido movimentado demais, e amanhã seria triste em função da despedida. Hoje tinha poucos compromissos, e dia livre para se despedir de quem amava. Só de pensar lhe esquentava o sangue. Como de hábito, a mesa farta de Gertrudes Jordão servia pães, fiambre português, da pá e da perna, ou seja, das patas dianteiras e traseiras, presunto de Parma e Yorkshire, salame italiano, manteigas e geleias, frutas variadas como manga, abacaxi e cambuci e as habituais laranja, goiaba e mamão. E vários tipos de chá, Pérola, Souchone, Sequm e Hyson, sumos de laranja e manga e café fluminense que se misturava com leite. E fartura de queijos de ovelha, da Serra, Azeitão e Niza, Parmeggiano e dois fortes com pouca saída pela manhã, Gorgonzola italiano e Stilton inglês, além de cereais, pastéis doces de Belém e Évora, além de bolos de vários tipos, fubá, milho cremoso, mandioca e bolo de rolo com recheio de goiaba.

    O quebra-jejum terminou em novos abraços e agradecimentos entre os que ficavam e partiam, mistura de alegria pela conquista e tristeza pela despedida. O mundo nunca foi perfeito. No dia seguinte, D. Pedro vivia o ápice da confiança, ultrapassado o fadário de ser o *ignorante* que nunca se considerou, e nunca mais o *rapazinho*, mostrando a todos e a si mesmo que podia controlar a impetuosidade. No Dia da Aclamação, 12 de Outubro, completaria 24 anos. De fato, nem a mais renhida e agressiva oposição — por exemplo, que tentava desqualificá-lo por não ser *brasileiro*, justamente ele que conduziu a libertação do país —, nunca mais o qualificou de *rapazinho*. Sabedoria estudada e firmeza inata conquistam maturidade, a preencher o livro da vida.

Ontem fora tenso, e amanhã seria rápido e triste. Neste dia 8 estava leve e tinha poucos compromissos. Antes fez questão de se despedir um a um dos escravos, moças de servir, arrumadeiras e o pessoal da cozinha. Até o discreto concierge Bartolomeu, tudo controlando de seu gabinete no canto do escritório de trabalho do Brigadeiro e o simpático escravo Jonas responsável pelo apagar das velas apareceram para confraternizar. Como reconforta um abraço; por ele, se tivesse tempo, caminharia pela rua abraçando cada semelhante.

Ao final, o rei abraçou Gertrudes Galvão de Oliveira e Lacerda Jordão, que não conteve as lágrimas. Que o Brasil soubesse que em São Paulo há serviço à altura do Rio de Janeiro. Ao mesmo tempo a *magnífica hospedagem* era agora irrelevante diante do lance maior da Independência. Mesmo assim guardaria no íntimo: nenhum senão, a maioria de *sua tropa* pronta inclusive às desoras da noite. Apenas faltou o prometido jantar à sociedade paulista, duas vezes cancelado em função da política. Há males que vêm para bem. Mulherengo oficial, melhor deixar a onça quieta e com vara longa. Como conter o nobre varonil a dançar com deslumbradas filhas de boas famílias? A bem pensar, Domitila fora providencial, já que el-rei teve com quem extravasar. Estava claro dos adeuses com quem seria a última reunião. Até o romance somou para o sucesso da memorável quinzena. Se para todos os convidados a festa em si é motivo de alegria, para a anfitriã a espera é pura angústia. Mas ao final a recompensa, ah, a alegria do sucesso em forma de prolongado abraço.

Às sete já montavam em direção ao Palácio do Governo. Antes Rodrigues Jordão sugeriu que desviassem em direção ao seu esquecido Sítio das Lagoas, do outro lado do Rio Anhangabaú, na direção de Jundiaí.

— Ontem... que dia memorável. Fico feliz que o amigo rei tenha proclamado nossa independência. Embora sem falar diretamente, nunca escondi meu sentimento.

— Não me parece. Se esse é seu jeito de moderação... embora poucas vezes com palavras diretas. Foi possível perceber a sua insistên...

Não, me falta a palavra, a sua lógica sempre foi pró-independência, até demais, se me permite confessar.

— Não diga, Excelência. Será? Procurei ser moderado, embora um conselheiro também deva ser sincero. Tentei ver o outro lado, vasculhar alguma saída, mas o caminho do diálogo foi se estreitando.

— É, a Junta não nos deu alternativas. Vamos ver agora o impacto da Independência junto aos cariocas.

— Como assim... impacto?

— Desdobramentos políticos. O que precisará ser feito ou revisto.

— Não entendi, Dom Pedro... a Independência poderá ser revista?

— Dificilmente, não é? Estão só pensando no país deles, parece que virou briga de galo, a Corte Liberal só quer prevalecer. A menos que fizessem completo mea culpa e voltassem atrás. Esses merdas, isso é impossível.

— Concordo, impossível. E mesmo se acontecesse não daria certo. Seria conflitual. Um de nós falou no rabo balançando o cachorro.

— Sim, Lisboa ficou magoada, e isso justificou os arroubos absolutistas. Faltou percepção de que preservar os dedos importaria em ceder os anéis. O nosso Bonifácio defendia a monarquia dual, descia ao século XV com Henrique V a governar Inglaterra e França depois de Azincourt, falava da União Ibérica sob o governo dos três Felipes, e por aí vai... até a Hungria e a Áustria.

— Ótimos exemplos do que afinal... não deu certo — contrapôs Jordão.

— Sim, França sob jugo da Inglaterra e Portugal da Espanha... liberdade entre senhorio e escravo não tem como dar certo. Domínio é domínio, um manda e o outro obedece, difícil funcionar esse tal governo brando.

— Concordo. E tem mais uma barreira insuperável, V. Alteza viu por aí, em Minas, Pinda, Lorena e Mogi: os nossos problemas e interesses estão aqui, não dá para governar um continente a oito mil quilómetros.

O pequeno grupo de dez cavaleiros desceu a Rua Nova de São José e atravessou a Ponte do Acu, abreviatura de Yacuba, rio de "águas envenenadas" em tupi, na direção da Estrada de Jundiaí, tomando à direita no lugar que alguns chamavam Paissandu. João Ribeiro abriu o portão, com a placa "Sitio das Lagoas" no alto, tocando até as cocheiras. O mais novo de Itapetininga, José Ribeiro, adestrava um garanhão marrom quase preto, galopando em torno do piquete. Ao sinal do Brigadeiro, José baixou o chicote e trouxe o animal ofegante, agitando o pescoço e acusando o treinamento.

— Sei de sua paixão por animais. Esse é o Coringa, o que temos de melhor, trazido de Alfenas. O produtor Junqueira ganhou puros-sangues lusitanos do senhor seu pai D. João VI e cruzou com a melhor seleção de éguas berberes nativas. — Pedro se enfiou entre os troncos da cerca e foi ter ao animal, que abaixou a cabeça e se pôs a cheirá-lo na altura do estômago. Cavalos milagrosos; adivinhou talvez que Pedro também seria seu rei?

— Que beleza de cavalo, meu Jordão. Coringa do jogo de cartas?

— Sim, aliás tínhamos baralhos da Real Fábrica de Cartas de Jogar de Lisboa, mas como se sabe faltou tempo. Nos jogos o coringa vale por todos. A raça tem sido chamada de Mangalarga porque muitos exemplares foram comprados pela Fazenda da Manga Larga, em Paty do Alferes.

— Ouvi falar qualquer coisa, dizem que é como andar em coche de molas.

— Ou cavalgar por estradas sem buracos... o Coringa é meu presente para o amigo.

— Meu? Que alegria, dá cá um forte abraço, meu Manoel. Depois dessa hospedagem luxuosa, ainda ganho um corcel negro! Não mereço tanto.

— Era para ser meu. Resolvi isso depois do Ypiranga. Percebi como o peso de todas as decisões recai sobre seus ombros, da iniciativa dos gritos ao novo governo que se inicia, tudo a ser feito, constituição, diplomacia ou guerra, escravidão ou abolição, essa tensão contínua. Começou com um lampejo nos Moinhos: os reis são *obrigados* a governar; é sina, e não escolha. O Coringa é um modo de agradecer.

— Puxa vida, amigo Jordão. Nunca havia pensado assim. A gente já nasce sabendo o que nos espera e somos educados para isso. — Afastou com elegância a filosofia, voltando-se ao cavalo: — É nosso destino, assim como o Zé adestrando o garanhão e o Coringa girando em torno dele. Que presente magnífico, já estou apaixonado por ele. Sempre que o montar vou me lembrar do amigo paulista, que há de me visitar na Corte. Precisarei de seus bons conselhos... *moderados*. — Terminaram rindo, ambos convencidos de que a Independência nunca seria *revista*.

21º Relatório Final da Independência: Reflexões do Dia Seguinte

Retomo a ordem dos relatórios, a maior parte deles concentrados nos dias 6, 7 e 8 de setembro. No total, serão 25 relatórios. Espero ter contribuído. Haverá ainda algo a agregar? Certamente sim... pensamentos do dia seguinte. Os ingleses dizem *day after*, buscando não o significado físico, mas a verdade do dia seguinte se impõe. A consciência dos fatos pretéritos e os futuros desafios. Em tradução livre, o dia da reflexão! Para não ser repetitivo, vou pular um mês para a frente.

Pedro partiu de São Paulo no dia 9 pela manhã, chegando ao Rio aos 14 de setembro. Assim como na piada do gato — em que o caipira avisa que a fazenda pegou fogo, o fazendeiro a explicar que primeiro se deve dar a notícia de que o gato de estimação subiu no telhado, depois que estava difícil pegá-lo, e então, sim, na terceira carta dizer que o gato morreu, o matuto captou o espírito e na carta seguinte informou que "sua mãe subiu no telhado" —, D. Pedro escreveu ao pai D. João VI em

22 de setembro, ainda se intitulando Príncipe Regente, deixando claro que, se acaso D. João VI retornasse ao Brasil, abdicaria em favor do pai. Como se ele pudesse pegar o primeiro navio no Cais do Sodré e voltar ao seu querido Rio de Janeiro! Mesmo assim, tem historiador invocando *incoerência*s da carta em relação aos gritos, isto é, que "a independência não estava concretizada", e que, se o grito valesse, Pedro deveria se intitular rei. Gente querendo achar pelo em casca de ovo, sem pensar. Tratava-se de mera diplomacia familiar, Pedro procurando mostrar ao pai que seu gesto não foi egoísta ou interesseiro e que o motivo da proclamação foi altruísta, portanto sem usar o título de Imperador, que assim de súbito chocaria o desconfiado João VI. Ou seja, conhecendo o velho pai, contou a notícia à maneira do gato subindo no telhado.

O salto de trinta dias é para recordar que o ato final do processo da Independência aconteceu no Campo de Santana, quando da **Aclamação** de D. Pedro I (12/10/1822), com o título de Imperador Constitucional e Defensor Perpétuo do Brasil; aliás, no seu aniversário de 24 anos. Imperador, para fugir da tradição dinástica dos reis absolutistas e ficar próximo da tradição romana que demandava a aclamação popular. No dia seguinte foram dados a público a bandeira e o brasão de armas. Saltar um pouco mais no tempo significa relembrar, também, a **Coroação,** no 1º de dezembro, na Igreja de Nossa Senhora do Carmo da Antiga Sé. Do Fico aos Moinhos e ao Ypiranga, da Aclamação à Sagração, a não ser através da guerra, a Independência era caminho sem retorno.

2   Pátio do Colégio

O grupo de cavaleiros voltou e subiu a Ladeira de São João, o protetor das águas, já que Anhangabaú quer dizer *águas do diabo* em tupi, desviou até o Largo de São Bento e bateu na pequena Igreja de Nossa Senhora do Rosário dos Pretos. De repente Pedro deu ordem de alto, que deriva do alemão *halt*, parar. E como a porta estava aberta entrou para rezar, já que entre seus planos estava "abolir essa *merda* da escravidão". Pouco demorou, apenas o Chalaça se manteve ao lado da porta, seguindo pela Boa Vista até o *Pateo do Collegio* jesuíta.

Poucas cidades no mundo sabem exatamente o local de sua fundação. Lutécia, depois Paris, terá surgido na Île de la Cité, barcos descendo o Sena e parando à esquerda, ou subindo e parando à direita da ilha fluvial. Mas talvez Lutetia tenha nascido na ilha anterior de Saint-Louis. Todas as cidades à beira de rios, Londres perto da London Bridge, onde o Tâmisa estreita, Roma às margens do Tibre, talvez na Isola Tiberina. Há indícios, mas não certeza; ninguém pode garantir o local exato. São Paulo foi fundada pelos jesuítas no 25 de janeiro de 1554, dia de São Paulo, no local exato da construção do colégio de pau, 14 passos de comprimento por 10 de largura, um só espaço que servia de escola, enfermaria, cozinha e dormitório. Passeio de adeus.

22º Relatório Final da Independência: D. João e D. Pedro

Sobre esses dois reis já falei bastante, mas é importante resumir uma última vez. Sobre D. João VI: um dos piores. Acho que vou criar caso com um bom amigo de Paraty, ardoroso defensor do homônimo-rei. Ele defende João VI por sua suposta sagacidade, pela unidade territorial do Brasil e pelo início de seu progresso. Admito a terceira parte, embora o atraso brasileiro se devesse às restrições da própria metrópole. Quando a Corte chegou em 1808, tudo estava por fazer e de fato muito foi feito.

João VI teve duas oportunidades de passar à História como grande líder, porém as desperdiçou. Foi quando devia ficar e ficou quando deveria ir. O exército de Junot chegou a Lisboa com 1.500 homens, sendo que a metade dos originais dez mil debandou, passando a saquear as pobres aldeias. Como não havia estradas, todas as peças de artilharia foram abandonadas pelo caminho. Qualquer modesto exército teria vencido Junot, ótimo soldado mas sofrível general. Na última hora João preferiu fugir ao Brasil. Quando o destino lhe sorriu pela segunda vez, em lugar de voltar a Lisboa como *vencedor* de Napoleão, optou por ficar no Brasil, o rabo a balançar o cachorro até o limite da Revolução de 1820. Se tivesse voltado até 1818 não haveria revolução, teria mantido o poder esclarecido ou, na pior hipótese, arbitraria a transição moderada ao liberalismo. Portugal seria semelhante à Inglaterra, talvez sequer o Brasil teria proclamado a Independência, ou caminharia aos poucos como fizeram a Austrália e outras possessões inglesas. É sempre difícil imaginar o "se", mas uma coisa é certa: João teria sido herói. Ao contrário, foi o responsável pela derrocada da monarquia.

Ainda que na primeira oportunidade da fuga ao Brasil o resultado tenha sido positivo, na segunda tudo saiu às avessas. O ponto principal? João VI atravessou a vida sem liderar. Aprendeu a governar sem interferir nos acontecimentos. Aliás, a unidade do Brasil quase foi perdida quando da Revolução Vintista, donde a unidade territorial que reuniu quando chegou em 1808 deixou de ser crédito seu. Não fosse o bem-sucedido processo de Independência, sob a condução do espírito atrevido de Pedro I, o Brasil provavelmente seria repartido em cinco províncias (Grão-Pará ou Amazônia até o Maranhão ou Piauí, Nordeste sob a Bahia e Pernambuco, Minas Gerais e o Centro-Oeste, Sudeste-Sul), à semelhança das oito repúblicas espanholas da Argentina à Venezuela.

Pedro, sim, o rei-soldado, conduziu sua vida a cada momento, reinando em Portugal por dois meses, quando D. João VI faleceu (10/3/1826), com o título de Pedro IV. Mostrando desprendimento, Pedro IV outorgou uma Constituição Liberal e dois meses depois abdicou em favor da filha

Maria da Glória, de quatro anos. Apesar do casamento dela com o irmão, o desleal Miguel descumpriu o pacto, repudiou Maria da Glória, enforcou opositores e se proclamou rei absoluto (1828). Os miguelistas sustentavam que D. Pedro perdera o direito à Coroa ao se tornar rei do Brasil, portanto não poderia designar sucessora. No limite, para combater a usurpação, Pedro I deixou a Coroa à beira da cama do filho, Pedro II (7/4/1831), e desembarcou com minúscula força militar (9/7/1832), perseverando até destronar Miguel na famosa campanha liberal que terminou com a coroação, pela segunda vez, de sua filha Maria da Glória, em 1834.

Pela complexidade da situação e correspondente importância no *processo*, na minha opinião, D. Pedro I é o maior herói brasileiro... embora nascido em Portugal. A oposição — como todas explorando *maldades* — dele dizia "não ser brasileiro". Mas também era; ou o art. 6º IV da Constituição de 1823 ("são cidadãos brasileiros... todos os nascidos em Portugal na época da proclamação da Independência") não valia justamente para quem ousou fundar o país? A lei *pega* ou não pega conforme os interesses? Por exemplo, na sequência do governo, a oposição cansou de utilizar o argumento de que Pedro não era brasileiro. Ele afinal ultrapassou as fronteiras das duas nacionalidades, vindo lá a ser herói português, D. Pedro IV! Durante a campanha contra o absolutista Miguel, ficou sitiado durante um ano na invicta cidade do Porto, cavou trincheiras, improvisou canhões, cuidou de feridos, lutou sob fogo enquanto seus homens eram alvejados ao lado. Quase perdido, dividiu a pequena força e lançou um ataque marítimo no Algarve, abrindo caminho para capturar Lisboa (24/7/1833). O antípoda do pai morreu cedo, de tuberculose, pouco antes de completar 36 anos (24/9/1834). Passou por aqui brevemente, mas viveu cada dia com a máxima intensidade. Escrevendo aos filhos de Pedro, coube ao velho José Bonifácio, pisado, injustiçado e ao final reabilitado, resumir: "Dom Pedro não morreu; apenas homens ordinários morrem".

3 Últimas Reuniões

As últimas reuniões repetiram o tom de despedida dos Quatro Cantos. O Bispo Abreu Pereira, à frente do triunvirato paulista, governaria só dois meses, até a eleição pós-Independência (30/10/1822). Logo ele que, na precipitada análise do príncipe, foi qualificado de *pião zaroulho* em carta enviada a José Bonifácio no dia da chegada a São Paulo (25/8/1822). El-rei era a metamorfose itinerante, impulsivo e às vezes colérico. Quando obrigou Leopoldina a participar do beija-mão da Corte ao lado da amante Domitila, na época já com título de Viscondessa de Santos, um dia antes de partir para a Guerra do Uruguai, em 1826, quando ela se recusou a participar da cerimônia, teria desferido um pontapé na rainha. Leopoldina, como sempre grávida (havia parido o esperado filho homem, Pedro II, em dezembro de 1825), mesmo que o pontapé seja invenção (como assegurou o embaixador austríaco Mareschal), entrou em processo de depressão até morrer (11/12/1826). Depois, arrependido pelos maus-tratos a Leopoldina, Pedro I terminou com Domitila em 1828. Gostava dos desafios; quando se viu livre para casar com a amante, optou por repudiá-la, preferindo a linhagem e a virgindade de Amélia de Leuchtenberg. O mutante ambulante era depravado, mas tinha coração e se arrependia, ou ao menos tinha certa consciência de sua libertinagem e talvez do dever de Estado. Pelo sim, pelo não, depois do malfadado episódio do beija-mão, na campanha do Uruguai se entreteve com a atriz María del Carmen García, que pariu nova bragantina em 1828.

Voltando aos negócios, aprovou a Mensagem de Despedida aos Paulistas. Certamente a redação foi de Saldanha da Gama, até por ser o ministro especial da viagem: "O amor que eu consagro ao Brasil... me obrigou a vir entre vós consolidar a fraternal união e tranquilidade que vacilava e era ameaçada por desorganizadores, que conhecereis, fechada a devassa a que mandei proceder. Quando eu estava junto de vós, chegam notícias que de Lisboa os infames deputados pretendem atacar o Brasil... Sou obrigado a separar-me de vós (o que muito sinto), indo para o Rio ouvir meus conselheiros e providenciar sobre negócios de tão alta monta... Agora, paulistanos, só vos resta conservardes união... porque nossa Pátria está ameaçada de sofrer uma guerra".

Apenas no final e sem ênfase, a seu estilo morno, Saldanha mencionou a revolução: "Quando as autoridades vos não administrarem aquela justiça imparcial, representai-me que eu providenciarei. *A divisa do Brasil deve ser Independência ou Morte*. Existi tranquilos e contai em toda a ocasião com o vosso defensor perpétuo. Paço, 8/9/1822, Príncipe Regente". Na ceia como sempre a desoras, já sem a presença de Pedro, Arouche comentou com Jordão:

— Essa proclamação parece escrita... antes do Ypiranga. Ainda foca os problemas de três dias atrás: sofrer uma guerra, ou que Lisboa pretende atacar o Brasil.

— Mais uma proclamação frouxa. Apenas no último parágrafo relembra a divisa da Independência, com toda pinta de ter sido incluída de última hora. Por outro lado, *meu Arouche...* — Jordão imitando Pedro —, conversando hoje cedo, percebi que el-rei prefere fazer as coisas devagar... e não podemos reprová-lo por isso. Não era isso que todos exigiam dele, moderação?

— Sim, agora que foi equilibrado, voltamos a torcer para que seja impulsivo! Isso de assinar Príncipe Regente só incomoda os tolos, que não veem o quanto seria pretencioso se autointitular rei ou imperador — lembrou Arouche. — Seria precipitado da parte dele. Muito mais sábio esperar a outorga política, colocar-se sempre como a noiva desejada. Mas não é que tem gente a extrair ilações, dizendo que a independência aqui em São Paulo de pouco valeu.

— Sempre haverá historiadores e... deformadores. Gente que pensa e gente que conclui sem raciocinar. Como os romanos apelidaram o grego Estrabão, no sentido de estrábico, de olhos distorcidos, entre nós também não faltam estrabões.

— Pois é, amigo Jordão, ao fim e ao cabo esse estilo diplomático faz sentido. Nós, paulistas e gaúchos, temos um jeitão mais reto, mas política é arte da negociação para permanecer governando, mais ao estilo mineiro e carioca.

— Sem dúvida... desde que não voltem atrás na Independência.

— A essa altura, é impensável. Estão todos fechados com o novo país. Já não depende mais dos vintistas. Hoje cedo o pessoal comentava sobre as cartas de Leopoldina e José Bonifácio nos Moinhos. Cada um a seu estilo, os dois foram cáusticos, *só podemos esperar escravidão... decida-se e faça o Brasil separado*, algo assim — sossegou Arouche Rendon.

— Não sabemos quem foi o último a se converter. D. Pedro em boa parte aprendeu a desempenhar aquele papel de noiva cobiçada. Foi concentrando poder, esperando o cortejo político pedir e até suplicar. Penso que foi o andar da carruagem, ou seja, foi o *conjunto* dos variados fatores que levou à Independência. Foi tão bem conduzido e aconteceu no momento e no lugar exatos que o Brasil inteiro se alinhou à causa — concluiu Jordão.

— De fato, meu amigo, as revoltas a sufocar na Bahia e no Pará são antigas e se Deus quiser serão superadas, não crê? E o principal, que nenhuma nova bernarda surja contra a nossa liberdade — resumiu Arouche Rendon.

23º Relatório Final: Fico e Aclamação

Os historiadores e palpitadores são engraçados, oito ou oitenta, como se a História pudesse ser revista à sua vontade. Interessados em descobrir teses novas, servem-se do artifício de negar as velhas. Para recolocar o trem nos trilhos, convém partir da base principal: "A independência foi um processo", uma cadeia de fatos e acontecimentos na direção da soberania completa. Dependendo de como cada um vê, ou qualifica este ou aquele fato, o **Dia do Fico** assume importância parecida ao Sete de Setembro, porque a *ficada* foi o estopim do processo.

Tivesse o Regente voltado a Lisboa, não sobraria pedra sobre pedra. No mínimo quatro e no máximo seis nações, sabe-se lá se a maioria das províncias poderia proclamar separação individual; ao certo, o Brasil se esfacelaria. Da ficada para a frente foi acontecendo a tal dialética gradual — juramentos de Constituições, volta de D. João VI, união das províncias, enfrentamento militar contra Avilez, apoio popular — e principalmente a revolta contra a divisão das províncias, essa provavelmente a pior decisão das Cortes —, a recepção triunfal em Minas, a atuação de ministros do porte do Andrada na estratégia, a pressão da elite maçônica, o amor da Princesa Leopoldina pela causa nativa, tudo que afinal resultou na Independência.

Hoje, quando finalizo este relatório (novembro de 1853), estou disposto a concordar que o Fico foi a primeira grande proclamação, a primeira decisão, o *primum motu immobile* de Aristóteles, o movimento a partir da inércia. E, na outra ponta, o fim do processo foi a Aclamação de 12 de outubro, no Campo de Santana. Embora previsível, a chancela oficial depois das proclamações, a oficialização da Independência era importante e mesmo necessária. Imaginem se na sequência dos gritos dos Moinhos e Ypiranga faltasse a declaração. Teríamos que reportar gritos orais às nações amigas?

— "Comunico a Vossa Majestade rainha da Inglaterra, ou a Vossa Excelência presidente dos Estados Unidos da América, que no dia Sete de Setembro nosso *new emperor* proferiu dois gritos em São Paulo, separando o Brasil de Portugal". — Não seria de estranhar eventual resposta da diplomacia: "Como assim... gritos? *Oh, screams! What shouted Your Highness?* Por que teve que gritar? *Would not be more polite to dialogue? Sorry, we did not understand*". — E, como se usava o francês na diplomacia: — "*Merci de clarifier le message*".

Muito bem, a Aclamação de Santana e a Sagração do Carmo foram imprescindíveis para dispormos de um documento escrito. Todavia não resta dúvida de que os gritos em São Paulo foram mais importantes, por configurarem o ponto da virada. Ali em Moinhos, D. Pedro mandou às favas os escrúpulos e proclamou o Brasil livre. Agora resta somente a dúvida formulada por um simpático senhor de Pará de Minas, cultor das letras, que quase sempre comparece às minhas palestras em Pitangui. Um dia soltou de chofre a pergunta: "Mestre, a seu ver qual foi *o grito mais importante*, Moinhos ou Ypiranga?".

4 Depois do Fim, o Recomeço: Anistia

O rei estava apressado. Na reunião de trabalho, ao dar posse à Junta Governativa da Província de São Paulo, presidida pelo bispo diocesano D. Mateus de Abreu Pereira, o dr. José Corrêa Pacheco e Silva como ouvidor e o Marechal Cândido Xavier de Almeida e Sousa pelas Armas, pediu-lhes pulso firme e serenidade, algo que o vulgo traduziria por bater e assoprar ao mesmo tempo. Enquanto isso a devassa seria mantida. Chegaram a conversar sobre a conveniência de um perdão para serenar o clima de intranquilidade.

— Vamos manter a pressão um pouco mais. Prometo conversar logo com meu Andrada sobre eventual anistia — deu sentença D. Pedro.

Agora pela frente o recomeço: tocar para o Rio de Janeiro, deliberar, pacificar e unir, dar sequência na eleição dos deputados à Assembleia Geral Constituinte, contratar exército, iniciar o país quase do zero, já que ao menos havia uma base: burocracia, polícia, alfândega, tribunais, forças militares. Assim como os pais fundadores dos Estados Unidos e como os argentinos desde o início peleando contra o centralismo de Buenos Aires (tanto que a Constituição Argentina somente seria promulgada em 1826, e mesmo assim teve curta duração), começar um país pressupunha coragem, determinação e inteligência. Não poucos desafios esperavam D. Pedro, a começar da oposição do grupo de Gonçalves Ledo que, em reunião da maçonaria no dia 9 de setembro (sem ainda saber dos *gritos da Independência* acontecidos dois dias antes em São Paulo), propusera a independência e a ascensão de D. Pedro a "imperador *constitucional* do Brasil". O adjetivo aparentemente inofensivo revelava a intenção maçônica de instalar regência de caráter *liberal* muito próxima da República, em que o imperador seria apenas figura simbólica e sem poder. Eis o âmago das lutas intestinas entre liberais e conservadores, portugueses e brasileiros, que atravessaram o Primeiro Império até a abdicação de D. Pedro I, em abril de 1831.

Não faltou o começo lógico, o caminho natural, a... inteligência, a crédito da cabeça pensante de José Bonifácio. Como começar um país do zero? Resposta simples: anistia e eleições, perdão e representatividade. Do dia 9 cedo até chegar ao Rio de Janeiro no dia 14, logo aos 18 de setembro o Governo Imperial perdoou os revoltosos do país inteiro: "Podendo acontecer que existam ainda no Brasil dissidentes da Grande Causa da sua Independencia Politica, fica concedida amnistía geral para todas as passadas opiniões políticas até a data deste Meu Real Decreto... todo aquele que abraçar o actual systema e estiver prompto a defende-lo usará da flor verde dentro do ángulo de oiro no braço esquerdo, com a legenda INDEPENDÊNCIA OU MORTE; todo aquele que não quiser *abraça-lo*... deverá sahir do logar em que reside dentro de trinta dias, e do Brasil dentro de quatro mezes, ficando obrigado a solicitar o competente passaporte". Porém, ao comunicar o decreto ao Governo da Província, José Bonifácio advertia que "deste ato de benignidade não abalasse a tranquilidade e a segurança dos povos de São Paulo", daí porque "ficariam as pessoas compreendidas na devassa sob a mais rigorosa vigilância" (Varnhagen). Sempre ele, José Bonifácio, conduzindo e organizando o novo reino, quase sempre tomando a decisão mais acertada, até sua deposição e exílio no ano seguinte. O texto do decreto revela o estilo literário de Bonifácio: "Podendo acontecer que existam dissidentes"; depois centraliza, atribui de cima para baixo, "fica concedida anistia até a data deste Meu Real Decreto"; e por fim utiliza letras maiúsculas (inusual em qualquer lei) para mencionar "a legenda Independência ou Morte".

Na concorrida vereança de sábado, 28 de setembro, além do decreto de anistia chegou a notícia da Aclamação marcada para 12 de outubro. Os paulistas ovacionaram por unanimidade a decisão, deliberando que também em São Paulo se repetisse o ato às nove da manhã. O Senado da Câmara lavrou editais determinando luminárias por nove dias seguidos. Antes dos pregões (sim, grandes pregos que fixavam os editais), naquela mesma noite a Cidade se iluminou espontaneamente, ouvindo-se pelas ruas vozes de "viva o Imperador!". Fim das bernardas ou revoltas; todos abraçaram o novo país!

24º Relatório Final da Independência: Os Dois Gritos Paulistas

Depois de pensar um pouco, respondi ao aposentado de Pará de Minas: "Os dois gritos foram importantes... mas na minha opinião o Grito dos Moinhos foi mais, por ter sido o primeiro".

A maioria diz que Pedro reagiu com raiva, e sem dúvida seu caráter era explosivo. Outros, como meus bons amigos Jordão e Arouche, desconfiavam que poderia ser teatro, porque D. Pedro já estaria com a cabeça feita para proclamar a Independência em São Paulo. No meio-termo, a virtude: como fui eu a ler os despachos de Lisboa, as cartas dos principais e o resumo da situação política, principalmente da reunião do Conselho de Estado, que, por voto unânime, pedia a separação (2/9/1822), houve uma mistura de arrebatamento emocional e decisão racional. Partindo da premissa de que a independência estava planejada para São Paulo, Pedro apenas antecipou o momento. Explodiu, sim, bem a seu estilo "pavio curto", mas por outro lado tão somente fez o que precisava ser feito, pondo fim àquela tensão. Deu-se então nos Moinhos a mistura de emoção e premeditação, enfim a decisão irreversível: "Proclamo o Brasil separado de Portugal". O primeiro grito a gente jamais esquece.

Contudo, a dúvida hamletiana me incomodou por meses. Seria mesmo o primeiro grito o mais importante? Exercendo a boa e velha maiêutica de René Descartes, tendo por juiz eu mesmo sem dever a ninguém, ponderei que o grito nos *Moinhos*, logo depois de abotoar a farda e se pôr a prumo militar — atenção, depois de *algum* intervalo para pensar —, acabou se dando para seu pequeno grupo. Suponhamos, para argumentar, que dali Pedro fosse embora para São Paulo. A independência teria sido um arroubo; certamente um ou vários de nós contaríamos a estória, mas o efeito político seria reduzido.

Depois de pensar melhor sobre a resposta dada ao senhor de Pará de Minas, concluí em sentido contrário: o segundo grito do Ypiranga foi mais importante. D. Pedro teve meia hora entre Moinhos e Ypiranga para rever o primeiro grito, eventualmente titubear, desistir, embora voltar atrás não combinasse com sua personalidade. Daí que sua decisão foi inteiramente racional; zero emocional. E mais do que isso, o aspecto principal que torna o Ypiranga mais importante que os Moinhos foi o caráter de comunicação *urbi et orbe*, como se dizia em Roma, ou seja, "para a cidade e para o mundo". Ao encontrar a guarda no Ypiranga, sem sombra da menor dúvida, D. Pedro comunicou ao povo e ao mundo, paisanos e militares, a respeito da nova realidade política. Não me move a efêmera glória, comum a muitos historiadores, que ao desvendarem uma tese nova (o grito dos Moinhos), repudiam as antigas. Não pretendo nadar contra a corrente; pelo efeito de difusão, o segundo grito passou justamente à História como o mais famoso.

A par do que, no trajeto, Pedro teve tempo para pensar sobre o que dizer e praticar. Então maldisse Portugal, que "queria nos escravizar", e cumpriu o inequívoco gestual simbólico de arrancar os laços da fardeta e do chapéu e atirá-los no chão. O que poderia fazer de mais significativo? Nada; diante de todos disparou o velho mantra originário da maçonaria, agora patrimônio dos brasileiros: "INDEPENDÊNCIA OU MORTE". Proclamação inequívoca, em voz alta, apropriada para todos ouvirem.

Contudo, por favor, não me venham futricar que Moinhos foi irrelevante. É simples: os historiadores comeram barriga; lá sempre continuará sendo... o local do primeiro grito. Ou do segundo, para quem gosta de contabilizar o Fico. Moinhos foi a hora e a vez da decisão, o momento da virada. Depois veio a comunicação racional e oficial ao mundo, no Ypiranga. Porém não pretendo inaugurar polêmicas inúteis, como se fôssemos eleger qual dos quatro gritos foi preponderante. Ora bolas, todos os quatro eventos foram importantes e complementares: Fico, Moinhos, Ypiranga e Aclamação em Santana. Creio que noutra preleção para a classe de Pitangui — inclusive meu aluno de Pará de Minas, que ficou orgulhoso da especulação histórica — nós até concluímos, meio de brincadeira, meio a sério, que "aí vai de cada um achar o que quiser".

A polêmica permanecerá aberta. *It depends*, tudo depende de como cada um de nós quiser achar ou sentir. Se a ficada de janeiro, se a decisão nos Moinhos (agora por volta de 1850 parece que sobrou só um moinho, que pelo tempo decorrido é chamado de Moinho Velho), ou se o gesto consciente perante a tropa no Ypiranga, ou Ipiranga como outros escrevem. Mas nada daquela velha opinião formada sobre tudo, em especial a chatice de alguns historiadores formalistas sobre que *só a Aclamação importa*, como se a assinatura do armistício de paz fosse mais relevante do que a vitória no campo de batalha, ou a certidão de nascimento mais importante do que a gravidez ou o amor dos amantes. Aliás, dos quatro gritos — minha veia polemista de jornalista continua viva —, o mais previsível e menos relevante foi o último carimbo do processo.

E quem não estiver satisfeito, fique livre para discordar; não é isso que chamam de democracia? Algo que não tínhamos desde 1500, e que nosso prepotente imperador *outorgou* como dádiva — "sois livres, sois constitucionais" —, sempre com a importante ressalva da "firme adesão à Minha Real Pessoa". Metamorfoses e revoluções acontecem aos poucos, daí se dizer que a flor da democracia envolve constante rega e vigilância. Poderia ser rancoroso, inclusive porque fui exilado na França durante seis anos, porém sei separar joio e trigo, além de minha natureza conciliatória e espírito de coordenação. Só porque passei à oposição juntamente com meus primos Andrada? Mas não é assim que funciona a democracia? Terá El-rei achado que um confessor estaria proibido de manter opção política? Bem, recaídas dentro do regime democrático sempre haverá!

Com vários defeitos e tropeços, vamos seguindo com esse regime imperfeito, que ao menos permite a todos opinar. Como sou galo que gosta de ciscar para dentro, desconsidero de meu relato a dor e o agravo do exílio. A mim importa deitar luz sobre o conjunto e, também, revelar o fato esquecido pela historiografia nativa, a existência clara, quase tão importante como o Ypiranga, do primeiro gesto do imóvel em direção ao movimento, o primeiro *Grito dos Moinhos*. Meu relatório está justificado.

5 A Última Noite

Domitila — que nome infeliz, por que não a chamaram de Eugênia ou Madalena? — nunca estivera tão deslumbrante, de vestido verde e amarelo propositalmente decotado. E, como logo mais perceberia, nada por baixo. Num momento de reflexão Pedro se lembrou do primeiro amor com Noemi Tierry, que casou com um oficial pernambucano para salvar o escândalo, dos gemidos de surpresa de Anna Sofia Steinhaussen

Schüch, austríaca enteada do bibliotecário de Leopoldina, da igual surpresa de sua própria Leopoldina ao aprender o frenesi na noite de núpcias, do gozo autêntico da negra quituteira Andreza Santos que lhe ensinou o caminho, do medo de Régine de Saturville ao trair o marido, joalheiro da Rua do Ouvidor, do atrevimento da Zindinha, Adozinha Carneiro Leão, filha adotiva do conde de Vila Nova, do professorado bem-sucedido da Tudinha, apelido de Gertrudes Meirelles de Vasconcelos, Gertrudinha que maliciosamente abreviou no sentido de que faziam tudinho.

Para onde fosse em viagem, cavalgava. Nas Minas Gerais, em abril, engravidou Luísa Clara de Meneses, a Luisinha, da filha Mariana Amélia, casada de bom arranjo com um oficial para não ficar mãe solteira. Ao participar da Campanha Cisplatina, D. Pedro I se entreteve com a uruguaia María del Carmen García, que teria abortado a filha comum. Ao voltar à terra natal, na passagem pelos Açores, encantou-se com Ana Augusto Faleiro Toste, a freira sineira do Convento de São Gonçalo, tendo tempo de lhe ensinar os prazeres da vida, muitas que em geral não eram, por assim dizer, vocacionadas à castidade. Recordou do breve encontro com Florisbela Rodrigues Horta, breve porque os pais a trancaram para impedir a gravidez. Tarde demais; nasceu Ignácia Carolina. A lista segue, quase todas gerando filhos, como os de Joana Mosqueira e Letícia Lacy. A exceção foi a comportada Ana Rita Pereira da Cunha, a Senhorinha, porque sempre comparecia com receios de rapariga, demorava-se em arrependimentos religiosos, até a represa transbordar de repente, numa entrega de fazer gosto, valendo a pena cada cansativo remorso. Já Clemence Saisset voltou à França e pariu Pedro Brasileiro Saisset, sem deixar dúvida sobre a paternidade. Já em Portugal consta que seu último filho, também Pedro de Alcântara, foi gerado com Maria Libânia Lobo, belíssima fidalga ao serviço da filha Maria II.

A lista seria maior, porque algumas famílias preferiam o silêncio ao escândalo. Portanto, não foram poucas. De todas as amantes, Titília personificava a ousadia, atacava e se deixava amansar, amava com paixão e voltava a oferecer, num turbilhão de prazer natural, sem necessidade de se exibir, se abrindo a qualquer momento, como se ambos desconhecessem limites. Depois do terceiro enlace, o clima serenou. Deitada de costas, Domitila chorou. "Não posso mais viver sem você." "Não viverá." "Você volta amanhã ao Rio e ficarei sozinha." "Meu amor, logo mandarei te chamar. Preciso de você ao meu lado." "Você logo me esquecerá." Era a terceira ou quarta vez que Pedro mencionava sua mudança para o Rio de Janeiro, reiterando o antigo pacto combinado em Santos. A promessa a acalmava, mas também a intranquilizava. Sozinha? Com os filhos? Com a família? Pedro deu solução, a seu jeito autoritário, dizendo que providenciaria tudo: "Talvez nos primeiros tempos você possa vir com seus pais ou com sua irmã".

Antes Pedro pediu para guardar na lembrança o seu corpo, moldando com a mão — assim como quem escreve para memorizar —, o estômago e as suaves ondas em elevação e queda, ao alto o umbigo que serviu para alimento e agora é escultura. Todos sabem que, entre as habilidades de Pedro de Alcântara, assim como a música, estava a carpintaria. Desenho de enxó torneando os peitos de pombos dos caibros, como beija-flor picando o leite, à espera dos braços que nos cobrem e das bocas que nos cravam. Vincar na memória as pernas torneadas pela natureza que se abrem como tesoura comum de corte e molde. Daí passear a ver se cresceu a grama da floresta que outro dia ela aplainou para sua passagem. Com fome procura besuntar a boca de mel, virando do avesso o confiável arco de pua de fazer furos para encaixe na madeira de lei, cuja modelagem curva alterna inchaço e contração em função do teor de umidade das fibras sob dilatação, aos trancos e pausas até que a chuva de verniz troque de lado no molde.

— Eu não te esquecerei — ambos repetiram ao fim.

O jantar, que normalmente as pessoas comiam próximo das três da tarde, foi servido por Domitila *já quando* a noite de domingo descia sobre a vila calma: frango à moda dos Moreira, frito com sementes de urucum na gordura quente, temperado, cozido em fogo brando, com cheiro-verde ao final. Dentro de casa, o calor do fogão a lenha servia de lareira para temperar mais uma noite fria. Ele, sempre ele, o consistente Jordão, havia confiado ao Chalaça um Borgonha antigo de cor âmbar, *Hospices de Beaune*, hospício no sentido de hospital de telhas policromadas que uma família aristocrata construiu para abrigar os feridos da Guerra dos Cem Anos, por volta de 1453. Depois do jantar — que nesses quinze dias só uma vez foi servido no horário —, a sobremesa. A última noite, para não esquecer. Ao erguer a clava forte, Titília o chamou de capeta, guloso e Demonão. O novo imperador se sentiu feliz, retomando em passo de dois a regência dos gritos da soberania animal.

6 Depois do Fim, o Recomeço: Eleições Gerais e Constituição

Sob a condução do Patriarca da Independência, o Brasil nasceu sabendo como agir. Hoje as decisões nos parecem óbvias e simples, contudo as primeiras medidas foram perfeitas na direção da participação popular, representatividade dos eleitos e alteração do *status quo*. Depois do **perdão** (anistia) e da **ordem** (aclamação), no dia 30 de outubro de 1822 realizaram-se as primeiras (na verdade, a primeira delas acontecera aos 29/8/1822, em São Paulo) eleições gerais (**democracia**) no Brasil.

O universo dos eleitores paulistas mais que dobrou. Basta comparar que, dos 70 eleitores "de paróquias" do dia 29, apenas na Capital agora faziam parte da elite (do francês *élite*, título para eleger) 114 eleitores, que aliás deram triunfo ao grupo bernardista: Miguel de Oliveira Pinto, Daniel Müller e Francisco Ignacio de Sousa Queiroz. Contudo, a coligação do interior mais uma vez atribuiu vitória total aos liberais (partido brasileiro), elegendo para presidente o bom e firme Marechal Cândido Xavier de Almeida e Sousa. Resultado praticamente igual ao da eleição do final de agosto, demonstrando que a disputa continuaria, embora a Independência tenha reunido os grupos na mesma arca. Com ajuda do brilhante art. 6º da Constituição Imperial de 1823, o Brasil seguiria unido, às vezes aos trancos e barrancos, cada um pensando de seu jeito, porém sob a condição razoavelmente milagrosa de todos serem... brasileiros.

Logo em seguida, começou a funcionar a Assembleia Constituinte (3/5/1823), que tinha por missão aprovar a primeira Constituição. Havia três partidos ou facções (e outros subgrupos): o grupo conservador ou português, que defendia governo centralista e na prática era absolutista; o grupo dos *bonifácios* pedindo governo central mas constitucional, na prática nacionalista (abolição, reforma agrária, veto a empréstimos estrangeiros); e o grupo federalista e liberal, que pregava a monarquia descentralizada em que o rei, na prática, seria "figura de papelão" (Oliveira Lima). O relator era o inflexível Martim Francisco, que atraiu sobre os Andrada o peso das discórdias naturais da Constituinte. Então os dois grupos extremos se uniram para derrubar José Bonifácio, inclusive por vingança pelas perseguições durante a *bonifácia* de 1822 e 1823. D. Pedro, no balanço dos interesses, percebeu que os Andrada não tinham mais o mesmo peso político e, em função de sua honestidade e superioridade intelectual, haviam conquistado muitos inimigos. Daí que José Bonifácio e Martim Francisco Andrada foram demitidos (16/7/1823), passando à oposição. Logo que afastado o inimigo comum, conservadores e liberais voltaram às disputas internas, e D. Pedro I não teve escolha que se aliar à facção portuguesa — na prática um "centrão" — para conseguir o chamado **veto** suspensivo ou direito à sanção das leis promulgadas pela Câmara e a faculdade de dissolver o Ministério e a Câmara (Constituição, arts. 62 e 101 III).

"Como assim? *Rainha da Inglaterra?* Não tenho perfil". O mundo a dar voltas, Pedro voltou ao colo dos *pés de chumbo.*

Como os ânimos se acirrassem, por questões irrelevantes, Pedro I ordenou a dissolução da Assembleia Constituinte pelo exército (12/11/1823), a prisão dos três irmãos Andrada, José Bonifácio, Martim Francisco e Antonio Carlos, Francisco Gê de Acaiaba Montezuma, José Joaquim da Rocha e até seu confidente Belchior Pinheiro de Oliveira, na Fortaleza de Lajes. Em seguida, expulsou-os à França, ao menos vetando o exílio deles em Lisboa, onde provavelmente seriam presos ("não consinto porque é uma perfídia"). Ao final, D. Pedro I decidiu *outorgar* a Constituição (25/3/1824), mesmo assim tida por liberal e equilibrada à época. Pedro I governava; nasceu para assumir protagonismo, podendo nomear e demitir ministros e sancionar leis. Mais tarde o filho Pedro II optou por não governar e, sob a mesma diretriz do art. 101, exerceu o verdadeiro poder moderador, dissolvendo com bom senso vários ministérios, solução que se revelou útil por permitir a alternância de poder entre liberais e conservadores, lá mais adiante no Segundo Império.

Para recuperar as províncias desgarradas, o imperador contratou exércitos. Mais uma decisão simples mas fundamental, mistura da sabedoria de José Bonifácio ao ímpeto natural do Imperador. Fizeram o que precisava ser feito! O brigadeiro francês Labatout invadiu Salvador, e o Almirante Cochrane deu o *coup final* em 1823, até a expulsão de Madeira de Melo no famoso 2 de julho, que a Bahia comemora como sua independência. Daí Lorde Cochrane se voltou ao Maranhão e ao Piauí, em julho de 1823, enquanto enviava seu imediato Almirante Grenfell para sufocar a cisão do Grão-Pará. Depois de jogar 256 prisioneiros no porão do brigue Palhaço, fechando as escotilhas e os matando sufocados, a maioria liberal dos paraenses forçou a adesão ao novo país. E por fim Cochrane sitiou Montevidéu, na Província Cisplatina, até a rendição lusa, no fim de 1823.

Também precisava cuidar da diplomacia, em especial o reconhecimento da Independência pela antiga metrópole, afinal concluído com a humilhante indenização de 2 milhões de libras (29/8/1825). E novas guerras, como a Confederação do Equador de 1824 e a Cisplatina de 1825, que terminou com a criação do Uruguai, em 1828. Perdemos a nossa província austral, mas ao menos a Argentina não venceu. Enquanto o General Antonio Correa Seara combatia Frei Caneca em Pernambuco, D. Pedro I se entretinha com Maria Joana, a esposa desamparada. Muitas mudanças para as coisas permanecerem como dantes.

25º e Último Relatório da Independência: Segunda-Feira, 9 de Setembro de 1822

Na direção de Mogi das Cruzes, sob o pretexto de cumprir promessa na igrejinha da Penha, Manoel Jordão se colocou do lado de D. Pedro, sem se importar com minha fugaz presença. Aliás, não havia mais razão para segredos. Com todas as dificuldades da memória, como sempre procurando a essência, tentarei reproduzir a fascinante conversa final entre eles.

— V. Alteza me perdoe essa quebra cerimonial, mas o sigilo agora faz pouco sentido. Gostaria, se possível, de encaixar algumas peças no xadrez da Independência. Sou nada, mas observo que vosmicê proclamou a Independência em meu pequeno Sítio Paineiras do Ypiranga.

— Coincidência... aliás, me consta que o senhor possui terras em toda parte. Aliás, não sei se já lhe falei, agradeço de coração as terras doadas de Tatuí.

— Minha dúvida principal é se o senhor, digo Vossa Alteza, estava premeditado a proclamar a Independência em São Paulo?

— O que o leva a aventar semelhante hipótese?

Havia tantas evidências que Jordão teve dificuldade de resumi-las. Para começar, o *Fico* havia sido a primeira ruptura. Houve tentativa de dialogar, mas as "Cortes" extravasaram, despejando as piores maldades contra o Brasil, inclusive a prepotência de *trazer o príncipe pela orelha*. Outra boataria dizia que D. Pedro poderia proclamar a Independência em abril, nas Minas Gerais, assim uma espécie de segunda e espiritual Conjuração Mineira, em Vila Rica. Como D. Pedro não respondesse, Manoel Jordão prosseguiu:

— Como a situação estava complicada no país inteiro, provavelmente Vossa Alteza achou cedo proclamar a Independência em Minas, não?

Pedro se manteve sério quando antes sorria:

— Bem, meu Jordão, a ideia da proclamação fora do Rio de Janeiro foi objeto de diálogo com José Bonifácio, Martim Francisco e Caetano Pinto. No começo da jornada, na recepção mais inesperada de Barbacena, quando senti a força popular pensei em retribuir. Mas logo vi que era preciso costurar melhor a política e não fazer movimentos precipitados.

Jordão se pôs confiante, porque obviamente estava no caminho certo:

— Mas os ministros chegaram a considerar a proclamação no Rio de Janeiro?

O Rio fervilha soberania, nas ruas e pela imprensa. Mas a Capital é sempre vista com má vontade. Todos os fracassos nacionais — queimadas na Amazônia, seca no Nordeste, corrupção no Rio Grande — caem a débito do Rio de Janeiro. A sensação, por exemplo em Belém, é de que o Rio pouco se importa com o Pará. Portanto, era aconselhável, no sentido de produzir maior sensação de unidade, de efeito político, proclamar o grito em São Paulo.

— Meu José Bonifácio gosta de utilizar palavrório rebuscado: *coesão*.

— Havia risco de o grito, acaso carioca, ser recebido friamente pelas demais províncias, é isso?

— Sim, amigo Manoel. por maior que fosse a adesão, e o Rio nunca me faltou, poderia ser visto como se somente nós quiséssemos a autonomia, a capital passando por cima das províncias. A proclamação do novo país, como Caetano, Bonifácio e eu defendíamos, deveria ter caráter nacional. O mais, vosmicê já deduziu e já desconfiava — ele sorriu —, enquanto eu compunha o *Hino da Independência*. Aliás, eu voltava de Santos em marcha acelerada para resolver as coisas na Cidade no próprio dia 7, mas a diarreia dificultou as coisas.

— Então, se me permite ousar na pergunta, V. Alteza veio a São Paulo com a intenção premeditada de proclamar a Independência? Todo o cerimonial de chamar a sua guarda e arrancar as divisas não passou de uma, não sei como dizer, *encenação*, algo já previsto?

— Encenação, no sentido de teatro? Não, senhor, minha ideia seria proclamar no Largo de São Gonçalo, onde começou a bernarda, ou na Sé, para não provocar o grupo português, local neutro e com simbolismo cristão. Passaria em revista a tropa e celebraria de modo igual ao Ypiranga, arrancando as insígnias e tudo o mais. Sem dúvida a legenda do grito seria a mesma, *Independência ou Morte*, e isso vem lá de trás da maçonaria, mas daí a falar em encenação é exagero. Com as notícias do Bregaro, eu mandei tudo à merda ali mesmo.

Se não foi em Barbacena, Vila Rica ou Santos... restava São Paulo! O príncipe agradeceu mais uma vez: "Bom viver essa quinzena paulista". Mas, quando já se desenhava o fim da estória, o regente agregou:

— Apesar de alguns exageros, do marechal e de sua pessoa, chegamos lá.

— A quais exageros Vossa Alteza se refere? — perguntou Jordão.

— Não interessa mais, qualquer coisa mais pesada no resumo da História. Claro que eu captei o sentido das *lições* do Marechal Arouche e suas. Aliás, gostei da visão histórica dos enfrentamentos com a Espanha, lá como cá, da visão crítica da catequese e escravidão dos índios, e até do abraço sufocante da Inglaterra.

— Se exagerei antecipadamente, me desculpo. Entretanto insisto, se possível, que V. Alteza me revele onde extravasamos... ou extravasei.

— Algo sobre o machismo dos bernardistas, que D. Afonso Henriques tinha ambição, que o Mestre de Avis tinha decisão, donde por tabela me faltavam audácia e ação. Chegaram a desabonar a imagem de D. João VI, que não teria feito nada. Aliás, concordo, muito cá entre nós, meu bom pai não se atreveria; não nasceu para lutar. Ainda assim, os amigos foram longe demais, porque, se foram brilhantes ao analisar a história, não captaram a sutileza da Independência. Não tinha como proclamá-la antes de entender a devassa.

— Em parte, Vossa Excelência tem razão. Porém coloque-se em nosso lugar: os bernardistas se recolheram, vencemos a eleição, o povo lhe outorgou representação. E Portugal continuava aumentando a opressão, até ouvimos dizer que as Cortes pediram a prisão de José Bonifácio. Vosmicê perceba a nossa aflição; o fruto estava maduro, e era tempo de passar dos planos à ação.

— Águas passadas, compreendi a vossa ansiedade. Afinal, é isso que se chama democracia: deixar falar, ouvir, moderar e equilibrar. Descontadas as ofensas, a maioria das críticas da imprensa antes da Independência era de que o *jovem* Príncipe, eu, não tinha experiência para liderar o país. Depois ninguém mais repetiu essa merda. Agora provei que posso ser comedido, cumprindo à risca a estratégia combinada com meu Andrada.

— De nosso ponto de vista, uma coisa era desconfiar ou acreditar, havia sinais no ar, mas nos faltava luz, certeza do passo definitivo. O Marechal Arouche foi sempre o mais otimista, talvez ele tenha uma sabedoria que não tenho, entretanto é meu amigo, eu conseguia ler na sua alma que também ele estava intranquilo. Nenhum de nós tinha certeza absoluta.

— Meu Jordão, eu lhe entendo. Veja agora do meu lado: o segredo fazia parte da estratégia. É difícil segurar os comentários. Poderia ter lhe tranquilizado mais, cheguei mesmo a lhe falar qualquer coisa enquanto terminava de compor o hino. Agora Inês é morta, e os problemas serão outros. Embora cumprindo à risca a moderação, os abutres da maçonaria carioca querem tirar de mim o tal do poder moderador. Dizem que não poderei nomear ministros nem vetar leis do Parlamento.

Tentei reproduzir — como sempre do melhor modo, passados tantos anos — o forte diálogo entre o rei e seu anfitrião, que aliás terminou do modo mais elevado possível. Indiretamente o Príncipe colocou ponto-final na conversa, à altura de atravessar o Rio Tatuapé, qualquer coisa sobre a vazão baixa do rio no inverno. Ambos com a alma saciada, mudaram de assunto, apenas eu, Belchior Pinheiro de Oliveira — para variar —, como testemunha. Também minha alma se acalmou, não apenas ali no momento, e sim para sempre! Me tornei mais feliz e realizado por ter feito parte da fundação do país! Ninguém poderá tirar de mim o orgulho e a lembrança dos saraus nos Quatro Cantos. Melancolia de um padre septuagenário nas noites quietas de Pitangui? Tolerem.

A reflexão final ficará por conta do futuro próximo, que eu também vivi mas não é objeto do *Relatório da Independência*. Lembram-se da bernarda e sua complicada devassa? Foi quase como se jamais tivesse existido! Interessante reparar que, apesar da divisão paulista, e igualmente da baiana, paraense, maranhense, depois dos gritos todos abraçaram o novo país. Sim, o governo central precisou contratar almirantes e emprestar dinheiro dos Rothschild para expulsar os dissidentes portugueses e unir o país. Continuamos um só Brasil, pela mão de ferro do príncipe e da inteligência do patriarca. Acabou a contradição de servir a dois senhores, Regência Bragantina ou Revolução Liberal do Porto, portugueses *versus* brasileiros. A própria Independência da Bahia, que deixou 150 mortos brasileiros — daí o ditado de *o sol ter brilhado mais que o primeiro* (no caso, o grito paulista) —, terminou no 2 de julho de 1823, com a expulsão do exército português do Brigadeiro Madeira de Melo.

Os gritos da Independência produziram o efeito político de terminar a duplicidade de comando. De Maciel Parenti no Pará ao Padre Macamboa no Rio, de Pinto Peixoto em Minas a Francisco Ignacio em São Paulo, todos os conflitos giravam em torno da causa constitucional, ora pendendo pela Revolução Liberal do Porto, ora pela independência brasileira. Após as proclamações de setembro e a Aclamação de outubro, a todos ficou claro quem mandava: o Imperador D. Pedro I. Portugueses então passaram a se comportar como brasileiros, e os brasileiros não tiveram mais motivação xenófoba para hostilizar os portugueses. Mesmo antes de tomar forma na Constituição de 1823, o artigo 6º "pegou"! Seguimos como irmãos, brigando dentro de casa, mas sem mais dois pais ou dois países distribuindo ordens contraditórias.

Faltou dizer algo mais? Sempre faltará alguma coisa. Todavia não é minha intenção estender o relato político, nem o apetite amoroso do príncipe, que aumentou depois de se tornar Imperador. Nesse quesito, apesar dos ciúmes de Domitila, basta lembrar que mandou construir uma passagem secreta para visitar a irmã dela, Maria Benedita. Pedro era afinal um excessivo — no amor, no governo e na vida. Houve médicos a especular se não seria hiperativo, aspecto acentuado por suas costumeiras crises de epilepsia. Foi significativo o gesto de deixar a Coroa ao pé da cama do pequeno Pedro II, quando lhe voltou a pulsar a alma aventureira e a lógica moral e racional de reimplantar o liberalismo e a Constituição em Portugal, além da vingança contra seus próximos imorais, mano Miguel e mamãe Carlota Joaquina. Resumindo, tinha alma ou coração absolutista, que aprendeu a moderar racionalmente, desde que não lhe pisassem o calo.

Agora me despeço, em dezembro de 1854. Do contrário, a História nunca teria fim! Minha crença, reza e esperança é de que meu relatório deite luz sobre o complexo movimento da Independência.

7   A Quinzena Mágica

Falta a reflexão final sobre o resultado, objeto de uma boa conversa entre vários próceres, nos Quatro Cantos, no início da noite do dia 8 de setembro, como se sabe sem a presença de D. Pedro. Quantos

Brasis temos de norte a sul, e ao mesmo tempo somos um só povo? Sim, temos diferenças, mas nada que se compare às antigas colônias espanholas, uma para cada lado. Apesar da língua, nenhum vínculo entre elas, senão mesmo hostilidade contínua como Chile e Argentina ou Peru e Bolívia. Sim, a Espanha tinha vários centros na América — nem nos referimos ao México em relação à Colômbia ou ao Peru —, mas também Belém, São Luís, Recife e Salvador possuíam certa autonomia. País Basco para cá, Catalunha para lá, sem falar em movimentos separatistas na Galícia e Valença, nossos hermanos continuam eternamente peleando. O espanhol terá espírito desagregador? O padrão da velha piada, *se hay gobierno jo soy contra?*

O que nos uniu? Raízes lusitanas, o bom e velho bandeirantismo do passado, muita migração interna, economias conjugadas, mais tarde a imigração italiana, com rápida integração por causa da religião católica. A vinda da família imperial, em 1808, certamente reforçou a unidade do Brasil, embora esse cabedal quase tenha se perdido com o Vintismo. Falta tempo para aprofundar o assunto. Todavia há uma certeza: nossa unidade dependeu do processo de Independência bem arquitetado pelo Andrada e principalmente pela magistral execução por D. Pedro I, chamando sobre si — aos 23 anos — a responsabilidade pela fundação brasiliana.

O mordomo João Carlota salvou Pedro de sonhos tumultuados. Desperto, Pedro beijou Domitila na testa, que acordou, levantou e lhe beijou na boca. Pedro a abraçou calmamente e pediu que voltasse a dormir. Detestava despedidas chorosas, atento ao conselho da avó Maria, tão sábia antes da demência: *chegadas longas e partidas breves*. Se vamos partir que seja logo, sem embromação. Apanhou uma maçã e saiu pela Rua dos Correios às cinco da madrugada, acompanhado da Guarda de Honra que conhecia seus hábitos matinais, tomando a direção do planalto do Brás, da Mooca e do Tatuapé. Se na chegada houve alegria e festa, agora o compasso das ferraduras dos tropeiros nas pedras das ruas soava menos urgente. Depois do extraordinário resultado — a fundação de um país continental em pleno século XIX —, a Cidade voltou à rotina de abandono, calmaria e tristeza, os próceres todos, como Paula Sousa e o Brigadeiro Tobias, para nem mencionar os principais que à noite palpitavam nos saraus noturnos, esquecidos detrás da poeira do caminho!

Dificilmente a pequena Pauliceia viveria dias tão nervosos no futuro. Belchior Pinheiro de Oliveira ainda viveria três décadas, a tempo de assistir à criação de uma velha e sempre nova Academia de Direito, para São Paulo continuar defendendo a plenitude da Constituição, com a estudantada alegrando a vila. E também assistir ao começo da febre do ouro verde, a civilização do café que consolidaria a economia paulista. Nada disso D. Pedro I teve a alegria de presenciar, já que voltou a Portugal em maio de 1834 para depor o irmão Miguel, recolocando no trono a filha Maria da Glória. E naquele mesmo ano, aos 24 de setembro, quatro meses depois, faleceu de tuberculose, aos 36 anos, depois de cumprir à força e a seu modo napoleônico a missão... liberal e constitucional. Alma de absolutista temperada pela razão e pela realidade social de seu tempo.

O rei ou imperador se contorceu no lombo do Coringa, num aclive da Estrada da Penha, vislumbrando pela última vez os fogos de São Paulo fumegando o pequeno almoço em meio à bruma da manhã. Que simpática vila, situada num chapadão alto acima do Rio Tamanduateí, o planalto paulista. Concisos e diretos com as palavras, os índios a chamavam Inhapuambuçu, *lugar que se vê de longe*. Aqueles dias raros de costuras políticas, paixão e amizades permaneceriam arraigados na memória de Pedro, tanto que às vezes chegava a recordá-los de modo parecido a uma fantasia, como no imaginário paraíso, quinzena mágica separada de sua turbulenta passagem pela vida.

FIM

Esta obra foi composta em Baskerville 12 pt e impressa em papel Pólen bold 70g/m² pela gráfica Paym